W0396624

PARDON, CLARA

DU MÊME AUTEUR

PRESSES DE LA CITÉ

Les Labours d'hiver, 1995, Pocket 1997, prix Emile-Guillaumin, 1995
Les Terres abandonnées, 1996
La Croix de Fourche, 1997 ; coll. Trésors de France, 2015
Etrangers à la terre, 1998
L'Héritage de Ludovic Grollier, 1999 ; coll. Trésors de France, 2016
L'Alambic, 2000, Pocket 2002
Adam en héritage, 2010
Sur les cendres des ronces, 2012
Le Prieuré, 2013
La Trace du loup, 2014
L'Atelier de Capucine, 2015

ÉDITIONS RANDONNEUR

Les Chemins oubliés du Haut-Morvan, 1978, BRL, Dijon, 1992
Les Faubourgs de Bibracte, 1989

ÉDITIONS DE L'ARMANÇON

Le Vol de la buse, 1991, Poche De Borée 2011, prix Sully-Olivier de Serres 1992
La Croix du Carage, 1994
Autun, toute une histoire, 2004
Nouvelles inuit, carnet de voyage, 2004
Le Réveil des villages, essai, 2006
Sur la route de Djenné, carnet de voyage, 2008
Les Quatre Saisons de Romaric, nouvelles, 2009
Les Chroniques de Claudius, 2013

(suite en fin d'ouvrage)

Didier Cornaille

PARDON, CLARA

Roman

Terres de France

PRESSES DE LA CITÉ

ISBN 978-2-258-13401-0

Presses de la Cité
un département **place des éditeurs**

place des éditeurs

« L'abbé dit que dieu n'existait pas. [...]
et l'abbé dit que seule existait l'idée de dieu.
L'idée de dieu dans l'esprit des hommes. »

Marc Graciano, *Liberté dans la montagne*

PREMIÈRE PARTIE

1

Deux maisons au bord de la route

Que Véronique soit une authentique Morvandelle a évidemment pesé de peu de poids dans les raisons qui m'ont fait l'épouser. Je suis moi-même aussi parisien qu'on peut l'être. Nous nous sommes rencontrés chez des amis communs. Que nous ayons partagé le même goût pour le dessin, le graphisme et, plus généralement, l'illustration n'avait rien d'étonnant puisque lesdits amis étaient eux-mêmes des créateurs aussi passionnés que nous.

Elle n'en a pas moins éprouvé le besoin de m'entraîner vers « son » pays dès qu'il a été évident que nous ferions au minimum un bout de chemin ensemble. Elle désirait que je fasse la connaissance de ses parents, ce qui n'avait rien que de très légitime après qu'elle fut venue passer une soirée chez les miens.

Le Morvan n'est pas très éloigné de Paris. A bien considérer une carte de France, on serait même tenté d'imaginer que cet appendice du Massif central tendu vers le nord a fait de louables efforts pour se rapprocher de la capitale. A moins que ce ne soit l'inverse, et qu'il ne soit là que pour mieux attirer les citadins lassés des embouteillages et de l'odeur du métro.

Je n'avais aucun de ces a priori et avais même tendance à considérer ce voyage prévu sur un simple week-end de juin comme une expédition tout à fait remarquable. Nous sommes partis un vendredi soir ; retour prévu le dimanche soir. Juste ce qu'il fallait pour se payer encombrements et bouchons sur le périphérique, à la porte d'Orléans et sur l'autoroute. Nous avons poireauté un temps infini au péage. Il paraît que c'est comme ça, qu'il faut faire avec. Honnêtement, je n'appréciai que modérément. Puis le flot de voitures s'est fluidifié. Après chaque sortie, nous nous retrouvions un peu plus seuls. A Avallon, quand nous avons quitté l'autoroute, le péage, désert, semblait nous attendre. Ça m'a fait tout drôle.

Ensuite, je me suis abandonné au guidage de Véronique. Et j'ai eu la sensation de m'enfoncer toujours plus profondément dans un entrelacs de collines, de forêts et d'herbages, rarement ponctué d'un village, où la présence de l'homme se faisait de plus en plus singulière. Non qu'il n'y eût personne. Certes, on ne rencontrait pas grand monde, mais on voyait bien que ces prés habités de vastes troupeaux de vaches blanches, ces forêts dont nous séparaient parfois d'énormes empilements de fûts fraîchement abattus, étaient le résultat d'une industrie humaine. Pour être discrète, surtout un vendredi soir, elle n'en était pas moins réelle.

Les routes m'ont paru de plus en plus étroites, de

plus en plus sinueuses. Elles me donnaient parfois l'impression de se faufiler laborieusement au milieu de forêts si denses que nous n'y étions que tolérés. Nous circulions sous d'étonnantes voûtes de feuillage qui se souciaient peu des trublions que nous étions, pourvu qu'elles puissent, au-dessus de nos têtes, continuer de vivre, de croître et de prospérer. Pour un peu, j'aurais redouté qu'elles en viennent, dans un élan procréateur soudain, à nous engloutir.

« Voilà. Nous y sommes », me surprit Véronique alors que nous zigzaguions encore au flanc d'une colline escarpée et mangée d'une végétation dont je venais de me faire la réflexion qu'elle me semblait digne de l'Amazonie. Ses parents vivaient-ils en pleins bois ? J'en étais déjà à imaginer un cercle de huttes blotties au milieu d'une clairière, lorsque, au détour d'un virage plus serré encore que les autres, jaillirent tout à la fois le panneau d'entrée d'un village, l'annonce qu'il faisait partie du Parc naturel régional du Morvan, une indication réglementaire de limitation de vitesse à cinquante kilomètres à l'heure et les premières maisons dudit village.

Les parents de Véronique habitaient une belle et grande maison qui se dressait à deux pas de l'église, presque en face de la mairie, au beau milieu d'un bourg qui me parut minuscule et surtout dépourvu de la moindre vie. Ce qui ne manquait pas d'être étonnant, si l'on considérait le grand nombre de voitures plus ou moins bien garées le long de ses trottoirs et sur sa minuscule place. Sans s'arrêter à ces considérations de Parisien délocalisé, ma compagne nous engagea dans un étroit passage au-delà duquel j'eus l'agréable surprise de déboucher sur une vaste cour pavée.

Le soir tombait. Il faisait délicieusement doux. Une belle lumière délicatement dorée baignait le large paysage de prés et de bois sur lequel ouvrait généreusement le vaste jardin qui prolongeait la cour. Le citadin que j'étais reçut là, je crois, le premier des chocs dont la répétition allait avant longtemps faire voler en éclats sa carapace d'indifférence aux choses de la nature. Je n'en étais pas encore là. Je crus de bon ton de ne rien montrer de mon émoi et de me détourner aussi vite que je le pus de cette vision à la fois paisible et rayonnant d'une sorte de force primitive à laquelle j'eus brièvement, et à ma plus grande honte, l'envie tout à fait déplacée de m'abandonner.

Ce n'était pas le moment. Les parents de Véronique s'étaient précipités à notre rencontre. J'eus droit au premier et décisif examen des présentations. Je pensai m'en être plutôt bien sorti. On s'installa au jardin. Les apéritifs et les biscuits nous y attendaient déjà. Je me soumis de bonne grâce au feu des questions inévitables, mais on eut la courtoisie de ne pas trop insister. On avait tout le temps de faire connaissance.

Et tout naturellement, sans qu'il me parût de mauvais goût qu'on s'éternise sur des sujets jugés si futiles et faciles en d'autres compagnies, la conversation roula sur cette nature dont les différentes expressions me sidéraient tant depuis que nous avions quitté l'autoroute. Le père de Véronique était agent forestier et gérait, pour le compte d'un grand groupe de sciage, d'innombrables futaies et plantations dans la région. Ma méconnaissance de tout ce qui faisait son quotidien l'amusait beaucoup, mais il n'y avait aucune suffisance dans ses propos. Il était évident qu'au-delà de son métier cet homme aimait profondément le milieu dans lequel il évoluait. Il dut sentir aussi de ma part un intérêt dont je ne mesurais peut-être pas moi-même à quel point il dépassait la simple curiosité polie qu'un futur gendre peut et doit accorder aux activités de son beau-père en devenir.

A côté de moi, Véronique jubilait. Elle nous connaissait suffisamment, l'un et l'autre, pour avoir tout de suite senti la complicité qui était en train de naître. Le soir même, nous avions convenu, son père et moi, d'une expédition qui, dès le lendemain, nous mènerait vers quelques merveilles qu'il tenait absolument à me révéler et dont je n'entendais pas rester plus longtemps ignorant.

C'est ainsi que naissent les addictions. Nous nous sommes mariés, Véronique et moi, à quelque temps de là, et pour son plus grand plaisir je fus vite plus impatient qu'elle de reprendre la route du Morvan. Sur les indications de son père, à qui me liait à présent une franche amitié, je trouvai le moyen de donner un sens à la découverte de la nature dont il m'avait ouvert les portes. Je me passionnai pour l'ornithologie. La faune ailée du Morvan n'eut bientôt plus de secret pour moi. Je passais des heures dans des planques de moi seul connues, à espérer le passage d'un rapace, à observer la nidification de quelque espèce rarissime, à enregistrer le chant de tel ou tel passereau, à bricoler des pièges photographiques qui fonctionnaient quand ils y pensaient ou à mitrailler moi-même, à l'aide d'un monstrueux téléobjectif, tout ce qui osait voler à ma portée.

Ce n'était d'ailleurs là que l'aspect le plus spectaculaire du plaisir que m'offrait ce pays en se révélant à moi. Mon vrai bonheur était de sillonner des heures durant le réseau étonnamment dense de ses plus petites routes. J'ignorais délibérément les départementales, pourtant modestes mais encombrées de gens pressés. Carte ouverte sur le siège du passager de ma voiture, je m'engageais dans d'invraisemblables lacis de voies minuscules qui n'étaient jamais que d'anciens chemins que l'on avait bitumés pour satisfaire à l'impatience des habitants des hameaux les plus reculés. J'y rencontrais des gens étonnants ; j'y côtoyais une vie dont je n'imaginais pas, avant de rencontrer Véronique, qu'elle pût encore exister.

Je rentrais à pas d'heure chez mes beaux-parents, et Véronique, qui savait le plaisir que je prenais à ces expéditions, avait l'indulgence de m'accueillir de son plus beau sourire. Ma belle-mère fronçait bien un peu le sourcil quand il m'arrivait de dépasser l'heure sacro-sainte du dîner, mais elle me pardonnait vite. D'ailleurs son mari, mon beau-père, prenait trop de plaisir au récit de mes émerveillements, à la contemplation des photographies que je rapportais et à l'écoute de mes enregistrements pour qu'il me fût réellement tenu grief de ces légers défauts de ponctualité.

Il arrivait parfois qu'à trop tenir en éveil mon sens de l'observation je finisse par remarquer des choses bien peu en rapport avec la gent ailée ou avec les paysages. Pourquoi ces deux maisons en plein bois, au détour d'une de ces petites routes que j'affectionnais tant, ont-elles fini par retenir à ce point mon attention que j'y repassai à plusieurs reprises pour le seul plaisir de les contempler ?

A vrai dire, j'avais déjà entendu parler d'elles. Je m'intéressais à un couple de circaètes Jean-le-Blanc dont je cherchais à localiser le nid. Ces beaux rapaces aux élégantes évolutions sont assez peu nombreux dans cette région pour que le photographe animalier amateur que j'étais ne perde pas l'occasion d'en réaliser quelques beaux clichés. J'étais déjà assez satisfait des vues que j'avais réussies du mâle en vol, scrutant le sol à la recherche d'une couleuvre ou d'une vipère qui font son ordinaire. Je me devais maintenant de trouver leur nid, dont le petit guide d'ornithologie qui ne me quittait pas m'avait indiqué qu'ils le construisent à la croisée de quelques branches basses d'un hêtre ou d'un chêne, souvent en lisière de bois.

« C'est vers le Crot-du-Peu que tu trouveras ça », m'avait dit un brave homme. Intrigué par mon manège, alors que depuis le bas-côté d'une route, jumelles à la main, je m'efforçais de suivre les évolutions du mâle manifestement occupé au ravitaillement de sa femelle restée en charge du nid, il s'était approché de moi et m'observait paisiblement, sans dire un mot. J'étais habitué à cette forme de curiosité qui se manifeste sans détour, mais de façon silencieuse, comme si des explications leur étaient dues. Au risque de voir naître dans son regard ce sourire mi-condescendant, mi-méprisant que savent si bien réserver les gens du pays à ce qui leur apparaît comme un comportement de citadin, je pris le temps de lui expliquer ce que j'étais en train de faire. Il lui parut évident que je perdais mon temps, mais il n'en consentit pas moins à me donner quelques conseils.

Il fallut bien pourtant que je m'enquière de ce qu'était ce « Crot-du-Peu » dont le nom étrange éveillait à lui seul ma curiosité.

— Le Peu ! s'écria-t-il. Sais-tu seulement ce que c'est que le Peu ?

J'avouai sans honte mon ignorance.

— Le diable ! s'exclama-t-il. C'est le diable, le Peu.

Et il ajouta, sans que j'y prête trop attention :

— Sûr que ça leur va bien, à ces deux maisons-là, un nom pareil.

Rien d'autre ne m'intéressait que de savoir comment atteindre ce lieu si bien qualifié. Il m'indiqua la route et me quitta, non sans avoir mis beaucoup d'ironie dans son souhait de bonne chance.

Ce fut ainsi que je passai une première fois devant les deux maisons du Crot-du-Peu. Certes, le lieu était étonnant, mais, pris par ma quête du nid des circaètes, je n'y jetai qu'un regard distrait. Je laissai ma voiture à l'entrée d'un chemin et partis battre les prés et les landes qui dominaient le petit hameau. A plusieurs reprises, je pus voir la flèche brune du mâle jaillir de nulle part, longer la lisière des bois et disparaître derrière quelque mouvement de terrain ou boqueteau qui m'empêchaient de localiser avec précision le lieu où sa femelle devait attendre qu'il la ravitaille.

La patience étant la première qualité requise pour espérer fixer sur la pellicule quelques belles images de l'intimité des oiseaux, je revins plusieurs jours de suite au même endroit. Peu à peu, j'affinais mes observations. Je me rapprochais avec prudence de la lisière d'un bois non loin de laquelle il me semblait que se dissimulait le nid de mes circaètes. Il s'agissait de ne pas les effaroucher.

Comme il fallait s'y attendre, mon manège n'eut pas que des oiseaux pour témoins. Au soir du cinquième jour, je suivais de loin le manège du mâle qui, à longueur de journée, faisait des allers et retours entre ses lieux de chasse et le nid que j'avais fini par localiser.

J'en étais à mémoriser le moindre détail du terrain et à échafauder la tactique dont j'userais le lendemain pour m'en approcher davantage, lorsque la barrière de pré à laquelle je m'étais accoudé plia légèrement sous le poids d'autres bras. Un regard en biais me confirma, sans grande surprise, que j'avais de la visite. L'homme avait relevé la visière de sa casquette et semblait mettre autant d'attention que moi à observer le va-et-vient des deux rapaces. Il resta un long moment silencieux.

— De beaux oiseaux, dit-il enfin.

Je me contentai de confirmer d'un geste du menton. A nouveau, le silence s'éternisa.

— Qu'est-ce que vous leur voulez ? finit-il tout de même par demander.

Celui-là me vouvoyait et ne cachait pas d'emblée une certaine méfiance.

— Je voudrais approcher suffisamment du nid pour en prendre des photos.

L'explication parut le satisfaire.

— N'allez pas trop les effrayer tout de même, tint-il à me prévenir. S'ils se sentent menacés, ils sont capables d'abandonner leur nid.

Je le rassurai en lui expliquant les grandes capacités à effacer les distances du téléobjectif dont mon appareil était équipé. A ma grande surprise, il lui fallut des preuves.

— Montrez voir ? me demanda-t-il en indiquant d'un geste mon petit sac à dos, dans lequel il se doutait que se dissimulait mon matériel.

Il fallut que je le sorte. Il me le prit des mains, l'observa méticuleusement.

— Un bel équipement, conclut-il en me le rendant. Avec ça, si vous ne les réussissez pas, vos photos... Je serais curieux de les voir.

Ce n'était évidemment pas un problème. Je lui promis de les lui montrer à l'occasion et j'attendis la suite. Quelque chose me disait que cette entrée en matière décontractée n'était qu'une sorte de recherche du moyen d'amener autre chose. J'étais curieux de savoir quoi. Il resta un long moment silencieux, toujours perdu dans la contemplation de la lisière des bois à proximité de laquelle on avait vu évoluer le couple de circaètes. Ils n'étaient pourtant plus là, le mâle reparti en chasse et la femelle probablement installée sur son nid.

— Faudra bien que vous mettiez que c'est juste à côté du Crot-du-Peu que vous avez pris ces photos-là, dit-il enfin sans détourner les yeux de sa vaine observation.

— Bien sûr que je le mettrai. J'indique toujours le lieu où j'ai pris mes photos.

Il eut un mouvement de tête, comme pour marquer que, là, justement, ce n'était pas rien d'apporter de telles précisions.

— Pour une fois... laissa-t-il tomber d'une voix sourde.

Je m'étonnais, mais ne savais pas trop comment le faire sortir du mutisme dans lequel il paraissait s'être à nouveau enfermé.

— Parce que ? tentai-je.

Ma question le fit sursauter.

— Parce que... Parce que... reprit-il. Parce qu'il ne s'y passe jamais rien de bon, au Crot-du-Peu. Voilà pourquoi. Pour une fois qu'on pourra en parler en bien...

Alors me revint à l'esprit la brève conversation que j'avais eue, quelques jours plus tôt, avec l'homme que semblait tant impressionner la présence du diable dans le nom des deux maisons dont on devinait le faîte des toits, assez loin sur notre gauche.

— A cause du nom, le Peu ? tentai-je maladroitement.

— S'il ne s'agissait que de ça ! fit-il dans un haussement d'épaules. Vous n'êtes pas au courant ? Non, bien sûr. En dehors de vos photos, vous, le reste...

Je n'étais évidemment pas tout à fait d'accord, mais je préférai ne pas relever. Il avait manifestement quelque chose à me dire. Mieux valait laisser venir.

— C'est depuis la guerre, lâcha-t-il enfin. On n'a jamais trop rien su, mais il s'en est passé, des choses, dans ces maisons-là. Quoi ? Comment ? Qui ? Va savoir. Tout ce qu'on peut dire, c'est que, depuis, on n'y a plus jamais rien vu de bon. Maintenant, entre le vieux gars qui finit de moisir dans sa crasse et sa sœur, à côté, qui s'enferme derrière ses haies, est-ce qu'on sait ? Ça n'a pas l'air joli, joli. On passe, mais on ne s'arrête pas. Alors, si pour une fois on pouvait en parler en bien, du Crot-du-Peu, même s'il ne s'agit que d'oiseaux...

Cette fois, ma curiosité était éveillée. Je finis par réussir quelques bonnes photos du nid des circaètes et aurais parfaitement pu ne plus repasser par le Crot-du-Peu. Mais j'y revins. J'y revins même souvent, tant ces deux maisons, dont j'avais tout de même remarqué, dès mes premiers passages, l'étonnante dissemblance, en étaient venues à me captiver.

L'une, celle de droite, était l'image même du laisser-aller et de la décrépitude. On pouvait difficilement imaginer plus pimpante que l'autre. Elles se tenaient en retrait de la route, qui dessinait là une grande courbe à gauche.

La cour de la première, qu'aucune clôture ne fermait, était encombrée de carcasses de voitures et de divers débris entre lesquels serpentait un sentier que seul dessinait l'usage fréquent qui devait en être fait. Le triste crépi gris des murs était marbré de larges déchirures que zébraient de longues fissures. Plus ou moins disjoints, les volets n'avaient certainement pas été clos depuis belle lurette. Ils ne se paraient plus que de quelques lambeaux d'une peinture qui avait dû être rouge. A son pignon un passage subsistait, que bordaient et tentaient d'envahir quelques aubépines, un ou deux noisetiers et autant de pieds de sureau. A voir les traces qu'elles y laissaient, il devait être assez régulièrement emprunté par quelques vaches. Leur présence ne suffisait pas pour autant à qualifier de ferme cette bauge où j'ai tout de suite imaginé la survie un peu sordide d'un de ces « vieux gars » qui laissent s'éteindre à petit feu leur existence solitaire en même temps que le modeste bien légué par leurs parents.

L'autre maison était ceinte d'un muret bas et d'une charmille soigneusement taillée. Une belle grille à l'ancienne, très haute, était souvent ouverte sur une allée de gravillons. De part et d'autre, la pelouse, agrémentée de quelques massifs d'hortensias, était toujours bien tondue. Le bleu cobalt des huisseries surprenait au premier abord, mais on s'y faisait vite. Il ajoutait une touche gaie à l'aspect de la petite propriété où dominaient le vert du jardin et le gris-beige des pierres des murs soigneusement jointoyés.

Plus que leurs différences, c'était certainement le mystère de la seconde qui avait attiré mon attention.

Loin de tout, dans le seul voisinage de cette décrépitude, qui pouvait bien trouver son bonheur à entretenir cet îlot de soins méticuleux et de bon goût ? A chacun de mes nombreux passages, je ralentissais. Je laissais ma voiture défiler presque au pas devant ces deux demeures qui me semblaient avoir à raconter des histoires aussi différentes que passionnantes. Je mourais d'envie de m'arrêter, mais j'eus beau faire, jamais je ne trouvai le prétexte susceptible de justifier ma curiosité. J'avais peur de me ridiculiser si je me trouvais nez à nez avec l'un ou l'autre de leurs habitants. Il y avait là quelque chose que je pressentais, qui m'impressionnait et m'intimidait.

2

« *La Juive...* »

Cette fois, je me suis arrêté. Le geste d'enfoncer la pédale de frein a été instinctif. J'ai même enfilé prestement la marche arrière pour m'assurer que je n'avais pas rêvé. Comment l'aurais-je pu ? La grille de la belle maison, celle de gauche, était fermée. Sur sa partie basse, aveugle et assez haute, comme une injure à l'irréprochable netteté de sa peinture bleu nuit presque noire, taguée à la hâte d'une vilaine teinte rouge qui avait généreusement bavé, une énorme étoile de David s'étalait, totalement incongrue.

J'étais choqué. Ce n'était évidemment pas l'étoile de David par elle-même qui me heurtait. Je crois avoir suffisamment de largeur d'esprit pour accepter sans la moindre crispation tous les signes religieux d'où qu'ils viennent. Totalement allergique à toute forme de prosélytisme, j'aurais tendance à être moins tolérant dès que ceux-ci se font trop prégnants. En revanche, la moindre discrimination, d'où qu'elle vienne, me hérisse. Profondément athée pour ce qui me concerne, j'ai une conception de la liberté de conscience de chacun qui ne supporte pas la plus petite entorse.

Or, j'avais sous les yeux ce qui ressemblait fort à une manifestation ostensible et de surcroît vulgaire d'ostracisme. Peut-être aurais-je réagi avec moins de violence dans un cadre urbain où les graffitis de ce genre, d'autant plus provocateurs qu'ils sont anonymes, sont si courants qu'on a tendance à trop facilement les ignorer. Mais là, en plein bois, si loin de tout, au bord de cette petite route paisible, sur la grille élégante de cette propriété si pimpante, si bien soignée que sa seule présence était déjà en soi matière à étonnement, l'insulte était trop évidente, trop criante pour ne pas me choquer.

J'ai eu un instant la tentation de descendre de voiture, d'aller tirer la chaînette de la sonnette que je voyais pendre le long du pilier, à droite de la grille, juste pour dire ma sympathie à celui ou celle qui m'aurait ouvert. J'entrevis à temps l'incompréhension à laquelle mon geste risquait de se heurter. Je suis reparti. J'étais mal à l'aise, mécontent tout à la fois à l'égard du monde entier capable de commettre de tels gestes, et de mon incapacité à faire entendre ma révolte.

Mais je suis revenu. Aussi souvent que je l'ai pu, au cours des jours, des semaines et des mois qui ont suivi, j'ai repris la petite route que bordaient ces deux étranges maisons et j'ai ralenti jusqu'à presque m'arrêter à l'entrée de la grande courbe à gauche à l'intérieur de laquelle elles se dressaient. Et l'étoile de David était toujours là.

Le hasard a voulu que jamais l'un ou l'autre des habitants ne se montre, lors de mes passages. Le mystère ne s'en faisait que plus grand. Ces demeures vivaient, c'était évident, mais elles étaient tournées sur elles-mêmes, ignorant délibérément la route et ceux qui pouvaient l'emprunter.

S'il n'y avait eu cette hideuse étoile de David mal taguée, j'aurais certainement fini par me faire une raison. Je me serais détourné par respect pour cette volonté affichée de tenir les indiscrets à bonne distance. Mais elle était toujours là, littéralement installée dans ce décor qui m'intriguait jusqu'à l'obsession.

Un après-midi d'automne, alors que le temps maussade ne se prêtait guère à mes pérégrinations habituelles dans les prés et les bois, j'eus l'idée, en traversant le bourg le plus proche, de m'arrêter au seul café du lieu. L'entreprise était hasardeuse. Je n'avais guère que ma curiosité pour justifier les questions que j'espérais pouvoir poser, mais je décidai tout de même de tenter l'aventure.

Trois clients étaient accoudés au bar et le patron, en face d'eux, participait à la conversation tout en essuyant ses verres. Ce fut à peine si on parut remarquer mon intrusion. Je m'installai à l'autre bout du comptoir et commandai un café. Il me fut servi sans le moindre commentaire et sans que s'interrompe leur discussion. Visiblement, pour eux, je n'avais pas d'existence physique. Je profitai du bref instant où le regard du patron rencontra le mien, tandis qu'il posait mon petit noir devant moi, pour lâcher ma première question.

— Dites ! attaquai-je sans vergogne. Vous connaissez la petite route qui va jusqu'aux Vergnes ?

— Sûr, qu'on connaît.

Cette question ! Il fallait bien être un étranger pour oser formuler de telles demandes. Je feignis de ne pas relever le ton glacé de la réplique et tâchai de pousser ce qui était loin d'être un avantage. Ne doutant de rien, j'essayai de feinter :

— Il y a deux maisons isolées, sur cette route-là, à gauche dans un virage, à peu près à mi-chemin. Ça vous dit quelque chose ?

Il y eut un temps d'hésitation. La conversation cessa. Le patron me considérait comme si j'étais une chose étrange. Les trois consommateurs s'étaient légèrement tournés dans ma direction et faisaient peser sur moi des regards inquisiteurs. Bien sûr, il y avait belle lurette que mon manège avait été repéré. Que venais-je poser une telle question alors que dix, vingt fois on avait remarqué ma voiture s'engageant sur cette petite route des Vergnes ? Tout se voit, tout se sait, tout se note à la campagne. Il fallait bien ma crédulité de citadin pour ne pas y avoir pensé.

Mais on me devait une réponse. On ne s'y déroba pas :

— Deux maisons isolées sur la route des Vergnes, c'est le Crot-du-Peu, sûr.

Le patron m'avait répondu du bout des lèvres, juste par correction commerciale. Il ne put s'empêcher pourtant de laisser transparaître son envie d'en savoir plus :

— Pourquoi vous demandez ça ?

Je m'engouffrai dans la brèche :

— Ben, si ce sont bien celles que je vois, je m'étonne... Il y en a une des deux, celle de gauche, qui porte une grande étoile de David taguée sur sa grille. Ça m'a intrigué.

Le silence qui s'établit fut glacé. Le patron s'était raidi et me dévisageait, derrière son bar, avec de l'effroi dans le regard. Je venais de toucher à l'indicible. Les trois consommateurs, à ma droite, avaient fait mine de se détourner, mais je les sentais tendus comme des cordes, attendant la suite avec avidité. Je crus qu'elle ne viendrait pas. J'allais me résigner à payer mon café et à m'éclipser en douce lorsque la réponse tomba enfin. Elle vint d'un des consommateurs, celui qui me tournait le dos le plus ostensiblement. Il dut estimer que cela suffisait, que j'avais interrompu trop longtemps leur conversation et qu'il fallait en finir avec cette curiosité mal placée.

— Ben oui, quoi, maugréa-t-il, c'est la maison de la Juive. C'est la Juive.

Revenu dans ma voiture, sans me soucier des coins de rideaux qui avaient dû s'écarter et de la surveillance dont je faisais sûrement l'objet, je restai un long moment immobile, les mains à plat sur le volant, le regard perdu loin devant moi. Je cherchais désespérément à prendre la mesure de l'émoi dans lequel ce que je venais d'entendre m'avait mis.

C'était donc à cela qu'à deux reprises il avait été fait allusion plus ou moins clairement devant moi par les deux quidams intrigués par mes activités de photographe. Fallait-il que le sujet soit prégnant pour que, inévitablement, que je sois accoudé à une barrière de pré ou au bar d'un café de village, la même préoccupation, les mêmes préventions émergent, effaçant tout le reste ?

« La Juive ! » Le qualificatif en lui-même m'effarait, mais, bien plus encore, c'était le ton sur lequel cela m'avait été asséné qui me bouleversait. Au-delà de l'exaspération par laquelle on avait voulu me signifier que mon intrusion dans leur intimité n'était pas la bienvenue, il y avait bien plus que du mépris dans ce mot délibérément redoublé. J'y discernais quelque chose qui ressemblait fort à cette condamnation, ce rejet définitif et incontournable, cette mise au ban sans appel de tout ce qui, de près ou de loin, se rattachait au judaïsme que décrivent tant d'écrits qui firent florès, depuis la fin du dix-neuvième siècle et jusqu'à la fin de la guerre. Jusque-là, tout cela, pour moi, était resté dans la théorie. Je m'y étais beaucoup intéressé, mais comme on se passionne pour des époques révolues, sans le moindre rapport avec l'actualité.

On m'avait trop répété, comme à tous ceux et toutes celles des générations d'après-guerre, que tout cela était du passé, que la page avait été définitivement tournée en 1945 et qu'il n'y avait pas à y revenir. Comme s'il suffisait d'une belle et plus ou moins unanime résolution pour rejeter dans les limbes du passé toutes les horreurs commises au nom d'une des idéologies les plus sectaires que l'humanité ait connues. « Plus jamais ça », s'était-on aveuglé.

J'avais le souvenir d'une flamboyante bande dessinée que mon père m'avait fait lire quand j'avais une dizaine d'années. *La bête est morte*, car tel était son titre, prétendait raconter la Seconde Guerre mondiale en mettant en scène des animaux et en démontrant de façon péremptoire que les « bons » avaient définitivement eu raison des « méchants »... Vision caricaturale que l'euphorie de la fin du conflit rendait plausible. On ne peut, soixante-dix ans et tant de conflits plus tard, que sourire amèrement à l'idée, triomphante à l'époque, que l'humanité, assagie et enfin raisonnable, était capable d'extirper d'elle-même de tels maux.

Et l'humanité s'y était laissé prendre, ni plus ni moins, avec la même candeur qu'elle s'était laissé embobiner, avant la guerre, par la propagande antisémite. Je suis assez curieux de tout ce qui agite le monde pour avoir pris conscience, depuis quelques années, du réveil sinistre de diverses xénophobies n'hésitant plus guère à s'afficher un peu partout dans le monde. Mais s'en indigner à la lecture d'un journal ou devant son écran de télévision est une chose. S'y trouver confronté en est une autre. Un mot, un seul, la « Juive », prononcé dans une salle de café de village, et surtout le constat effaré de mon impuissance à nier cette absurdité venaient de me projeter brutalement dans cette réalité dont je n'avais, jusque-là, qu'une vision abstraite.

J'ai raconté l'anecdote à Véronique. Elle s'est indignée, mais j'ai bien senti que, comme moi avant que je me heurte à ce qu'il faut bien nommer une forme de racisme, elle restait dans le domaine des mots. Sa condamnation restait théorique, au seul niveau des idées et des convictions. J'ai su alors qu'il faudrait encore que toutes ces croyances sectaires, ces idéologies fumeuses deviennent plus palpables, qu'elles entrent toujours plus avant dans nos réalités et multiplient leurs exactions, pour que se réveille enfin la conscience de leur ignominie.

Le cercle infernal était en train de se rétablir. Il était déjà trop tard pour espérer enrayer sa funeste mécanique. Il faudrait donc en passer par sa complète résurgence avant que se lèvent à nouveau ces forces qui avaient prétendu convaincre, quand ça les arrangeait, que « la bête » était morte.

3

« Autant que je vous dise... »

Pour causes cumulées de routes hivernales à l'état aléatoire, d'occupations professionnelles impératives et de grossesse de Véronique plus éprouvante, surtout en voiture, qu'elle ne l'aurait voulu, nous avons espacé nos escapades morvandelles. Je n'en gardais pas moins à l'esprit l'incident que m'avait valu ma témérité.

Un café de village est tout sauf une agence de renseignements pour citadin en mal de compréhension des façons de vivre locales. J'aurais dû le savoir. D'autres peut-être ne se seraient pas formalisés de ce que j'avais entendu. Je suis ainsi fait que je ne peux pas mettre mon mouchoir sur des propos qui heurtent mes convictions. Que l'état d'une personne soit ainsi résumé à sa seule judaïté me choquait profondément. Plus encore peut-être parce qu'il s'agissait de celle-là même dont la maison et ce qu'elle en avait fait avaient déjà mis ma curiosité en éveil.

A plusieurs reprises, durant cet hiver qui ne nous vit guère nous éloigner de Paris, mes amis et mes collègues de travail eurent l'occasion de brocarder gentiment la susceptibilité de plus en plus grande que j'exprimais à l'égard des innombrables manifestations d'exclusion et de sectarisme à connotations plus ou moins religieuses ou ethniques dont l'actualité nous abreuvait. Sous une forme ou sous une autre, ils professaient la même largeur d'esprit que moi. Ils s'inquiétaient comme moi de ce que nous estimions être les outrances de plus en plus décomplexées de groupes hier encore tellement décriés et marginalisés qu'on avait fini par oublier l'ombre dans laquelle ils continuaient de s'agiter. Les temps voulaient qu'une fois de plus ils refassent surface. Je me récriais, réclamais qu'on s'alarme et s'oppose. Mes amis entendaient relativiser, nier le danger et s'en remettre à la toute-puissance supposée de la démocratie. Election après élection, je brandissais les taux d'abstention affolants comme autant de doutes quant à l'efficacité du barrage qu'elle était censée opposer à toutes ces errances. J'en voulais pour preuve les scores toujours plus élevés de l'extrême droite. Rien n'y faisait ; ils n'avaient pas envie de s'inquiéter.

Faisais-je preuve d'une trop grande sensibilité ? Dramatisais-je les choses ? C'était ce qu'ils me suggéraient. Ce n'était évidemment pas mon point de vue. Cet hiver, que l'attente de la naissance de notre premier enfant aurait dû rendre serein, ne me laisse pas que des bons souvenirs. Il me semblait confusément que nous avions atteint la fin d'un cycle, que nous quittions des temps de tranquillité un peu émollients et que, sans savoir à quoi nous devions nous préparer, il nous fallait être vigilants, nous tenir sans cesse sur nos gardes.

Je m'épuisais à ne pas laisser paraître cette préoccupation latente devant Véronique, mais la fine mouche n'était pas dupe. Tout entière occupée par sa proche maternité, elle faisait ce qu'elle pouvait pour m'inscrire dans son cercle de sérénité. Je lui en savais gré, je faisais de louables efforts pour m'extasier avec elle sur les innombrables petits bonheurs quotidiens qu'elle collectionnait, mais je ne parvenais pas à me défaire totalement de cette sourde inquiétude qui me minait.

Pour Noël et en deux ou trois autres occasions, nous fîmes tout de même le voyage du Morvan. A chacun d'eux, je trouvai le temps d'aller me perdre dans les sinuosités de mes chères petites routes. Le temps n'était guère favorable à l'observation des oiseaux. Il suffisait d'ailleurs de s'installer derrière la baie vitrée de la salle de séjour de mes beaux-parents pour les voir s'ébattre autour et dans la mangeoire installée sur la terrasse par mon beau-père, qui veillait à la remplir de graines chaque matin.

En fait, chacune de ces escapades me ramenait inévitablement vers les deux maisons mitoyennes du Crot-du-Peu. Mes passages répétés et particulièrement lents devant la décrépitude de l'une et la propreté méticuleuse de l'autre, s'ils ne purent passer inaperçus, ne m'apportèrent rien de nouveau. L'étoile de David outrageait toujours la grille de celle de gauche, celle de « la Juive ». La saison ne s'y prêtant pas, je ne vis pas plus de silhouettes humaines que lors de mes précédentes visites. Les fenêtres, nues et sales de l'une, garnies d'élégants voilages de l'autre, laissaient pourtant entrevoir des lumières qui suggéraient une vie domestique paisible, confirmée d'ailleurs par les panaches de fumée coiffant les cheminées.

Je n'avais pas plus de raisons qu'auparavant de m'arrêter et d'aller tirer la chaînette du carillon qui me fascinait, sur le pilier de droite de la grille de « la Juive ». Malgré moi, je ne la désignais plus que par ce qualificatif qui m'avait tellement outré quand il avait été proféré devant moi. Il faudrait bien tout de même qu'un jour je sache.

Je n'en revenais pas moins à chaque fois bredouille et mécontent. Véronique ne me posait pas de questions. Son seul regard et la façon qu'elle avait de me passer rapidement la main sur la nuque me confirmaient qu'elle savait d'où je venais et prenait sa part de mon insatisfaction. Je lui en savais gré et culpabilisais un peu d'attirer ainsi une ombre, aussi ténue fût-elle, sur son bonheur de future maman.

Victor, notre fils, vint au monde le 26 février 2006. Trois semaines plus tard, nous ne résistions pas à la tentation d'aller le présenter à ses grands-parents morvandiaux. Bien calé dans son couffin, il fut, je crois, assez indifférent au voyage, mais certainement bien moins à l'accueil qui lui fut fait par son grand-père et sa grand-mère, dont il n'apprécia apparemment pas l'empressement qu'ils mirent à se disputer sa petite personne. Le pauvre ne parvint même pas à se faire prendre au sérieux. Ses protestations véhémentes, alors qu'il passait de bras en bras, n'éveillèrent que notre amusement et un déversement de commentaires plus convenus et bêtifiants les uns que les autres. J'y pris ma part, comme si c'était là un passage obligé pour que j'apprenne à assumer ma paternité toute neuve. Toute autre préoccupation oubliée, nous nous délectâmes de ce moment de bonheur parfait. Véronique était resplendissante, ses parents attendrissants. C'était leur premier petit-fils. Je garde de cette soirée un souvenir très fort. Je crois qu'elle a été de ces moments qui fondent une existence et lui donnent un sens.

Dès le lendemain pourtant, la conscience me revenait de l'endroit où nous nous trouvions et de ce qui m'y occupait ordinairement. Je mourais d'envie de filer, une fois de plus, vers mes errances habituelles et surtout d'aller traîner vers le Crot-du-Peu. Je n'y étais plus allé depuis Noël. Cela me semblait une éternité. Je savais très bien ce que cela aurait de vain. Pourquoi la clef du mystère me serait-elle révélée cette fois-là plus que lors de tous mes autres passages ?

Ce matin-là, il avait encore gelé. Les prés et les bois qui s'étendaient au-delà du jardin de mes beaux-parents étaient couverts de givre. La maison dormait encore. Premier levé, je me tenais devant la large porte-fenêtre de la salle de séjour d'où la vue s'étendait fort loin, au-delà du petit vallon que dominait le village. Il faisait bon dans la pièce. Cela accentuait encore la sensation de saisissement par le froid de toute cette nature dont ne me séparait qu'une vitre.

Même les oiseaux avaient déserté leur mangeoire. A l'heure qu'il était, ils devaient encore être pelotonnés au creux des branches où ils avaient trouvé refuge pour la nuit. La tentation me vint d'entrouvrir la baie pour le seul plaisir d'entendre la symphonie des doux pépiements par lesquels ils se reconnaissent au petit matin et se rassurent de leurs angoisses de la nuit. La crainte de laisser s'échapper la chaleur et peut-être aussi le plaisir d'être totalement retranché du spectacle auquel j'assistais m'en empêchèrent.

Car le jour se levait et déjà, bien avant que le soleil apparaisse, une nouvelle lumière presque printanière semblait narguer l'hiver. Avant de l'éteindre une fois pour toutes, elle faisait miroiter tout ce givre d'un étonnant scintillement. Elle paraissait naître du sol. Il n'était pas un repli de terrain dont n'émanait pas l'impression, malgré l'immobilité mortelle du gel, d'une mystérieuse résurrection.

Je me délectais en même temps qu'un vague sentiment de frustration m'accablait. Les circonstances étant ce qu'elles étaient, j'avais jugé qu'il ne serait pas de bon ton de m'échapper, comme je le faisais ordinairement, vers mes pérégrinations ordinaires par monts et par vaux. Je le devais, pensais-je, à mon fils et surtout à Véronique. Sans parler des beaux-parents, dont j'aurais peut-être fait froncer les sourcils.

J'agitais en moi le sentiment trouble de la flagellation librement consentie. J'étais décidément quelqu'un de bien, mais que c'était dur à supporter ! Sans quitter des yeux les premières mésanges charbonnières qui venaient d'arriver autour de la mangeoire, je n'étais pas loin de m'apitoyer sur mon sort quand Véronique, en posant doucement la main sur mon épaule, me fit presque sursauter. Accaparé par mon observation et par le conflit de mes résolutions contradictoires, je ne l'avais pas entendue venir. Elle me sourit et son regard se perdit aussitôt dans la même contemplation que celle qui m'avait absorbé depuis que j'étais là. Je me penchai vers elle et lui déposai un baiser dans le cou. Elle sourit à nouveau sans détourner les yeux.

— Tu iras te promener, cet après-midi ? demanda-t-elle.

Etait-ce une question ? Bien que je ne lui en aie rien dit, elle avait évidemment deviné mon tourment.

— Tu crois ? eus-je l'hypocrisie de proférer.

— Et pourquoi tu n'irais pas ?

— Ben… Je ne sais pas, moi. Ce n'est pas une visite comme les autres. Pour toi, pour Victor, pour tes parents…

Elle eut un petit rire de gorge plus moqueur qu'autre chose.

— Et qu'est-ce que ça change ? D'abord, tu en meurs d'envie, alors…

Le givre n'était même plus un souvenir et la nature, dans sa grande nudité de fin d'hiver, resplendissait d'une fine lumière argentée lorsque j'atteignis la grande courbe à gauche au creux de laquelle se dressaient les deux maisons du Crot-du-Peu. Le soleil avait déjà parcouru une bonne part de sa glissade quotidienne vers l'horizon occidental, mais il restait encore à vivre quelques belles heures de jour.

Comme d'habitude, je ralentis autant que je le pus et laissai ma voiture courir sur son élan devant chez « la Juive ». L'étoile de David, un peu passée, plus affligeante que jamais, déshonorait toujours la belle grille. Je la dépassai. La vue du capharnaüm encombrant la cour de la deuxième habitation ne m'intéressant guère, j'allais reprendre l'accélérateur lorsque je crus rêver. Je pilai et, sans hésiter, engageai la marche arrière.

Eh bien non. Je n'avais pas rêvé. Cloué sur la porte un peu disjointe, au-delà du grand désordre de la cour, le panneau multicolore d'une agence immobilière proclamait, en grandes lettres rouges, une nouvelle incroyable : « A vendre ».

J'en restai quelques instants interdit. Mais très vite je réagis. Enfin, l'opportunité que j'espérais depuis si longtemps. J'avais un prétexte. Je pouvais sans gêne garer ma voiture sur le bas-côté, en descendre et m'avancer d'un pas décidé.

J'allai frapper à la porte. Je n'obtins aucune réponse. J'osai un œil indiscret par la fenêtre de gauche. Dans une pénombre sinistre, je n'entrevis que le coin d'une table et deux chaises. Persuadé d'être surveillé, je jouai jusqu'au bout mon rôle d'acheteur potentiel. En veillant à ne pas trop patauger dans la boue, sautant d'une pierre à l'autre, je longeai le pignon en empruntant le passage des vaches. La cour qui séparait l'habitation d'une étable, d'une grange et de quelques appentis n'était qu'un vaste cloaque sillonné de vagues cheminements de la grange à l'étable et de celle-ci à la maison. Perché sur une pierre un peu plus grosse que les autres qui émergeait à demi de la fange, je contemplai quelques instants ces bâtiments qui avaient dû former, en des temps meilleurs, un ensemble plutôt harmonieux. Leur décrépitude puait l'abandon, le renoncement. Bien qu'il ne me concernât pas, je ne pouvais échapper, à son spectacle, au poids écrasant du sentiment d'échec probablement ressenti, des années durant par celui ou ceux qui avaient vécu là, qui avaient vu leur univers s'effriter jour après jour et sombrer, par pans successifs, dans l'état de ruines que j'avais sous les yeux. N'avaient-ils pas pu, n'avaient-ils pas su éviter ce naufrage ? Il y avait évidemment, derrière tout cela, un drame humain que je brûlais de connaître.

Revenu sur la route, je n'eus qu'un bref instant d'hésitation. Après tout, si j'assumais bien mon rôle d'acquéreur potentiel de la propriété à vendre, quoi de plus légitime que d'aller sonner chez le voisin ? Enfin, j'allais pouvoir tirer la chaînette qui pendait le long du pilier droit de la grille et qui focalisait toutes mes tentations depuis si longtemps…

Ce fut une vraie cloche que j'entendis tinter au-delà de la grille, et non pas un de ces carillons électriques au son artificiel et déplaisant dont la présence en ce lieu m'aurait paru une vraie faute de goût.

Presque aussitôt, une voix s'éleva :

— Entrez, entrez donc. La grille est ouverte.

Je la poussai. Je n'eus qu'un pas à faire. J'étais pour

de bon dans ce petit domaine tant de fois entrevu et sur lequel butaient tant de mes interrogations.

— Entrez donc. C'est qu'il ne fait pas bien chaud.

Debout contre la porte-fenêtre entrouverte dans son dos, une grande femme se tenait légèrement voûtée, se frottant énergiquement les mains. Elle avait froid, c'était visible. Je me hâtai. Bien que certainement assez âgée, elle impressionnait par l'élégance de sa silhouette et surtout par le regard étonnamment clair et pétillant de vie qu'elle posait sur moi. Le cheveu grisonnant, le teint hâlé et le visage mangé d'un réseau dru de rides très fines, son seul sourire et l'évidente jeunesse d'âme qu'exprimaient ses yeux m'avaient subjugué avant même que nous ayons échangé deux mots.

— Entrez, répéta-t-elle en me précédant dans une grande pièce élégamment meublée et aussi chaleureuse dès le premier instant que celle qui l'avait vraisemblablement aménagée. Asseyez-vous. Mon nom est Clara. Et vous ? Comment vous appelle-t-on ? Vous aimez le Crot-du-Peu, il me semble. Votre voiture, je la reconnais. Je l'ai souvent vue passer devant mes fenêtres. J'ai bien vu que vous ralentissiez et que vous observiez. C'est le panneau « A vendre », sur la porte de mon frère, qui vous a décidé à vous arrêter ? Vous avez bien fait. Elle vous intéresse, cette maison ?

J'appréciais cette façon de parler sans détour, en allant droit au but, même si elle me désarmait un peu.

— Je m'appelle Antoine. Je ne suis pas d'ici...

— Oui, j'ai vu. Vous êtes de la région parisienne.

Décidément, rien ne lui échappait. Etait-elle au courant de ce qui se disait, dans le pays, au sujet de ces deux maisons ? Avait-elle eu vent de mon expédition au café du pays et de son désastreux résultat ? J'essayais comme je le pouvais d'occuper le terrain, ne sachant plus trop, au fond, comment justifier mon intrusion.

— Oui, c'est vrai, j'aime beaucoup votre petit coin. Je me promène souvent sur les petites routes du Morvan. Ma femme en est originaire et nous venons assez souvent chez ses parents. C'est comme ça que je suis passé par ici.

— Et vous observez les oiseaux, les photographiez et les enregistrez. C'est un très beau passe-temps.

Et moi qui croyais être passé inaperçu...

— Euh... Oui, mais, en cette saison, ce n'est pas évident.

— Alors, on se contente d'un petit crochet par le Crot-du-Peu !

— En quelque sorte.

— Et il se trouve que mon frère est décédé voici un peu plus de deux mois et que l'agence immobilière à qui j'ai confié la vente de sa maison a cru bon d'en affubler la porte de cet affreux panneau... Ne me dites pas que vous envisagez de venir habiter dans ce trou perdu ?...

Comment aurait-elle pu savoir que c'était pourtant bien le cas ? Les mots qu'elle venait de prononcer m'avaient fait une évidence de ce que, depuis des années, j'avais à peine osé m'avouer. Nous n'étions jamais allés, Véronique et moi, jusqu'à évoquer clairement une telle éventualité, mais nous étions bien placés, l'un et l'autre, pour savoir que notre métier de graphiste illustrateur s'affranchissait de plus en plus des contraintes de distances. Nos collègues ayant abandonné leurs studios parisiens étroits, mal commodes et chers pour aller s'installer loin de la capitale, pourvu que la campagne de leur choix dispose d'un réseau Internet de bonne qualité, se faisaient de plus en plus nombreux. Pourquoi pas nous ? Sans même l'avoir exprimé, nous savions que nous serions un jour concernés par un tel choix.

Il ne nous semblait pas si urgent. Nous pensions avoir bien d'autres choses à faire avant d'y songer. Mais tout à coup, dans l'ambiance chaleureuse de cette maison qui m'intriguait tant, face au sourire de Clara, sa pertinence s'imposait à moi. C'était l'occasion, l'instant improbable où tout se cristallise, où tout semble possible.

— Si, osai-je. Il pourrait arriver que nous envisagions de venir nous installer à la campagne. Nos métiers nous le permettent. Nous avons un petit garçon qui serait bien mieux ici qu'en ville. Sans compter la relative proximité de mes beaux-parents…

Je fus surpris par l'ombre qui assombrit brièvement le regard de Clara. Elle m'avait pourtant semblé accueillir avec plaisir l'idée de notre voisinage.

— Vous avez vu l'état dans lequel elle est, la ruine de mon frère ? Et encore, vous n'y êtes pas encore entré… Et puis…

Elle parut tout à coup se raidir, redresser encore

sa grande taille. Son regard s'aiguisa. A son sourire s'était ajoutée une flamme un peu dure, provocatrice, qui me mit mal à l'aise.

— Ce n'est pas que je veuille vous décourager, reprit-elle sur un ton un peu sec qui ne fit qu'ajouter à mon malaise. Mais, avant de vous lancer, puisque vous avez eu la bonne idée de venir frapper à ma porte, autant que vous sachiez… Une maison, une maison dans les bois, comme celle-là, ce n'est pas comme une voiture, un réfrigérateur ou une machine à laver. Ni même comme un appartement en ville. C'est que ça a une histoire, une maison. Ce ne sont pas seulement des pierres et des terres qu'on achète. C'est aussi un passé. Et l'histoire qu'il raconte, ce passé-là, il faut la prendre avec le reste. Et l'assumer. Alors, si ça ne vous effraie pas, autant que je vous dise…

DEUXIÈME PARTIE

4

Une broche

« Après tout, ce n'était jamais qu'une broche. »

Clara savait très bien qu'elle ne pourrait jamais se satisfaire d'un tel point de vue à l'emporte-pièce. Elle s'obstinait pourtant à se le répéter, à l'infini, comme si ces quelques mots avaient eu le pouvoir de barrer le chemin à la récurrence des souvenirs, des questions et des angoisses, et de les rejeter loin, très loin, dans les ténèbres d'une mémoire dont elle aurait voulu qu'ils ne sortent jamais.

Elle était pourtant sympathique, cette fête de l'école. C'était un peu aussi sa fête à elle, la maîtresse. Elle l'avait préparée depuis des mois avec tous ces enfants pour qui et par qui elle vivait aussi heureuse que possible dans ce petit village qui l'avait vue grandir. Bien avant d'en devenir l'institutrice, elle y avait appris à lire, à écrire et à compter. Elle n'en gardait guère que de bons souvenirs. Elle était ainsi faite, Clara, qu'elle avait aimé apprendre au moins autant sinon plus qu'elle aimait à présent enseigner.

Dans quelques jours, l'école fermerait. Ce serait les vacances. Et comme tous les ans depuis si longtemps, Clara en ressentirait un petit pincement au cœur. Que signifiaient les vacances pour elle ? Rien qu'une attente du jour où, enfin, elle retrouverait ses gamins, ses gamines et sa salle de classe.

Cette fête de fin d'année n'en était pas moins un grand moment de joie pour elle. C'était une sorte de point d'orgue, une ponctuation heureuse sans laquelle l'année scolaire n'aurait pas été totalement achevée. Celle-là n'avait pas dérogé à la règle. Distribution des prix, petites saynètes préparées avec passion et fébrilité par les élèves, foule des parents et notabilités du village assises au premier rang ; tout s'était passé comme il le fallait, selon des règles établies depuis toujours, mais non moins dans la bonne humeur et la décontraction. Les enfants avaient été parfaits. Il avait bien fallu pallier quelques tracs et consoler quelques désespoirs d'avoir manqué tel ou tel numéro. La maîtresse avait géré, comme d'habitude.

Et puis était venu le moment que tous, grands et petits, attendaient. Celui de la détente, après les évènements programmés. Au fond de la salle des fêtes, de grandes tables couvertes de nappes en papier blanc avaient été dressées. Les grands s'étaient réunis autour de celles de gauche, où leur était servi le vin d'honneur traditionnel. Les enfants, agglutinés autour de celles de droite, piétinaient d'impatience tandis que Clara devait jouer de toute son autorité pour que la distribution de la non moins habituelle collation se fasse dans l'ordre sinon dans le calme.

Valérie était là. Avec quelques autres femmes du pays, elle était spontanément venue aider. C'était à peine si elles avaient eu le temps de se dire bonjour, échangeant une bise rapide, les bras encombrés de plats à passer. Il avait fallu que les choses se calment un peu et que les enfants, éparpillés par petits groupes d'affinité sur les chaises de la salle des fêtes, soient occupés à la dégustation de la brioche et du verre de jus de fruit qu'on leur avait distribués, pour que les deux amies puissent prendre le temps de revenir l'une vers l'autre.

Et c'est là que Clara avait vu. Comment aurait-elle pu ne pas remarquer cette broche sur le chemisier de Valérie ? Et surtout comment aurait-elle pu ne pas la reconnaître ? Une grande quantité de minuscules étoiles de David artistement entrelacées et formant le lit d'une grosse pierre d'un bleu profond légèrement translucide.

Pour Clara, le choc avait été terrible. Il s'en était fallu d'un rien qu'elle ne laisse s'exprimer sa surprise. Elle s'était reprise juste à temps. Au prix d'un terrible effort sur elle-même, elle avait réussi à dissimuler son trouble. Du moins l'espérait-elle. Valérie, si elle avait remarqué quelque chose, n'avait rien perdu de sa gaieté et de sa gentillesse habituelles. Elles ne s'étaient plus guère quittées de tout le temps qu'avait duré la cérémonie.

Seul Clément avait froncé les sourcils. Il était suffisamment proche de sa mère pour être sensible au moindre de ses changements d'humeur. Quand ils avaient été seuls, dans la voiture de Clara, remontant vers le Crot-du-Peu, il s'était inquiété. Elle avait réussi à dissimuler son émoi derrière le plus beau sourire qu'elle avait pu lui adresser. Il n'avait pas insisté.

5

« Quand ils reviennent, mes parents ? »

De sa petite enfance, Clara avait peu de souvenirs bien précis. Seul ou presque émergeait celui de cette broche tant de fois vue entre les mains de sa mère. Elle la tenait, lui avait-elle dit, de sa propre mère, qui elle-même en avait hérité de l'arrière-grand-mère de Clara. « Un jour, elle sera à toi », lui disait sa mère en faisant doucement jouer la lumière sur les mille facettes des étoiles de David et sur la grosse pierre bleue. C'était son seul bijou. L'avait-elle seulement porté devant Clara ? Celle-ci n'en avait pas le moindre souvenir. Et d'ailleurs en quelle occasion sa mère aurait-elle pu la porter ? Pour Clara, cette broche, c'était la caresse des plus beaux moments passés avec cette mère qu'elle avait si peu connue.

« Montre-moi la broche », disait Clara pour le seul plaisir de faire durer ce grand moment de bonheur qu'était celui de la toilette. Toute propre, toute pomponnée par les soins de sa mère, il lui fallait encore ce bonheur inépuisable de la suivre dans la chambre et de la voir sortir l'écrin de la table de chevet. La cérémonie de l'ouverture était le moment fort. Les mains bien à plat sur les genoux de sa mère, rayonnante, elle se penchait avidement sur la petite boîte au fond de laquelle, sur un petit coussin mauve, reposait la broche.

« Montre-moi la broche », disait encore Clara certains soirs où son petit cœur débordait de peine à la seule idée de voir sa mère s'éloigner de son lit. La mère allait chercher l'écrin. Clara admirait longuement la broche. Elle tendait la joue, recevait le baiser du bonsoir et s'endormait, apaisée.

Puis tout cela a disparu. « Quand ils reviennent, mes parents ? » a longtemps demandé Clara. « Bientôt. Ils reviendront bientôt », répondait immanquablement Amélie. Mais, comme par hasard, elle avait beaucoup de choses à faire et se détournait très vite. Clara sentait bien qu'il ne fallait pas insister. Et puis il y avait ce vague sentiment de culpabilité. Et si tout était de sa faute ? Ce jour-là, elle était malade, fiévreuse. De cela elle se souvient fort bien. Pour le plaisir de rester avec Amélie, leur voisine, plutôt que de suivre ses parents dans l'autocar qui allait les emporter à la ville, elle en avait rajouté un peu. Juste ce qu'il fallait pour que sa mère, toujours inquiète de ce qui pouvait lui arriver, se décide à aller frapper à la porte d'Amélie et Gaston. Clara se sentait coupable. Elle n'avait même pas porté son regard vers la porte quand sa mère l'avait franchie. Elle s'est laissé voler cette dernière vision. Elle restait avec sa peine et ce qui, au début, n'était pas encore de vraies questions.

Le temps a passé. Clara s'est moins inquiétée de savoir quand ses parents reviendraient. Du moins de vive voix. Elle connaissait trop bien la réponse. Mais la question restait là, dans son cœur, comme une plaie qu'un rien rouvrait. Elle était bien, chez Amélie et Gaston. Ils étaient gentils. Ils s'occupaient bien d'elle. Avec Simon, leur fils de trois ans son aîné, ce n'était pas toujours aussi facile. Il avait un drôle de caractère, Simon. Rien d'autre ne l'intéressait que les vaches, la cour de la ferme, les basques de son père auxquelles il s'accrochait aveuglément quand il n'était pas en train de concocter quelque mauvais coup dans son coin. Pour lui, Clara n'avait évidemment pas d'existence réelle. Elle n'était pas sa sœur et elle n'était même pas capable de le suivre quand il se faufilait entre les vaches, à l'étable, pour le seul plaisir de sentir leurs masses balourdes tout à coup attentives à sa présence et au soin qu'elles prenaient de ne pas le renverser. « Elles sont trop grosses. Et puis j'en ai peur », disait Clara en se détournant. Simon, sans ralentir son gymkhana devant les mufles des bêtes, haussait les épaules, la traitait de trouillarde et s'éloignait d'elle. Elle revenait sans regret à la maison, où régnait la douce Amélie et où ses livres étaient rangés sur le coin du buffet.

C'était là encore une cause de mésentente avec Simon. A croire qu'un simple livre lui faisait au moins aussi peur qu'une vache à Clara. « M'embête pas avec ça », la rabrouait-il quand elle croyait lui faire plaisir en lui racontant la belle histoire lue dans un livre prêté par le maître – ce dernier détail n'étant d'ailleurs qu'une condition aggravante. Pour Simon, l'affaire était entendue et il n'y avait pas à y revenir : tout ce qui, de près ou de loin, concernait l'école ou en venait était irrévocablement mauvais. A-t-on besoin d'y perdre son temps à rabâcher toutes ces sornettes, quand on se destine au métier de paysan ? Pas besoin de savoir lire ou écrire pour mener les vaches. Quant à apprendre à compter, y avait-il meilleur enseignement que celui du marché ? Simon y suivait son père assidûment à chaque fois qu'il le pouvait. Il en revenait avec la conscience très claire de sa supériorité puisqu'il avait compté les sous que l'acheteur donnait à son père aussi vite que ce dernier et avait même su déterminer ce qui devait être rendu pour faire le compte.

Clara se contentait de sourire. Elle savait bien tout ce que Simon perdait à mépriser l'école, mais qu'y pouvait-elle ? Une sœur, une vraie sœur, pensait Clara, doit avoir sur les comportements de son frère une influence à laquelle elle savait ne jamais pouvoir prétendre. Et puis Simon, ajoutait-elle pour elle-même, n'a peut-être pas les mêmes raisons que moi de vouloir apprendre… Lui, ses vrais parents, il lui suffisait de remonter du village par le petit sentier des bois pour les retrouver tels qu'il les avait laissés le matin, et cela depuis aussi longtemps qu'il pouvait s'en souvenir. Alors que Clara savait qu'il lui faudrait un jour partir pour de bon à la recherche de ses parents. C'était là comme une charge posée sur ses épaules. Bien sûr, elle était encore trop petite. Elle avait encore tant de choses à comprendre. Mais le jour viendrait où elle laisserait Simon à son insouciance et où son devoir serait de s'atteler à ce monstrueux problème.

Apprendre n'était pas un souci : elle aimait ça et

n'hésitait pas à en rajouter sur ce que disait et faisait le maître. Son grand plaisir était de feuilleter ses livres de classe, de dépasser la dernière leçon apprise et d'aller fouiner dans toutes celles qu'il lui restait encore à découvrir. C'était une sorte d'interdit qu'elle bravait avec d'autant plus d'intérêt qu'il lui semblait comprendre et assimiler sans peine toutes ces nouveautés qu'elle faisait semblant ensuite de découvrir pour, pensait-elle, ne pas s'attirer les foudres du maître. Celui-ci n'était évidemment pas dupe. Il laissait faire, en souriant dans sa moustache et en échafaudant déjà des plans qui, pour concerner directement l'avenir de l'enfant, ne l'en auraient pas moins stupéfaite si elle en avait eu la moindre conscience.

Certes, la trace de ses parents dans l'esprit de Clara se faisait de plus en plus ténue. Parfois, elle craignait de la perdre définitivement et se reprochait de ne plus penser à eux qu'épisodiquement. Plus le temps passait et plus il lui semblait qu'Amélie et Gaston, qui ne seraient évidemment jamais ses vrais parents, en assumaient si bien la charge, avec une telle gentillesse à son égard, qu'ils méritaient qu'elle leur accorde les titres de « papa » et de « maman ». Les premières fois, Amélie avait tiqué. Elle s'était détournée. Clara avait bien vu ses yeux qui se mouillaient de larmes. Etait-ce une raison pour la priver de ce beau titre de « maman » qu'elle méritait tant ? Clara avait persisté. Gaston aussi avait marqué sa surprise, les premières fois, mais à sa façon, toujours un peu bourrue. « Sacrée gamine ! » avait-il marmonné en lui ébouriffant les cheveux de sa grosse main épaisse et calleuse. Clara avait fait semblant de rire, mais elle l'avait bien sentie aussi, l'émotion de Gaston. On avait fini par faire comme si on s'y habituait, comme si c'était normal. Clara n'en savait pas moins qu'un jour, quand elle serait grande, il lui appartiendrait de s'attaquer au grand mystère de la disparition de son père et de sa mère.

Jusque-là, elle ne s'était pas beaucoup posé de questions. Amélie, la voix vibrante d'une inquiétude que la gamine ne comprenait pas, lui répétait chaque matin ou presque les mêmes recommandations, alors que les deux enfants se préparaient pour se rendre à l'école. Surtout ne pas parler de ses « vrais » parents, oublier « ses origines », ne rien évoquer qui ne soit lié à leur quotidien, comme si rien de ce qui avait été avant ce jour de fièvre ne dût exister. Clara, docile, se l'était tenu pour dit. Elle ne s'était même pas étonnée du comportement de certaines de ses petites amies, à qui il arrivait de la tenir à l'écart de leurs jeux ou de leurs papotages sous prétexte qu'elle n'était « pas d'ici ». Clara ne saisissait pas bien ce que cela voulait dire. Elle savait simplement qu'elle n'avait pas toujours fréquenté cette école et qu'il lui en était fait reproche.

« C'est quoi, “la Juive” ? » demanda-t-elle un soir en toute candeur à Amélie. On en avait encore pour plus d'un an de guerre, mais qui le savait ? Qui avait bien idée, dans les campagnes, du pouvoir d'abomination de ce seul qualificatif ? « La Juive ! » La gamine qui avait cru insulter Clara en lui lançant ce qu'elle avait entendu dire par ses parents n'en savait évidemment rien et aurait été horrifiée à n'en découvrir que le dixième.

Amélie, quant à elle, sans savoir précisément, était passée suffisamment près de l'horreur, quand les parents de Clara avaient été arrêtés, pour mesurer la menace que de tels propos faisaient peser sur la gamine. « Surtout, surtout, lui dit-elle, si on te répète une bêtise comme celle-là, tu ne réponds pas. Tu fais comme si tu n'avais pas compris, comme si tu ne connaissais pas ce mot-là. »

C'était épouvantable, mais que pouvait faire d'autre la brave femme ? Clara ne releva pas. On oublia « la Juive » comme le reste.

Les quelques jours de la Libération furent un étonnant mélange de peurs et de joies débordantes. Amélie se fit plus protectrice encore à l'égard de Clara, bien plus que pour son propre fils, Simon, pour lequel elle semblait ne rien redouter. Le gamin était à la fois très fier et aussi un peu jaloux de Clara, dont il sentait bien qu'on la protégeait plus que lui. Il y avait, dans l'attitude des « grands », dans leurs enthousiasmes, dans leurs yeux qui brillaient comme jamais, quelque chose qui ne trompait pas les enfants. Ce n'était plus la même gravité. Même la peur semblait s'être envolée.

Pourtant, on parla de combats, là-bas, au fond des bois. Un soir, on entendit même assez loin un étrange crépitement. « Ça canarde », avait dit gravement Gaston. Des avions étaient passés en rase-mottes et leur avaient fait tendre le dos. Il y avait eu de sourdes explosions. « C'est sur la grand-route, la nationale. Ils les ont accrochés, avait dit Gaston, qui semblait tout savoir. Pardi, ils ne vont pas les laisser filer comme ça ! » Propos parfaitement abscons pour les enfants, qui ne savaient pas qui filait et qui voulait les en empêcher. Mais l'excitation était si palpable parmi les « grands », la joie qu'ils contenaient encore semblait d'une telle force que les plus jeunes avaient retenu leurs questions. Le moment viendrait, bien sûr. Quand seraient accomplis tous les grands évènements qu'ils pressentaient et dont ils se réjouissaient par avance, puisque tel était le choix de leurs parents.

Cette même nuit, Clara avait vaguement eu conscience d'allées et venues dans la maison, de conversations à voix basse, de lumières tamisées. Elle n'y avait attaché d'importance que parce que les adultes semblaient au paroxysme de l'agitation. Après tout, des remue-ménage nocturnes comme celui-là, c'était monnaie courante chez Amélie et Gaston. A chaque fois qu'une vache vêlait, il y en avait au moins autant. Sauf que, cette fois, il y avait cette tension, cette lueur d'espoir dans les regards et dans les postures, qui donnaient des couleurs presque dramatiques à ce qui se passait.

« Ils sont à Saulieu. On est libres ! » avait annoncé triomphalement Gaston au petit matin. D'où tenait-il la nouvelle ? Qu'est-ce qui lui permettait d'être si catégorique ? Nul ne le savait, et personne au fond ne s'en souciait. Rien d'autre ne comptait que cette folle idée de liberté qui les soulevait tous et les brûlait littéralement d'impatience. Libres ! Enfin ! Plus rien, bien sûr, ne pourrait plus être comme avant. Libres ! On s'était fait rouler une fois ; pas deux !

Tout ça, ces quatre années de misères, de drames, de souffrances et de peurs, c'était bel et bien fini. « Plus jamais ça… » Maintenant on savait. On ne se laisserait plus prendre. On allait reconstruire. On allait s'y mettre tous ensemble. Un monde plus juste, plus soucieux des plus faibles. Un monde d'égalité. C'est ça ! Plus de différences, plus de forts, plus de faibles à leur merci. Tous égaux !

« Et mes parents, quand c'est qu'ils vont revenir ? » avait demandé Clara. Cette question-là, ça faisait près de deux ans qu'elle ne l'avait plus posée. Amélie savait bien que l'enfant ne l'avait pas oubliée. Mais à quoi bon s'obstiner quand il était trop évident que les « grands » à qui elle s'adressait étaient incapables de lui apporter une réponse ? Alors que là, maintenant qu'on était libres, peut-être...

Amélie l'a dévisagée. Que dire ? Laisser parler son cœur, le fol espoir qui y naissait ? Risquer une fois encore, une fois de trop peut-être, l'épouvantable déception ? Mais elle avait tellement envie d'être gaie, Amélie, tellement envie qu'il ne soit plus question de malheur. Son sourire s'est voilé. Elle a pris l'enfant par les épaules, s'est penchée sur elle, a plongé son regard tout au fond du sien. « Je ne sais pas, Clara. Je ne peux pas te dire. Peut-être... Si tu savais ce que j'aimerais pouvoir te dire... Mais non... On est peu de chose, tu sais... J'aimerais tant... »

Clara n'a rien dit. D'abord elle s'est raidie, puis elle s'est tout de même abandonnée, quand Amélie l'a serrée très fort dans ses bras. Elle n'a pas pleuré alors qu'elle a très bien senti les larmes d'Amélie sur sa joue.

6

« Plus jamais ça ! »

Cette fois, dans la cour de l'école, Clara était « la Juive » et elle savait bien qu'elle le resterait. C'était en somme un sobriquet comme un autre. Tous ou presque en avaient un et tous l'assumaient sans la moindre réserve. Pourquoi aurait-elle fait autrement que les autres ? Qu'il ait été imprononçable et quasi clandestin pendant la guerre lui donnait maintenant une surprenante aura dont le sens lui avait tout d'abord complètement échappé.

C'était quoi, une Juive ? Et pourquoi était-ce sur elle que cela tombait ? En fait, elle n'y avait pas attaché beaucoup d'importance. Dès lors que le mot n'était plus interdit, c'était comme s'il s'était banalisé. Un mot comme un autre, qui ne lui plaisait pas outre mesure, mais puisque cela les amusait...

Les questions n'étaient venues que progressivement, par bribes, sans qu'elle en comprenne bien la signification. Le fol espoir de voir ses parents réapparaître s'était vite éteint. Personne ne le lui avait dit, mais les enfants ont des intuitions. Quelques mots glanés au hasard des conversations des grands quand, discrète jusqu'à parvenir à devenir invisible à leurs yeux, elle les entendait évoquer les maquis, les heures de la Libération. C'était plus fort qu'eux. Il fallait qu'ils y reviennent ; sans cesse ; de façon quasi obsessionnelle. Et quand ils étaient bien lancés, quand les souvenirs reprenaient vie, ils oubliaient le jour, l'heure, l'endroit où ils étaient et les phrases qu'il valait mieux ne pas prononcer devant les enfants.

Surtout devant une gamine haute comme trois pommes, fluette, discrète, posée comme par hasard là où on ne risquait pas de la voir, mais à qui rien n'échappait, pas un mot, pas une exclamation, pas une remarque. « A son âge, comment voulez-vous ? La déportation, les camps de la mort... Elle ne comprend pas. Ça n'a pas de sens, pour elle. » Elle se détournait, faisait celle qu'occupait bien trop le bout de chiffon dont elle s'amusait pour qu'elle aille encore s'intéresser aux conversations des adultes.

— Alors, c'est vrai que je suis juive ? demanda-t-elle un soir à Amélie.

— T'es juive, t'es juive... bredouilla la brave femme, bien embarrassée. T'es pas plus juive que Gaston, Simon ou moi. Ça veut dire quoi, être juif ? A ce qu'il paraît, tes parents étaient juifs. Encore qu'ils ne m'avaient pas l'air bien religieux. Toi, maintenant, t'es comme nous, voilà tout.

Clara ne releva pas l'usage malencontreux du passé. Amélie s'en mordit les lèvres. Il lui avait échappé, mais n'avait pas semblé troubler la gamine. Comment la brave femme pouvait-elle imaginer qu'elle ne nourrissait plus la moindre illusion ? Pour elle, dans sa logique d'enfant, une sorte de liste de priorités s'était établie. S'ils devaient réapparaître un jour, ses parents dont jamais personne ne parlait, ils ne pourraient le faire qu'après que seraient revenus tous ces gens du pays qu'on désignait par leur prénom ou même par leur sobriquet en se tournant, l'air consterné, vers l'inévitable membre présent de leur famille. Personne ne se tournait vers elle quand d'aventure l'arrestation de ses parents était évoquée en trois mots, au détour d'une phrase. Pourquoi ? Clara ne le savait pas. A moins que ce ne fût à cause d'elle ; parce qu'elle était juive. Oui, peut-être, c'était pour ça. D'où l'importance de comprendre enfin ce que ça signifiait, être juif...

Et ce n'était pas les explications embrouillées d'Amélie qui arrangeraient les choses. A l'en croire, tout cela n'avait plus le moindre sens. Pourquoi la gamine allait-elle s'obstiner à ressasser toutes ces interrogations alors qu'il lui suffisait, pour les oublier, de s'abandonner à l'amour sans limite qu'on lui portait, chez Gaston, Amélie et Simon ?

Clara était bien trop jeune pour en avoir une conscience très claire, mais quelque chose lui disait déjà qu'elle ne pouvait pas se satisfaire du point de vue simpliste d'Amélie. Puisqu'il lui était compté pour faute de trop s'en préoccuper, elle se contenta longtemps d'accumuler dans un coin de sa tête, sans rien en dire, tout ce qu'elle entendait et tout ce qu'elle voyait qui pouvait meubler sans pour autant l'expliquer, petits bouts par petits bouts, le grand trou noir de sa jeune vie.

Ainsi naquirent, se structurèrent peu à peu et prirent tout leur poids les quelques questions fondamentales dont elle savait, toute enfant qu'elle était, qu'elle ne trouverait de vrai repos que le jour où chacune d'elles serait effacée par la réponse irréfutable qu'elle leur aurait trouvée. Curieusement, aucune peur n'accompagnait cette conviction. Il lui faudrait du temps, beaucoup de temps pour parvenir à éclaircir tous ces mystères. D'ici là, elle serait devenue grande, très grande et donc nécessairement assez forte pour affronter cette vérité qui ne pouvait être que terrible. L'important était donc de s'occuper de grandir sans trop se soucier du reste.

Clara s'y est employée. Quand Amélie, débordante d'un amour sincère, même si la gamine le trouvait parfois un peu encombrant, l'a serrée dans ses bras en lui annonçant qu'elle était désormais leur fille, adoptée en bonne et due forme, Clara n'y a vu que la confirmation de la disparition définitive de ses vrais parents. Elle n'en a évidemment rien dit à Amélie. Elle a su se montrer reconnaissante. Elle leur a rendu au centuple, à Gaston et à Amélie, cet attachement tout simple, un peu fruste, mais si chaleureux, qu'ils lui vouaient sans même très bien savoir, au fond, d'où elle venait.

Pour eux, l'important était de ne plus y penser. Pour Clara, il s'agissait bien au contraire de ne surtout rien oublier. Les questions, peu à peu, prenaient forme. Comment sa famille était-elle arrivée là ? D'où venait-elle ? Pourquoi s'installer dans cette maison, mitoyenne de celle de Gaston et d'Amélie ? Cette maison qui maintenant lui faisait peur, dont elle détournait le regard quand il lui fallait passer devant ses volets clos et son jardin en friche. Cette maison qu'elle avait pourtant tant aimée et dont lui restait le souvenir de grands moments de bonheur entre son père et sa mère.

Tout cela était bien grave et compliqué pour une petite fille de neuf ans, mais ce n'était rien, en fait, auprès de cette énorme interrogation qui s'était peu à peu imposée à elle et dont elle sentait vaguement que la réponse qu'elle pourrait un jour lui apporter la libérerait de bien d'autres angoisses. A moins qu'elle ne la plonge une fois pour toutes dans les tourments des regrets et de la culpabilité.

Pourquoi pas elle ? Pourquoi l'avait-on abandonnée là alors qu'on emmenait ses parents ? Pourquoi ne s'était-on pas soucié de son existence ? Passant outre à ses belles résolutions de n'avoir à compter que sur elle-même pour résoudre toutes ces douloureuses énigmes, un soir de confidences, elle laissa éclore la question :

— Et pourquoi pas moi ? Pourquoi, moi, ils ne m'ont pas déportée ?

Amélie ne s'y attendait pas. Tournant le dos à ses fourneaux, elle fit face à Clara qui, assise à la table sur laquelle elle avait installé ses livres et ses cahiers, dissimulait soigneusement son trouble en suçant son crayon.

— Pourquoi ? répéta Amélie. Est-ce que je sais ? Est-ce que jamais on saura ? Ils s'étaient réfugiés ici au début de la guerre, tes parents. Vous viviez dans la maison à côté. Ils étaient juifs. Ça on te l'a déjà dit. Un jour, ils ont eu à descendre à la ville. Ils ont été arrêtés et déportés. Après, je ne te dirai pas, parce que je ne sais pas. Ce serait inventé et ce ne serait pas bien. Je te dis ce que je sais. Voilà tout.

— Et moi ? s'obstina Clara. Pourquoi pas moi ? Pourquoi ils ont emmené mes parents et pas moi ?

— Parce que tu étais ici. Parce que tu étais malade et que ta maman m'avait demandé de te garder. C'est pourtant simple.

— Et ils n'ont pas eu l'idée de venir me chercher ? Pourquoi ils ne se sont pas souciés de ce que je devenais, ceux qui les ont arrêtés ?

Amélie soutint aussi longtemps qu'elle put le regard de Clara, à la fois implorant et déterminé.

— Je n'en sais rien. Personne n'en sait rien. Et, crois-moi, dans ces moments-là, on ne cherche pas à savoir. Le fait est que tu étais là, qu'on t'a gardée et que ça a été le mieux qu'on pouvait faire.

Clara ne pouvait qu'en convenir. Elle n'insista pas. A quel titre ? De quel droit ? Même si elle comprenait que tout, de son enfance, n'était pas dit, qu'il y aurait à y revenir. Peut-on vivre et surtout grandir en devant assumer d'être juive mais sans savoir ce que cela signifie ? Peut-on vivre et surtout grandir en ressentant comme une injustice de ne pas savoir pourquoi on vit quand ses parents sont morts ? Peut-on vivre et surtout grandir en étant tout à la fois si semblable aux autres enfants de son âge et si radicalement différente ? C'était quoi, cette différence ? C'était moins de devoir l'accepter qui pesait à Clara que de n'en connaître clairement ni la nature, ni les raisons.

Il lui fallut pourtant vite admettre que ses questions dérangeaient. A trop les répéter, elle finirait par incommoder. Quand on lui eut fait reproche à deux ou trois reprises de revenir sur ce pour quoi, jusque-là, on la plaignait, sa jeune lucidité lui fit comprendre qu'il ne fallait pas insister. C'était là lui faire une grande injustice, mais une fois de plus, comme elle avait si bien appris à le faire depuis que la conscience lui était venue de sa différence, elle sut se taire et observer. Elle avait sur les autres un avantage inestimable. Elle savait très précisément la nature de ses interrogations. Au prix d'un minimum d'attention, il n'était pas rare qu'elle parvînt à discerner les solutions aux problèmes qu'elle se posait à la seule écoute des conversations des « grands ». Elle était passée maîtresse, il est vrai, dans l'art très discret de savoir laisser parler les gens, de se faire oublier, mais de ne rien manquer des propos qui voletaient au-dessus de sa tête.

Et puis les temps étaient porteurs de tels enthousiasmes ! La guerre était finie. Finie ! Il fallait bien en convenir. On en avait trop subi. Il s'agissait bien plus que de tourner la page. Table rase ! On en avait tant parlé. On avait tant ergoté, tant rabâché les malheurs, les colères, les emportements, les peurs. Fini, tout ça. On passait à autre chose. On l'avait tant rêvé, ce moment où à nouveau on goûterait à la griserie de la liberté retrouvée.

C'était quoi, au fait, la liberté ? Dire ce qu'on avait sur le cœur, croire aux lendemains, oublier les vieilles rancœurs, les frustrations, se remettre tous ensemble à ce jeu étourdissant qu'on appelait déjà, avant-guerre, le progrès. Certes, en ces temps-là, on n'en avait pas vu grand-chose, au Crot-du-Peu. Ni plus ni moins, en somme, que dans les villages alentour. C'était beau, c'était magnifique, c'était attirant, le progrès, mais c'était pour les autres. A l'époque, on en avait convenu. Comme on avait toujours convenu, dans ces pays-là, que la richesse, le confort, la facilité, c'était pour ceux d'en bas, des plaines aux terres grasses et profondes, aux chemins faciles et à l'industrie florissante.

On savait bien que ça n'allait pas changer comme cela, du jour au lendemain. Les terres seraient toujours aussi pauvres, le climat aussi rude, les pays aussi isolés. Mais il y avait le progrès. On en attendait tout, du progrès. Et puis il y avait l'Europe entière à reconstruire. Il y avait d'immenses populations à nourrir. Pour ne plus avoir faim, elles attendaient la France, et plus précisément encore les paysans de France. La France était le grenier de l'Europe. On allait tous s'y mettre. Au nom de la solidarité, avec l'aide du progrès et des Américains, ce qui revenait au même, il semblait aux paysans de France qu'il leur revenait de rendre le sourire à tous ceux à qui la faim et la misère l'avaient fait perdre.

Quel programme ! Après tout, après ce qu'on venait de subir, n'avait-on pas le droit de rêver ? Fini le temps où par ignorance, sitôt une guerre finie, on retombait dans les mêmes travers de méfiance qui préparaient la suivante. Enfin, quoi, n'était-on pas, maintenant, des gens de progrès ? On n'allait pas recommencer indéfiniment.

Plus jamais ça. Une grande croix sur ce passé d'horreurs. Plus jamais ça. Pour mieux oublier, pour mieux tourner la page, on avait la recette. Plus jamais ça. Le progrès ferait en sorte qu'on invente les moyens de ne plus jamais avoir de raisons de s'entre-déchirer. Le progrès pouvait tout. Il suffisait de s'y vouer tous ensemble comme à un nouveau messie.

On y a cru. On a bien fait un peu de ménage, aux premiers jours de la paix. On a réglé quelques comptes, on a rasé quelques femmes soupçonnées, parfois un peu vite, d'avoir pactisé entre les draps avec l'ennemi, on a assisté, goguenards, au départ pitoyable de quelques collabos dont les paquets et les ballots ficelés à la va-vite sur le toit des voitures rappelaient à s'y méprendre ceux de l'exode. On a encore exigé quelques procès tonitruants dont bien peu, au bout du compte, se tiendront. Mais là n'était déjà plus le fond du problème. L'essentiel, c'était « plus jamais ça ».

Allons, petite fille. On t'appelle « la Juive » ? Et après ? Dorénavant, ce n'était plus une injure. Bien au contraire, ne serait-ce que pour oublier les mauvaises consciences, pour racheter les fautes, il fallait que rien ne soit trop beau pour rendre leur place aux Juifs dans la société. Alors, tu vois, petite fille. De quoi te plains-tu ? Allons, oublie ce temps où, avant de t'interpeller de ce nom alors honni, on s'assurait que personne n'entendrait...

Clara y avait cru. Pourquoi aurait-elle douté ? Ce n'était pas ce qui éteignait en elle la brûlure des questions restées sans réponse. Plus elle grandissait, plus celles-ci se faisaient précises, concordantes, oppressantes. Mais puisqu'il fallait vivre ainsi... Peut-être, plus tard... Peut-être un jour viendrait, quand le progrès aurait établi une telle justice, une telle égalité entre les hommes que les passions seraient éteintes, un jour où les voiles tomberaient d'eux-mêmes. Peut-être alors la vérité s'établirait-elle toute seule, sans que soit redouté le retour des haines dont le spectre rôdait encore.

7

« Pourquoi pas moi ? »

— Toi, tu iras à la ville, disait Gaston.

Clara, outrée, se récriait. Elle avait une petite dizaine d'années et ne pouvait pas concevoir que son existence puisse avoir un autre décor que celui de la campagne.

— Et pourquoi tu veux que j'aille à la ville ?

— Ce n'est pas que je veux. C'est que c'est comme ça. Il n'y a que les ballots, les benêts qui resteront. Des comme le Simon, qui ne veut rien foutre à l'école. Lui, on lui laissera la ferme. Il n'y a que ça qui compte pour lui. Il s'en sortira bien. Mais toi ! Qu'est-ce que tu ferais si tu restais ici ? A mener une vie comme ta mère ? A peiner du matin au soir sept jours sur sept, sans congé, sans vacances, sans même un salaire ? Toi, mignonne, intelligente comme tu es, de nos jours, tout ça, tu peux l'avoir. Le confort, les petites choses d'élégance que les femmes aiment bien, la Sécurité sociale ! Le médecin gratuit, c'est que ce n'est pas rien, ça. Tant qu'on n'en a pas besoin, je ne dis pas. Mais le jour où ça arrive… C'est là qu'on est bien content de le trouver. C'est grâce à ceux de la Résistance qu'on a tout ça. C'était même avant que la guerre soit finie. Ils ont décidé que ce serait comme ça pour les ouvriers. Nous, les paysans... Bof... Ce n'est pas demain la veille... Alors, toi, tu ne vas pas passer à côté de toutes ces choses-là. Tu passes ton certificat et puis on se débrouille. Bien le diable si on ne te trouve pas une bonne place à la ville. Au rythme où ça embauche, là-haut, tu ne risques pas d'attendre longtemps.

Le beau conte de fées ! Dire que Clara s'y laissait prendre serait exagéré. La ville, cela ne signifiait pas grand-chose pour elle. Tout juste quelques vagues souvenirs sans relief et de toute façon assombris par l'évocation inévitable de ses parents dont elle souffrait de ne même plus parvenir à retrouver l'image, dans le fatras de sa mémoire chamboulée. La campagne, en revanche, elle connaissait. Il ne lui était pas nécessaire d'y être née, ni d'être bien grande, pour comprendre que les perspectives qu'elle offrait à une gamine comme elle étaient plutôt réduites. Bien sûr, elle l'aimait, sa campagne, et elle jurait ses grands dieux que jamais elle ne s'en éloignerait. Mais, au fond d'elle-même, elle savait bien qu'elle n'aurait pas le choix.

Et puis d'ailleurs, la perspective de rester dans la seule compagnie de Simon n'avait rien qui puisse la transporter de joie. Autant il lui avait paru naturel et même fort plaisant de considérer Amélie et Gaston comme ses nouveaux parents, autant ses rapports avec son frère d'adoption restaient distants. A treize ans, Simon n'avait pour seule ambition que d'en finir au plus vite avec l'école. Pour lui, il s'agissait tout bonnement de franchir sans délai la démarcation essentielle entre l'enfance et cette vie d'adulte à laquelle il entendait accéder au plus vite.

Clara, en somme, n'avait aucune place à tenir dans l'existence de Simon. Que faire d'une fille qui avait peur de jouer au milieu des vaches, de trop s'éloigner de la ferme, de tacher sa robe dans la boue, qui pleurait pour un oui ou pour un non ? Une cafeteuse, par-dessus le marché, qui n'était même pas capable de lui rendre les coups qu'il lui donnait parfois autrement qu'en allant s'en plaindre dans les jupes d'Amélie.

Même pas sa sœur. Simon tolérait la présence de Clara parce qu'il y était contraint, mais, dans sa tête d'enfant, il était bien établi qu'il n'avait rien à partager avec elle et qu'elle ne serait jamais à ses yeux qu'une étrangère. Clara, d'ailleurs, n'avait jamais tenté de se rapprocher de lui. Puisqu'il était comme cela, qu'il le reste. Il suffisait à la gamine de vivre dans l'affection d'Amélie et de Gaston. Avec adresse, elle avait développé toute une stratégie pour vivre sans problème dans la proximité de Simon en évitant d'avoir à l'affronter.

Il faisait bien ce qu'il voulait. Lui, d'ailleurs, n'avait pas à se poser les graves questions qui continuaient de hanter Clara. Que savait-il de ses raisons quand elle s'obstinait à ne pas vouloir s'approcher de la maison qui jouxtait la leur ? Il n'y voyait qu'une bicoque à jamais fermée dont le jardin en friche faisait un formidable terrain de jeu. Se souvenait-il du temps, certes assez bref, pendant lequel Clara y avait vécu avec ses parents biologiques ? Il n'en parlait jamais et se contentait de hausser les épaules quand la gamine s'en détournait en maintenant que c'était « la maison du malheur ».

Pourquoi pas moi ? n'en continuait pas moins de s'interroger Clara. Au-delà des raisons profondes qui avaient pu provoquer l'arrestation de ses parents, bien trop jeune pour pouvoir concevoir ce qu'avaient été l'antisémitisme, les lois antijuives et l'empressement mis par certaines autorités françaises à apporter leur contribution à la « solution finale », elle focalisait toutes ses interrogations sur le mystère de cette disparition et surtout sur ce qui avait pu la laisser là, seule, sur le bord du chemin, alors que son père et sa mère se perdaient dans les brumes opaques de l'incompréhensible.

Et si Amélie et Gaston ne s'étaient pas trouvés là ? C'était plus fort qu'elle. Alors qu'elle savait très bien le trouble qu'elle éveillait chez Amélie à chaque fois qu'elle abordait le sujet, ses questions fusaient comme une antienne au moindre prétexte. Et Amélie était toujours plus embarrassée pour lui répondre. Un jour, pourtant, de guerre lasse, à moins qu'elle n'ait estimé que l'enfant était assez grande pour savoir, elle consentit à en dire un peu plus :

— Tes parents, lui dit-elle alors qu'elles étaient au calme de la cuisine, ils ont reçu une convocation de la sous-préfecture. Une histoire à propos de leurs cartes de ravitaillement. C'était que sans ces fichues cartes, dans ces temps-là, pour des gens comme eux qui n'avaient rien, même pas un jardin, vous seriez tout bonnement morts de faim. Alors, ils ont décidé de prendre l'autocar pour répondre à cette convocation. Le moyen de faire autrement ? C'était une grosse affaire pour eux. Ta mère m'en avait parlé. Ça ne leur plaisait pas trop, cette convocation. Ils n'en comprenaient pas bien les raisons. Bref, quand il faut y aller… Et voilà que la veille du jour où ils devaient descendre à la ville, tu tombes malade. Oh, pas grand-chose. Une de ces poussées de fièvre qu'ont parfois les enfants sans qu'on sache trop pourquoi. Ta mère et moi, on savait quoi faire. Te tenir bien au chaud, te faire avaler des bouillons. Ce n'était qu'une affaire de deux ou trois jours. Tout de suite, j'ai proposé à ta mère de te garder avec moi, le temps qu'ils aillent régler cette affaire et qu'ils reviennent. Sur le coup, elle n'a dit ni oui ni non, mais le lendemain matin je l'ai vue débarquer en te portant comme un gros paquet tout emmailloté de couvertures. « C'est qu'elle ne va pas mieux, qu'elle m'a dit. Je crois bien que la température a encore monté. Si vous pouviez me la garder… » Bien sûr que je pouvais. Je t'ai installée dans notre lit, là, dans l'alcôve, au fond de la salle. Le soir, tu n'allais peut-être pas beaucoup mieux, mais en tous les cas pas plus mal. Je ne me suis pas inquiétée. Je savais que ça pouvait durer, des fièvres comme ça. Seulement, tes parents ne sont pas réapparus. Non seulement ils n'étaient pas à l'autocar du soir, mais le chauffeur, un brave homme qu'on connaissait bien, est venu jusqu'ici, en rentrant chez lui, pour nous dire ce qui s'était passé le matin...

Assise au bout de la table, Amélie épluchait les légumes de la soupe. Il parut que carottes, navets et pommes de terre défilaient encore plus vite entre ses doigts agiles et le petit couteau qu'ils maniaient. Le regard brillant de larmes contenues et d'effroi rétrospectif, elle fixait son travail comme si elle n'en avait été que la spectatrice.

— Alors ? la pressa Clara.

— Ben, alors, ma pauvre petite, ils étaient attendus à la descente de l'autocar. Deux inspecteurs, à ce qui nous a été dit. Ils les ont fait monter dans une voiture qui attendait là, et ils ont disparu en direction de... de la Kommandantur. Depuis, plus rien.

— Et moi ? Ils m'ont laissée là, comme ça, sans rien dire ? Mes parents, ils ont bien dû le leur dire, qu'ils avaient une petite fille...

Amélie, les larmes aux yeux, secoua doucement la tête, l'air tout à coup très lasse.

— Tes parents, ils se sont certainement bien gardés de parler de toi. Ils savaient que là où tu étais il ne pouvait rien t'arriver. Ils savaient que s'ils s'en sortaient il leur suffirait de venir te retrouver chez nous. Sûr qu'ils n'ont rien dit. Mais tu figurais sur leurs papiers. Ceux qui les ont arrêtés, ils n'ont pas pu ignorer que tu existais. Alors, ils sont venus...

— Ils sont venus me chercher ?

Amélie confirma d'un geste du menton. Elle s'en voulait déjà d'avoir trop parlé. Elle aurait voulu s'arrêter, ne pas en dire plus. Mais il était trop tard.

Elle savait que Clara ne se contenterait pas de ce bout de récit.

— Oui, reprit-elle, ils sont venus te chercher. Le lendemain, ou le surlendemain. Deux hommes, peut-être les mêmes que ceux qui ont arrêté tes parents. On les a vus garer leur voiture devant la maison d'à côté, celle où vous habitiez. En ce temps-là, les voitures qui empruntaient notre route, elles n'étaient pas si nombreuses que ça. Tu penses si Gaston les avait entendus venir. D'autant qu'elle n'était même pas encore bitumée, cette route-là. Sur l'empierrage, elles en faisaient, un raffut, ces voitures-là. Ils ont tourné un moment autour de la maison, puis, comme on s'y attendait, ils sont venus frapper à notre porte. C'est moi qui leur ai ouvert.

— Et alors ?

Installée sur le banc, le menton appuyé sur ses bras croisés sur la table, Clara dévorait Amélie des yeux.

— Ben alors, reprit la brave femme, on leur a demandé ce qu'ils voulaient. Gaston était avec moi. Il était venu me prévenir dès qu'il avait entendu la voiture monter par ici. Heureusement, Simon n'était pas là. Il devait traîner quelque part dans la ferme. Est-ce qu'on sait comment un enfant peut réagir ? Ils nous ont demandé si on savait qui étaient les gens qui habitaient la maison d'à côté. On a répondu que non, à peine. On ne savait pas bien qui c'était. Ils nous ont posé des tas de questions. Nous, on a fait comme si on ne savait pas. « Et leur enfant ? » qu'ils nous demandent tout par un coup. « Leur enfant ? Quel enfant ? » qu'il leur répond, Gaston. On a bien vu qu'ils ne nous croyaient pas trop. Ils ont insisté : « Une petite fille, dans les cinq ans. C'est que ça se remarque. » On a tenu bon : « Ben, c'est justement. On a rien remarqué. C'est qu'on les connaissait pas, nous, ces gens-là. On leur a même jamais trop parlé. Ils auraient eu une petite fille avec eux, on l'aurait tout de même su. » Ils ont encore posé quelques questions, pour la forme. « M'est avis qu'ils n'ont jamais eu d'enfant avec eux tant qu'ils étaient là », a fini par leur déclarer Gaston. Il a bien fallu qu'ils s'en contentent. Ils sont repartis comme ils étaient venus. On n'a plus jamais eu de nouvelles.

Clara n'avait pas bougé. Le regard toujours planté dans celui d'Amélie, elle semblait boire ses paroles.

— Et s'ils avaient demandé à entrer ? s'inquiéta-t-elle.

Amélie eut de la main un geste fataliste.

— Ils n'ont pas demandé, voilà tout. Tu dormais dans le petit lit que je t'avais dressé à côté du nôtre. Quand ils ont été partis, je suis venue te voir. Tu n'avais pas bougé. La fièvre tombait. Demain, ça ira mieux, que je me suis dit.

Ce récit d'Amélie, c'était le trésor caché de Clara. A force de se le répéter, elle l'avait appris par cœur. Elle se le récitait parfois, dans ses moments de solitude où, malgré toute l'affection dont l'entouraient Amélie et Gaston, lui revenait à l'esprit qu'elle avait eu de « vrais » parents dont elle souffrait de ne plus rien savoir.

Elle grandissait. A la seule nostalgie que peut

éprouver une enfant à qui manquent ses parents vinrent s'ajouter quelques déductions de plus en plus précises que lui soufflaient ses nouvelles capacités de réflexion. La première et la plus douloureuse qui lui vint à l'esprit était qu'il avait bien fallu qu'on sache que ses parents étaient dans l'autocar pour qu'ils aient ainsi été arrêtés à leur descente. Et comment les hommes de la Kommandantur qui les attendaient auraient-ils pu savoir qu'ils étaient là si on ne le leur avait pas dit ?

A la volonté un peu forcée de tourner la page, de ne plus vivre que pour un avenir nécessairement meilleur, se mêlaient encore les souvenirs trop frais des évènements qu'on venait de traverser. Il y avait les histoires de résistance, d'actes de bravoure ou, parfois, du simple culot qu'on avait eu de rouler l'ennemi dans la farine. Mais il y avait aussi les innombrables récits qu'on se faisait le soir, à la veillée, sans penser aux oreilles des gamins qui traînaient par là, des petites bassesses, des trahisons, des dénonciations et des drames qui s'en étaient suivis.

Il n'y eut guère qu'Amélie pour s'inquiéter du changement qu'elle sentit s'opérer dans la tête de Clara. L'enfant entrait dans l'âge trouble de l'adolescence. Ses tourments qu'un câlin suffisait autrefois à apaiser devenaient d'ardents questionnements sur le terrain desquels mieux valait ne pas tenter de l'accompagner. Parfois, dans les moments d'abandon, ils jaillissaient en phrases sèches et brèves. Amélie faisait de son mieux pour les apaiser. Mais jamais Clara n'alla jusqu'à confier à sa mère adoptive la terrible question qui avait fini par résumer à elle seule toutes ses angoisses.

Qui ? s'interrogeait-elle de façon quasi obsessionnelle. Qui a dénoncé mes parents ?

8

Le « certif »

Simon décrocha de justesse son certificat d'études primaires. Ce fut une surprise. On s'était déjà résigné à le lâcher sans ce sésame dans la dure réalité du monde du travail auquel il aspirait tant. Il ne voyait pas à quoi pourrait lui servir ce « certif » dont on lui cassait les oreilles, lorsqu'il trinquerait au gros rouge avec « les hommes » et se roulerait comme eux des cigarettes de gris. Là se trouvait, pour lui, l'essentiel du changement. Pour rude qu'il était, le quotidien de la ferme lui était d'une telle évidence qu'il s'y voyait déjà.

Il n'y avait là rien d'autre que ce qu'il croyait fermement être l'immuable continuité des générations. Les fils succèdent aux pères et assurent les vieux jours de leurs parents, pendant que les filles épousent d'autres fils de paysans et se soumettent à l'autorité de leurs beaux-parents vieillissants. Il en était ainsi depuis toujours. Pourquoi s'embarrasser à vouloir faire autrement ?

Gaston, lui, savait bien que les évidences d'hier n'étaient plus nécessairement les réalités d'aujourd'hui.

Il s'étonnait de l'obstination de son fils à nier le changement et à se montrer, en la matière, plus vieux que lui. Etait-ce là l'effet de son caractère, ou fallait-il y voir une étrange carence de l'instruction telle qu'on la dispensait à l'école ? La révolution, pourtant, était de taille. Il n'était question que de développement, d'industrialisation, d'équipement des villes et de création de nouvelles structures. Tout cela était planifié, prévu jusque dans les moindres détails. Sauf pour les campagnes les plus reculées. Quelle modernisation proposer à des gens vivant encore au même rythme, selon la même organisation autarcique que leurs ancêtres, et dont les maigres productions n'étaient d'aucun poids dans l'économie de marché triomphante ? Si, à la rigueur, on prévoyait l'équipement et la modernisation des grandes plaines agricoles chargées de nourrir les populations urbaines en plein développement, ceux que pénalisaient l'enclavement trop grand de leurs pays, la pauvreté de leurs sols ou un climat trop rude devraient attendre. Leur tour viendrait plus tard, peut-être. En attendant, leurs enfants, s'ils ne voulaient pas se contenter d'un sort de laissé-pour-compte, pouvaient toujours aller s'embaucher dans les usines et les administrations, qui recrutaient à tour de bras.

Pourquoi Simon aurait-il échappé à l'énorme mouvement ébauché après la guerre de la campagne vers les villes, de la ferme vers l'usine, qui ne faisait que prendre de l'ampleur ? La déception avait été à la mesure du formidable espoir né, à la Libération, d'un développement de l'agriculture au moins aussi important que celui du commerce et de l'industrie. L'illusion avait été de brève durée. Et le retour aux réalités d'autant plus rude, pour le monde rural des régions les moins favorisées, qu'il avait surtout consisté à devoir admettre ce nouvel et terrible état de fait : les jeunes n'avaient plus de place dans les villages. Il leur fallait s'expatrier vers les villes et leurs usines dont l'essor réclamait leurs bras.

En convenir, pour ces paysans que rien, jusque-là, n'avait fait dévier de leurs façons ancestrales d'exister, avait été un véritable arrachement. Rompant brutalement avec des millénaires d'habitudes, il leur fallait tout à la fois renoncer à leurs enfants et admettre de vieillir dans des villages condamnés à la mort lente des communautés sans relève.

On ne leur avait pas laissé le choix. Que pesaient leurs petites fermes de survivance et leurs existences de besogneux face aux miroitements de la ville, de ses salaires, de ses avantages sociaux, de la retraite assurée, des appartements confortables et peut-être même de la voiture ? Ils s'étaient pourtant montrés aussi déterminés à pousser leurs enfants vers le clinquant de ces mirages qu'ils l'avaient été, par le passé, à préserver jalousement l'étanchéité du cercle étroit de leurs existences.

Les désillusions avaient été trop nombreuses. Cela remontait aux lendemains du premier conflit mondial, quand l'opinion s'était vite répandue, devant les monuments aux morts tout neufs, qu'on avait fait bien peu de cas du sacrifice de la paysannerie. Non sans quelques raisons, mais sans bien en percevoir la nécessité, on s'était persuadé qu'il n'y en avait que pour les ouvriers et les usines.

Peut-être s'y serait-on résigné si la guerre n'était pas revenue si vite. Naïvement, dans les maquis, mais peut-être plus encore dans les granges et les greniers où se réfugiaient les jeunes citadins réfractaires au travail obligatoire en Allemagne, l'illusion avait prospéré d'un monde urbain fragile et démuni ne devant sa survie qu'à la solidarité, d'ailleurs toute relative, d'une paysannerie plus solide que jamais.

On y avait cru si fort qu'on s'y était vu quand une fois la paix revenue, au nom de la grande et belle unité nationale, on avait glorifié, au-delà peut-être du raisonnable, cette paysannerie à qui il revenait maintenant, après avoir fait en sorte que le pays ne meure pas de faim, de garnir les assiettes de l'Europe entière. Quelle belle mission ! Que de fiertés à éveiller et à flatter dans le sens du poil !

Ça n'avait évidemment duré que le temps de deux ou trois saisons, juste ce qu'il avait fallu pour remplir les silos et les chambres froides. Juste le temps nécessaire à l'industrie pour remettre de l'ordre dans ses usines et rouvrir les bureaux d'embauche. Et, cette fois, c'était délibérément, sans fausse honte, qu'on en avait montré le chemin aux jeunes tout en expliquant à leurs parents que seuls les cancres, les abrutis, les bons à rien trouveraient encore leur compte à la vie au village. Ils ne voulaient tout de même pas que leur progéniture soit ainsi cataloguée ?

Ce n'était pas que ces changements plaisaient plus à Gaston et Amélie qu'à d'autres. Ils étaient pris entre le cœur et la raison. En d'autres temps, le premier se serait réjoui sans le moindre complexe de cet attachement de Simon à la terre. Désormais, la seconde leur soufflait à l'oreille avec insistance tout ce que ce choix avait d'anachronique. Le gamin montra pourtant une telle détermination qu'ils n'eurent qu'à faire taire leurs scrupules, à se rendre à ses raisons et à se tourner avec inquiétude vers cette fille qui leur était pratiquement tombée du ciel et dont ils ne savaient pas bien que faire.

Elle ne resterait évidemment pas à la campagne. Gaston et surtout Amélie étaient bien placés pour s'opposer de toutes leurs forces à ce que Clara connaisse le sort peu enviable de toutes ces filles à qui, depuis des générations, on n'avait jamais demandé leur avis pour les marier là où, en fin de compte, on avait avant tout besoin de leurs capacités de reproductrices en même temps que de la force de leurs bras… En somme, compte tenu de la tournure que prenaient les évènements, leur double problème était de devoir préparer leur fils à l'éventualité d'une existence qu'aucune femme n'accepterait de venir partager et de trouver le moyen pour que leur fille échappe à cette forme de servitude.

Simon forcissait. Il prenait tout à la fois de la taille et de l'épaisseur. Si l'aspect physique avait été le seul critère à prendre en ligne de compte, il aurait été sans contexte un homme, et même un homme attirant. Mais si les travaux de la ferme étaient souverains pour développer une silhouette attrayante, ils étaient de très peu d'effets sur l'exercice des qualités intellectuelles. Or Simon, depuis qu'il avait quitté l'école, n'entendait pas s'adonner à d'autres activités que celles ordinairement requises pour s'occuper des vaches ou préparer un champ de seigle. Descendre au marché avec ses parents était pour lui une corvée. Le voir alors exagérer sa démarche chaloupée de coureur de chemins, avancer le front bas et les sourcils froncés, sans rien dissimuler de l'ennui qu'il ressentait à ne pas être à sa glèbe, avait quelque chose d'affligeant.

On en arrivait à le plaindre alors que Clara, qui vivait après tout dans les mêmes conditions que lui, attirait au premier coup d'œil toutes les sympathies et les promesses d'un avenir plein de charme. Ce qui ne manquait pas de laisser ses parents adoptifs perplexes. Pas question que leur fille connaisse le sort peu enviable de toutes celles qui, génération après génération, l'avaient précédée, c'était l'évidence. Mais, pour autant, que ferait-elle ? Amélie et Gaston étaient pris au piège de leur ignorance. Que connaissaient-ils hormis leur étroite campagne ? Là, ils étaient maîtres. Mais, sortis de ce royaume bien limité, que savaient-ils ? Cette incompétence et les répercussions qu'elle risquait d'avoir sur le devenir de Clara commençaient à les inquiéter sérieusement lorsque l'instituteur du pays, sans trop en avoir conscience, leur tira une fameuse épine du pied.

L'année scolaire s'achevait. Simon travaillait déjà avec son père depuis près de trois ans. Clara terminait sa dernière année à l'école du village qu'allaient, dans quelques jours, sanctionner les épreuves du tant redouté et tant espéré certificat d'études primaires. Il faisait un temps de juin resplendissant. On vivait dehors. Clara avait entrepris de civiliser un peu l'espace qui séparait la maison de la route. On l'abandonnait ordinairement à une herbe un peu folle que broutaient les vaches en passant, que les poules en liberté picoraient sans cesse et que chiens et chats avaient toujours privilégiée pour s'ébattre entre les roues des charrettes qu'on stockait là. Sans s'émouvoir de toute cette concurrence ignorante des comportements à avoir dans un jardin bien organisé, Clara avait dessiné des allées, les avait désherbées, en avait bêché le bord sur deux largeurs d'outil et y avait installé des tas de semis et de plantations que Gaston admirait beaucoup en se demandant où la gamine avait bien pu dénicher toutes ces graines et ces plants, et surtout à quoi cela pouvait bien servir.

Elle était pour l'heure occupée à chasser quelques poules et canards, deux chèvres et autant de chats qui ne voulaient pas entendre qu'on ne piétine pas une plate-bande, surtout jardinée avec tant d'amour, quand elle se figea sur place, bouche bée et oreille tendue. Pas possible ! Que pouvait-il bien venir faire dans ce coin perdu du village ? Pourtant, il n'y avait pas à s'y tromper. Nul, dans le pays, ne possédait un cyclomoteur rendant le même bruit de casserole que celui du « maître ».

C'était là bien entendu le premier engin motorisé que possédait le brave homme. Il en était fier comme Artaban, mais faisait preuve d'une capacité à l'entretenir à peu près aussi dérisoire qu'étaient grandes ses qualités d'enseignant. Clara l'adorait, lui portant même un véritable culte. Il avait assez d'expérience pour en avoir pris la mesure et pour s'en tenir à bonne distance. Raison de plus pour s'étonner qu'il ait pu s'engager dans l'aventure d'un tel voyage aller et retour au guidon de sa pétrolette jusqu'au Crot-du-Peu.

Averti, Gaston s'empressa pendant que Simon jugeait ses tâches trop urgentes pour s'en détourner. Il n'avait surtout aucune envie de se retrouver nez à nez avec l'instituteur qui, des années durant, avait incarné pour lui ce qu'il y avait de plus ennuyeux et de plus inutile. Amélie avait accueilli le visiteur inattendu avec beaucoup de prévenance pendant que Clara, se doutant qu'elle allait être sur la sellette, se faisait aussi petite et discrète qu'elle le pouvait, mais sans pour autant s'éloigner.

Les « grands », réunis autour de la table, un petit verre du porto des très grandes occasions à la main, l'exaspérèrent un bon moment en échangeant les platitudes les plus convenues sans lesquelles il ne pouvait être d'entretien sérieux. Puis, tout à coup, le maître la tétanisa en se tournant vers le coin d'ombre où elle se tenait, et en pointant un doigt terrible vers elle.

— Bon, ce n'est pas tout ça, dit-il d'une voix forte qui ne fit qu'ajouter à la panique de la gamine, bien qu'elle n'eût rien à voir avec celle qu'il lui arrivait de prendre lorsqu'il était en colère. C'est au sujet de celle-là, vous vous en doutez, que je viens vous voir.

Qu'est-ce qu'on va en faire, de cette enfant-là ? Le certificat d'études, ça va être une formalité pour elle. J'espère bien qu'elle va nous décrocher une ou deux mentions. Elle en a le niveau. Mais après ? Qu'est-ce qu'elle compte faire, après le certificat ?

Rouge comme une pivoine, Clara ne savait plus où se mettre. Elle cherchait désespérément le regard d'Amélie ou de Gaston, mais l'un et l'autre, au moins aussi embarrassés qu'elle, contemplaient leur verre en le triturant et en attendant la suite.

— Elle ne va tout de même pas s'arrêter là ? reprit le maître. Douée et travailleuse comme elle l'est, ce serait vraiment trop dommage. Il faut qu'elle continue. Qu'est-ce que vous en dites ?

Cette fois, ils ne pouvaient plus se défiler. Amélie et Gaston levèrent lentement les yeux et affrontèrent le sourire engageant qu'arborait le brave homme.

— C'est que... fit Gaston d'un air penaud, chez nous, vous savez, l'instruction, on ne connaît pas trop. Quoi lui faire faire ? Et puis, c'est ce que ça coûte...

La remarque parut plonger l'instituteur dans la perplexité. Tout en se caressant doucement le menton, il ne quittait pas des yeux les parents adoptifs de Clara.

— Evidemment, dit-il. Ce que ça coûte... Je m'en doute. Mais il y a peut-être une solution...

Dans son coin d'ombre qu'elle s'était bien gardée de quitter, Clara crut sentir le monde s'ouvrir devant elle. Elle attendait que, de la bouche du maître, naisse la voie de son avenir.

— Voilà, reprit-il. C'est pour cela que je me suis décidé à venir vous voir de cette façon impromptue et sans attendre les résultats du certificat d'études dont, d'ailleurs, comme je viens de vous le dire, je ne doute pas. Peut-être, si on s'y prend bien et sans tarder, pourrait-on lui obtenir une bourse, à cette enfant-là. Ses résultats, dont je peux me porter garant, le justifient amplement. J'ai simplement besoin de votre accord. Le reste, le dossier, les démarches, j'en fais mon affaire. Si ça marche, elle pourrait être admise dès l'an prochain au cours complémentaire à la ville, pas trop loin d'ici. Elle pourrait rentrer tous les soirs en autocar. En deux ans, si elle travaille bien, elle pourrait obtenir son brevet d'études du premier cycle. Après, évidemment, c'est sur concours. Mais je la sais capable de réussir.

Amélie et Gaston, subjugués, tentaient de suivre. C'étaient là des démarches et des perspectives dont ils n'avaient pas même idée. Ils ne s'en seraient pas moins réjouis et auraient bondi de joie si la crainte d'être dépassés par les évènements ne les avait pas affolés.

— Après, quoi ? s'inquiéta Gaston.

C'était ce qu'attendait leur visiteur. Mieux valait une question que le refus obstiné auquel il avait craint de se heurter.

— Eh bien, après, reprit-il, si elle réussit le concours, ça peut être l'Ecole normale. L'école des instituteurs et des institutrices, celle que j'ai faite. Ce serait bien si elle pouvait devenir institutrice. Vous ne pensez pas ? Et toi, Clara, qu'est-ce que tu en dis ? Ça te plairait de devenir institutrice ?

Discret, le sourire de Clara était plus narquois qu'autre chose. Institutrice ! N'importe quoi. C'était qu'il y croyait, le maître. Elle, Clara, institutrice ! Et puis quoi encore ?... Non que ça ne la tentât pas... Institutrice... Non qu'elle n'en ait pas rêvé... Mais le rêve, à quoi ça engage ? S'il suffisait de se rêver princesse pour que tout de suite un prince charmant... Ça se saurait ! Déjà, institutrice...

Eh ! Pourquoi pas, institutrice ? L'idée faisait son chemin. Le sourire s'affermissait, devenait radieux. Sans même s'en rendre compte, Clara sortait de son coin d'ombre et s'avançait à petits pas vers son maître.

— Oh, oui. Ça me plairait !

Allons, c'était dit. On tenterait la bourse, on assumerait les deux années de cours complémentaire, on risquerait la formidable aventure du concours d'entrée à l'Ecole normale, on irait y bachoter autant qu'il le faudrait pour que la petite Juive réfugiée chez des paysans devienne une « maîtresse », une érudite à la culture et aux bonnes manières de laquelle un village entier, parents et enfants, serait suspendu.

Clara, sans le moindre complexe, s'y voyait déjà. Amélie et Gaston, un peu étourdis, affolés par l'apparente difficulté du parcours dans lequel il faudrait bien s'engager, souriaient pour la forme. Surtout ne pas égratigner l'évidente satisfaction de leur fille adoptive, faire bonne figure devant le maître. Ils n'en avaient pas moins l'un et l'autre la désagréable impression d'être déracinés, projetés sans ménagement dans un monde auquel ils n'entendaient rien. Il allait pourtant falloir l'affronter tête haute, ne serait-ce que pour ne pas décevoir Clara et ne pas ébranler ses si belles espérances.

9

Une tante et une cousine

Les trois pièces du logement n'étaient pourtant pas bien grandes. Mais elles étaient si hautes de plafond. Les jours de grand vent, on entendait celui-ci chanter au coin des fenêtres qui jointoyaient mal, et surtout sous la porte qu'un grand jour séparait du carrelage glacé.

Debout à côté du gros Godin qui ronflait et rougeoyait sans pouvoir venir à bout de l'humidité et du froid ambiants, Clara contemplait le diplôme reçu le matin même. Elle ne pouvait pas en détacher le regard. Enfin, elle était institutrice pour de bon. Du statut précaire de « stagiaire » qui avait été le sien durant tout le premier trimestre de l'année scolaire, pour avoir satisfait aux exigences de l'inspecteur venu la terroriser toute une matinée à quelques jours des vacances de Noël, elle accédait enfin à l'état enviable de titulaire de son poste, fonctionnaire de catégorie B de l'Education nationale.

Six ans, depuis que le maître était venu lui mettre cette drôle d'idée en tête au Crot-du-Peu. A dix-neuf ans, après un parcours sans faute, elle était une des plus jeunes institutrices de l'académie. Toute fraîche émoulue de l'Ecole normale, elle avait été nommée à la rentrée des classes dans cette école d'un gros bourg de Bresse où elle était arrivée avec une toute petite valise en carton pour seul bagage. Le directeur, un brave homme un peu bourru, l'avait accueillie en s'étonnant qu'on nomme maintenant des fillettes aux postes d'institutrice. Cela l'avait vaguement ulcérée, mais elle avait vite compris que ses propos trop facilement bougons n'étaient qu'une façade, une façon de se protéger, après tant d'années passées à frotter ses convictions de pédagogue à l'indifférence d'une population moins occupée de savoir et de culture que de ses plantations de maïs, de la production laitière de ses troupeaux, et de ses élevages de poulets de grain.

« Je vous souhaite de ne pas craquer », l'avait-il tout de même encouragée à sa rude manière. Puis il s'était inquiété de savoir où elle comptait s'installer. Clara, bien entendu, n'en avait pas la moindre idée.

« Bon, avait-il grogné. Je sais bien que les stagiaires n'y ont pas droit, mais qui viendra y voir ? Il y a un petit logement disponible à l'étage de l'école. Vous n'avez qu'à vous y installer. »

Il l'avait longuement considérée avec un drôle de sourire mi-goguenard, mi-apitoyé, puis il avait ajouté :

« Jusqu'à ce que vous trouviez mieux... »

Clara avait compris dès l'apparition des premiers froids. Ses trois pièces étaient inchauffables. A peine meublées du strict nécessaire, elles auraient pu lui apparaître proprement sinistres si elle ne les avait parées de toutes les vertus de l'indépendance qu'elle trouvait là pour la première fois. Et d'ailleurs, comment faire autrement ? Elle n'avait rien trouvé d'autre où se loger plus décemment sans qu'il lui en coûte la quasi-totalité de ce qu'elle gagnait. Alors elle s'était organisée. Sous prétexte de travaux scolaires, elle passait le plus de temps possible dans sa classe, ne rentrant chez elle que tard le soir. Au moins, à se préparer un repas rapide, elle n'avait pas à s'éloigner du gros poêle qui lui délivrait vaille que vaille de quoi ne pas grelotter. Le plus dur était le moment où il lui fallait se dévêtir et faire sa toilette avant de se glisser entre les draps raidis d'humidité et de froid. Roulée en boule, elle attendait que son corps ait diffusé assez de chaleur sous les couvertures pour pouvoir s'allonger progressivement et s'abandonner à un sommeil bien mérité après les journées passées avec ses jeunes élèves.

Elle aimait ce qu'elle faisait et y ajoutait encore l'enthousiasme de la découverte. C'étaient là des plaisirs bien suffisants pour relativiser les inconvénients de son installation. D'ailleurs, elle comptait bien ne pas s'éterniser dans ce pays qu'elle ne connaissait pas et où on l'avait accueillie avec plus d'indifférence que d'amabilité. C'était comme s'il était convenu de part et d'autre que leurs chemins ne devaient pas se côtoyer très longtemps. Elle ne s'en plaignait pas. Elle avait bien d'autres choses à faire.

Il y avait d'abord le poste de son instituteur, celui-là même à qui elle devait de s'être sortie d'affaire, qui n'allait pas tarder à se libérer. Le brave homme prenait de l'âge. Il pensait à sa retraite et s'inquiétait peut-être plus encore de savoir qui lui succéderait à la chaire de son école. Malgré sa recommandation, Clara n'osait espérer être celle-là. Mais il y avait surtout l'impérieuse nécessité qui s'imposait à elle, depuis qu'elle assumait sa vie, de se retourner sur son passé et de tenter d'en démêler l'imbroglio.

C'était pourtant là des choses dont on ne parlait plus. On avait décrété dès la sortie de la guerre que la page était tournée, que la victoire sur toutes les formes de xénophobie avait été totale, qu'il n'y avait pas à y revenir et que le mieux, pour que ne resurgissent pas les tentations, était d'imposer l'oubli... Une volonté délibérée d'amnésie, comme un grand rideau tiré derrière lequel on dissimulait hypocritement tout ce qui de près ou de loin, futile ou rédhibitoire, pouvait remuer les consciences. Depuis longtemps, elle n'était plus « la Juive ». Du moins l'espérait-elle. Ça ne se disait plus, voilà tout, même si, dans certains regards, Clara voyait bien que ça se pensait encore.

Sauf, bien entendu, dans ce gros bourg de Bresse où personne ne la connaissait. Parfois, il lui pesait de devoir faire un secret de ses origines. Elle savait qu'elle aurait choqué en proclamant haut et fort que ses parents biologiques avaient été déportés pour cause de judaïté. Qu'y pouvait-elle ? Cet anonymat aurait pu l'apaiser. Elle souffrait pourtant de devoir cacher cette réalité brûlante de son existence. C'était comme si elle s'amputait d'une part d'elle-même.

Pendant tout le temps de ses études, elle n'avait guère eu le loisir d'y penser. Mais maintenant qu'elle était établie, qu'elle avait une situation et le salaire qui allait avec, il lui semblait de la plus grande urgence de s'attaquer enfin au grand mystère de son enfance. Elle n'en pouvait plus de subir cette espèce de grande zone d'obscurité qui occultait une large part de son passé. Elle voulait savoir. Curieusement, il lui semblait qu'elle devait à tout ce qu'Amélie et Gaston lui avaient donné d'en rétablir l'équilibre par la connaissance des faits qui les avaient amenés à la recueillir et à l'élever.

Mais par où commencer ? Par où aborder ce problème dont elle ne pouvait s'entretenir avec personne, dont elle ne savait rien, perdue qu'elle était au fond de sa campagne bressane ? De ce qu'elle avait été, elle ne savait quasiment rien, sauf le nom de famille que lui avaient donné ses parents biologiques et qu'elle avait perdu, pour l'état civil, le jour où Amélie et Gaston Bordavand lui avaient donné le leur.

C'était une chose entendue. Elle s'appelait désormais Clara Bordavand, mais rien ne pourrait empêcher qu'une part d'elle-même reste Levy. Elle avait été Clara Levy. Quoi de plus banal ? Les Levy, c'étaient un peu les Dupont ou les Durand de la judaïté. Il devait y en avoir des mille et des cents. Comment faire le tri et mettre la main sur ceux qui, ayant eu une existence parfaitement identique aux autres, avaient pour seule spécificité de lui avoir donné la vie ?

A force de tâtonnements, de courriers sans réponse ou si vagues qu'ils ne lui apportaient rien, elle avait tout de même fini par dénicher les coordonnées de quelques associations qui s'étaient créées à la Libération et qui se souciaient surtout du sort des innombrables enfants dont les parents avaient disparu dans la tourmente. Après de nombreuses déconvenues, des fausses pistes ou des échanges avec des Levy qui se révélaient vite n'avoir aucun rapport avec elle, elle avait tout de même fini par obtenir la triste confirmation de la déportation de ses parents. Elle était maintenant en possession du numéro du sinistre convoi auquel ils avaient appartenu, de ses dates de départ d'un camp français et d'arrivée à Buchenwald. Mais c'était tout. Qu'était-il advenu d'eux ? Personne ne semblait en mesure de le lui dire, la seule certitude étant qu'ils ne figuraient sur aucune liste des rapatriés des camps.

Rien de plus démoralisant que cette quête obstinément vaine. Clara en était arrivée à un point où elle aurait pu estimer en toute conscience avoir fait l'impossible. L'idée ne lui en vint pas. Si elle avait perdu le peu d'illusion qu'elle avait pu se faire sur le sort de ses parents, sa conviction était intacte que des cousins, peut-être même des oncles et des tantes lui restaient quelque part. Elle s'obstina, prospectant sans relâche les moindres pistes, les renseignements les plus infimes, les plus apparemment insignifiants qu'elle pouvait glaner auprès des interlocuteurs de plus en plus nombreux que lui procuraient ses recherches incessantes.

De cet hiver qu'elle passa en Bresse, dans ce pays où elle ne connaissait personne et où elle imaginait son passage trop court pour que le désir lui vienne de se lier, dans le froid de son petit logement, sans cesse en but aux échecs de ses recherches, Clara ne devait pas garder un bon souvenir. Ce fut pourtant là, dans ce décor sans charme et dans cette solitude, qu'elle ressentit coup sur coup deux de ses plus grandes joies.

La première lui vint de son vieil instituteur de Valdémont. Devançant sans scrupule l'annonce qui devait lui en être faite par le rectorat, en quelques lignes délibérément concises, il lui confirmait qu'une fois de plus il était arrivé à ses fins. Elle serait mutée à la prochaine rentrée dans son école, appelée à le remplacer lorsqu'il prendrait sa retraite. C'était tellement inespéré que Clara, seule dans son petit logement, assise à sa table où elle venait de sortir la lettre de son enveloppe, s'abandonna sans honte à des larmes de joie. Elle allait retrouver ce pays dont elle n'était pas native, mais qui était désormais le sien pour le restant de ses jours. Elle allait retrouver Amélie et Gaston autrement que par ces brefs congés qui, de loin en loin, tout au long de cette année éprouvante, lui avaient permis de venir passer quelques heures avec eux. Elle allait surtout avoir à y assumer le rôle essentiel de l'institutrice, la « maîtresse » devant qui défileraient, au fil du temps, tous les enfants du pays et qui serait, si elle savait s'y prendre, la référence morale de toute une communauté villageoise.

Elle ne doutait pas qu'elle y parviendrait et c'était certainement là, dans ce rôle informel mais essentiel, qu'elle trouva la motivation la plus forte. Elle, la petite « Juive », l'enfant recueillie, devenir celle vers qui on se tourne quand il s'agit de conscience ! Pour elle, ce n'était en aucune façon une quelconque forme de revanche. Elle n'y pensa même pas. Ce n'était qu'une promotion comme une autre, une accession à un rôle primordial auquel rien d'autre ne la faisait accéder que ses propres mérites.

Sous le sceau du secret qu'il fallait bien respecter tant que ne lui serait pas parvenu l'avis officiel du rectorat, elle s'empressa d'annoncer la bonne nouvelle à Amélie et Gaston. Ils n'avaient peut-être pas encore reçu sa lettre lorsqu'un autre courrier lui parvint : un coup de tonnerre, qui relégua au second plan la nouvelle de sa prochaine mutation. La forme en était inattendue, mais elle comprit tout de suite qu'il y aurait nécessairement un avant et un après ce que cette lettre lui apprenait.

Bien que la guerre fût finie depuis plus de dix ans, nombreuses étaient les familles qui, comme Clara, cherchaient encore à se réunir ou à savoir ce qu'il était advenu de certains de leurs membres. Quelques organismes officiels continuaient à faire ce qu'ils pouvaient pour les y aider. L'un d'eux, prudemment, signalait à Clara qu'il avait trouvé quelques similitudes troublantes entre ses recherches et celles que menait une autre de leurs correspondantes. Ils lui demandaient simplement si elle les autorisait à lui transmettre ses coordonnées. Elle n'hésita pas. Par retour du courrier, elle confirma son accord.

Commença alors une longue attente. Chaque soir, en rentrant de l'école, Clara retenait son souffle en ouvrant sa boîte aux lettres. Des semaines passèrent sans que rien ne vienne. Jusqu'à cette lettre à l'adresse manuscrite d'une fine écriture qui lui fit bondir le cœur. Avant même de la retourner pour découvrir de qui elle lui venait, elle avait compris.

Stéphanie Calvanieux n'y allait pas par quatre chemins : *Selon ce qui m'est communiqué, j'ai tout lieu de penser que nous sommes cousines. Ma mère, aujourd'hui âgée de cinquante-sept ans, est d'origine juive, bien qu'elle n'ait jamais pratiqué, pas plus, je pense, que le reste de sa famille. Elle avait une sœur de quelques années son aînée qui, avant la guerre, avait épousé un Levy. Ils avaient une petite fille prénommée Clara. Ma mère est toujours à la recherche de sa sœur, de son beau-frère et de leur fille, qu'elle a perdus de vue au tout début de la guerre, au moment de l'exode. Peut-être êtes-vous cette Clara qui était à l'époque une enfant ?*

C'était à peu près tout. Mais en fallait-il plus ? Tout correspondait si bien. Discrète, cette Stéphanie parlait peu d'elle-même. Elle n'indiquait ni son âge, ni ce qu'elle faisait. Clara ne s'en sentit pas moins saisie d'une furieuse envie de faire sa connaissance. Tout à son bonheur d'avoir retrouvé trace de sa famille, elle passa sa soirée à rédiger une très longue lettre. Elle s'y racontait, mais était tout aussi intarissable au sujet d'Amélie, de Gaston, de Simon, du Crot-du-Peu, de ses amitiés, de son vieil instituteur qui allait lui laisser sa place... Ce fut à laisser sa plume courir des heures durant qu'elle prit la mesure de tout ce qu'il y avait à dire, de la richesse de sa vie et de l'amour dont elle s'était prise pour ce pays dont elle ne savait même pas pourquoi ni comment elle y avait échoué.

Le lendemain matin, elle tint à poster sa lettre avant de gagner l'école. Il s'en fallut de peu qu'elle arrive en retard dans sa classe et faillit encore se trahir par son exubérance. Elle était heureuse au-delà de tout et ne voyait pas au nom de quelle hypocrisie elle aurait dû s'en cacher.

— C'est la perspective de quitter notre école qui vous réjouit à ce point ? l'interpella le vieux directeur d'école qu'elle allait quitter avec un certain regret, malgré ses airs facilement bougons.

Elle en resta bouche bée. Il savait donc.

— Euh... bafouilla-t-elle. Non, bien sûr. Parce que... Parce que...

— Ne me dites pas que vous n'êtes pas au courant. J'ai reçu l'avis du rectorat hier.

— L'avis du rectorat ? fit-elle mine de s'étonner. Et ça me concerne ?

Il ne fut pas dupe. Il eut un de ces grognements qui lui tenaient lieu de rire.

— Vous le savez bien. C'est votre mutation. Vous nous quittez pour rejoindre l'école de votre pays d'origine.

— Eh bien... Eh bien, moi, je n'ai rien reçu.

— Ça ne va pas tarder, soyez sans crainte. Allons, je vous félicite. C'est une chance rare que de pouvoir obtenir si vite la mutation de ses vœux. Il faut croire que vous avez laissé un bon souvenir chez vous pour qu'on vous réclame si vite.

C'était sa façon à lui d'être aimable. Elle le remercia, mais n'en dit évidemment pas plus sur les raisons qui la mettaient de si bonne humeur.

La fin de l'année scolaire lui parut à la fois s'éterniser et se dérouler sur un petit nuage. Elle eut le temps d'échanger plusieurs courriers avec sa cousine retrouvée. Il y eut même, au bas d'une de ces lettres, un mot ému et attendrissant de sa tante. On en vint vite à une pressante invitation de Stéphanie. Il fallait à tout prix que Clara entreprenne le voyage de Paris, où elle résidait, et qu'on organise une grande fête de retrouvailles.

Monter à Paris ! Clara était partagée entre l'enthousiasme et l'affolement. Tout cela survenait si brutalement. Elle ne parvenait pas à gérer simultanément le plaisir de retrouver Valdémont, Amélie, Gaston, ses amis d'école, son vieil instituteur, sa nouvelle installation à organiser et, dans le même temps, la perspective de cette expédition parisienne chargée de tant d'émotions.

Curieusement, après avoir mis tant d'acharnement à retrouver trace de sa famille, elle était saisie au dernier moment d'une sorte de crainte. Comment étaient-ils, ces gens-là ? Et si elle ne s'entendait pas avec eux ? Depuis le temps, auraient-ils encore quelque chose à partager ?

Elle finit par éluder. Prenant prétexte de son

déménagement, elle remit l'invitation à plus tard. Stéphanie parut comprendre. Après tout, pour apprendre à se connaître, pour se trouver peu à peu des sujets d'intérêt communs, n'était-il pas aussi bien de s'en remettre quelque temps encore au mode épistolaire ? Les courriers reprirent de plus belle. Ils furent, pour Clara, autant de fleurs semées sur le chemin de son retour chez elle.

10

Mariée...

Si seulement il n'y avait pas eu cette guerre d'Algérie... Clara avait mauvaise conscience. Elle avait tout pour être heureuse, et se faisait sans cesse le reproche de trop laisser paraître cette joie de vivre que tant de personnes autour d'elle ne pouvaient partager.

La petite réfugiée, qui aurait pu devoir se satisfaire d'une terne existence de paysanne, vivait au milieu des enfants de tout un village, de son village. Elle y était entourée d'amis, respectée, et même estimée. Elle s'était retrouvé une tante et une cousine avec lesquelles elle entretenait des rapports de plus en plus chaleureux. Amélie et Gaston, loin de s'en formaliser, s'en réjouissaient pour elle et apprenaient eux aussi à connaître Stéphanie et sa mère.

Clara s'était enfin décidée à entreprendre ce fameux voyage à Paris qui l'impressionnait tant. Elle avait profité des vacances de la Toussaint pour aller à la rencontre de cette famille retrouvée. Après plus de cinq heures de train agrémentées de deux changements, l'arrivée sous les verrières de la gare de Lyon, à Paris, avait été, pour Clara, un moment d'émoi bien différent de ce qu'elle attendait. C'étaient moins la nouveauté, l'animation, le bruit qui l'avaient bouleversée qu'un sentiment flou mais très fort de déjà-vu. Cette foule pressée, presque hostile, ces odeurs, le souffle puissant des locomotives à vapeur et leurs panaches de fumée, elle connaissait, c'était l'évidence. Et l'étreignaient du même coup l'angoisse, la peur panique qu'avait pu ressentir une enfant de cinq ans dans la fuite de l'exode. « Le dernier train... »

Alors qu'elle longeait les quais, sa valise à la main, lui revinrent à l'esprit l'affolement soudain de ses parents, la course folle dans laquelle ils l'avaient entraînée, la cohue et les bousculades, l'escalade désespérée des marches du wagon...

Et maintenant, parmi ces gens qui allaient en tous sens sans se préoccuper d'elle, qui se souciait d'elle, des pas qu'il lui fallait faire, lourdement, pesamment, l'un après l'autre, à rebours de ces instants de terreur restés gravés au plus profond de sa mémoire ? Sa cousine, sa tante... Qui étaient-elles ? Comment les reconnaître ? Où étaient-elles ? Fallait-il qu'elle soit inconsciente pour s'être ainsi lancée dans cette expédition insensée !

Elle se laissait porter par la foule. A hauteur de la locomotive, dans les légers panaches de fumée blanche qui jaillissaient de son flanc, il y eut un encombrement. Que se passait-il ? Ce fut plus fort qu'elle. Tout lui était sujet à folle inquiétude. Elle se haussa sur la pointe des pieds, allongea le cou. Quelques visages courroucés se tournèrent vers elle. Elle se sentit plus misérable, plus vulnérable que jamais. Ce n'était que le contrôle des billets. Tout en s'efforçant fébrilement de sortir le sien de son portefeuille sans perdre sa place dans la file, elle s'alarmait déjà. Et après ? Une fois passé la main tendue de l'employé des chemins de fer qui ramassait les billets, où aller ? Que faire ?

Nous serons à la gare pour t'attendre, lui avait écrit Stéphanie. Quelle imprudence ! Sur le coup, elle avait trouvé l'attention gentille. Mais dans cette foule, qui pouvaient bien être cette cousine et cette tante qu'elle n'avait jamais vues ? Bêtement, de dépasser le contrôle lui avait fait l'effet d'un abandon au milieu de nulle part. Elle s'arrêta net, fut poussée, bousculée. On la fusilla des yeux, on grommela des choses qui ne devaient pas être trop aimables. Elle était incapable d'une décision. Son regard errait de droite à gauche, à la recherche de l'introuvable.

Il fallut qu'elles soient presque sur elle, remontant le flot incessant de la foule qui sortait des quais, pour qu'elle les remarque. Une jeune femme sans charme, mal fagotée, le cheveu plat et le regard presque transparent, au bras de laquelle s'accrochait une vieille dame toute menue, le cheveu grisonnant tiré sur le haut du crâne et rassemblé en un étonnant chignon impeccablement serré. Surmonté de lunettes de myope aux verres ronds cerclés de fer, le sourire lumineux qu'elle offrait à Clara était à lui seul une immense invitation à l'empathie. Ce fut ce qu'elle remarqua en premier. Puis elle vit le petit panneau que brandissait la plus jeune des deux. *CLARA* y était-il écrit en grosses lettres rouges.

— C'est moi, dit-elle simplement.

Les bras s'ouvrirent. L'angoisse qui nouait la gorge de Clara depuis qu'elle avait mis le pied sur le quai s'envola.

— Venez. Ne restons pas là. Nous serons mieux hors de la gare.

Toute petite et menue qu'elle était, c'était visiblement la tante qui décidait et elle n'avait apparemment rien de plus pressé que de regagner le calme du petit appartement du XIIIe arrondissement où elles vivaient ensemble, sa fille et elle. Comme s'il n'y avait rien eu là que de très normal, elle en avait fait faire le tour à Clara, qui l'avait trouvé ravissant et d'un modernisme tout à fait surprenant. La cuisine surtout, équipée d'un vide-ordures et de meubles en Formica de couleurs vives, l'avait bluffée. Pour un peu, de ne pas bénéficier encore d'un tel confort, elle aurait reproché à sa campagne d'être attardée. Elle se contenta d'imaginer sa future installation nantie de tous ces progrès.

Il fallait encore qu'on s'installe, qu'on prenne des dispositions pour le repas du soir, qu'on s'assure que Clara ne manquerait de rien. Et ce ne fut qu'une fois tous ces détails pratiques réglés que la tante, s'asseyant à la table de la salle à manger, se résolut à l'évocation de tout ce passé qui leur occupait l'esprit.

— Ton père et ma sœur, lui raconta-t-elle, n'ont pas pu quitter Paris en même temps que nous, quand tout le monde fichait le camp, au moment de l'exode. Ton père a été retenu par je ne sais plus très bien quelle obligation. Nous partions à destination de Marseille, où nous avions de vagues cousins qui acceptaient de nous recevoir. Avec mes parents – tes grands-parents –, nous avons réussi à embarquer dans un train, gare de Lyon. Je revois encore ta mère, sur le quai, toute souriante malgré l'angoisse du moment. Elle te tenait par la main. Tu n'étais pas bien haute. « N'ayez crainte, disait-elle, nous vous suivrons dès demain et nous nous retrouverons à Marseille. » Vous n'y êtes jamais arrivés. Que s'est-il passé entre-temps ? Je n'en sais rien. D'après ce que j'ai appris par la suite, un des tout derniers trains à avoir pu quitter Paris à destination de Marseille, le lendemain dans l'après-midi, a été bloqué en gare de Laroche-Migennes, où il a été pris sous un bombardement. Etiez-vous dedans ? C'est possible puisque tes parents comptaient quitter Paris ce jour-là. En tout cas, vous avez échappé aux bombes puisque vous avez abouti dans ce pays que tu appelles le Morvan. Comment y êtes-vous arrivés ? Tout le mystère est là. Tu ne te souviens de rien, toi ?

Clara ne put que confirmer d'un geste de dénégation. Elle ne se souvenait de rien, rien de précis. Cette évocation de trains, de gare bloquée, de bombardement, lui laissait bien quelques vagues souvenirs, mais tout cela était trop flou, trop embrouillé, trop perdu dans le brouillard d'évènements dramatiques pour que sa mémoire d'enfant n'en ait retenu autre chose qu'une très grande peur, un gouffre de panique dont plus rien de cohérent n'émergeait.

Alors on parla de ses parents. Des petites gens sans histoire qui ne demandaient rien à personne et que rien, jamais, n'aurait dû destiner à une telle tragédie. Ils habitaient à Belleville. Son père était ouvrier mécanicien dans un atelier du quartier. Sa mère était vendeuse dans un grand magasin. Qu'en dire de plus ? Ils étaient heureux et couvaient leur fille unique de toutes leurs attentions. Le grand rêve de son père était de parvenir à s'acheter une voiture pour emmener sa famille en vacances. Un rêve brisé avec tant d'autres choses...

— Et toi ? Parle-moi un peu de toi.

La tante se penchait au-dessus de la table vers Clara avec de la gourmandise dans la voix et dans les yeux. Clara raconta. La convocation de ses parents à la ville, leur arrestation à la descente de l'autocar. Elle se retint de dire sa conviction qu'ils avaient été dénoncés. Elle dit sa chance, son bonheur d'avoir trouvé sur sa route des gens tels qu'Amélie, Gaston et son instituteur. Elle tenta de faire comprendre à ces citadines, qui n'avaient jamais quitté leurs quartiers que dans le tumulte de l'exode, ce qu'était sa vie d'institutrice dans un petit village morvandiau. Elle les sidéra, ne fut pas certaine de les avoir convaincues, mais vit bien qu'elle s'auréolait involontairement à leurs yeux d'une aura de réussite qui la gêna un peu. Qu'était-elle de plus qu'elles-mêmes ?

Rentrée en Morvan, redevenue « la maîtresse », dotée enfin d'une famille, elle aurait eu la conviction d'un bonheur presque parfait s'il n'y avait pas eu la rumeur quotidienne de cette guerre qui ne voulait pas dire son nom mais qui s'éternisait, en Algérie.

Trop jeune, occupée de bien d'autres choses, moins concernée dans son entourage direct, elle n'avait pas ressenti les mêmes émois ni les mêmes inquiétudes au sujet de la guerre d'Indochine. Tout juste se souvenait-elle de sa consternation quand elle avait vu un de ses professeurs de l'Ecole normale, un homme autoritaire et dur, incapable de dissimuler ses larmes en apprenant la chute de Diên Biên Phu, en mai 1954. Mais que signifiaient, pour une gamine de dix-sept ans vivant en internat et exclusivement occupée de ses études, ces évènements lointains dont on se gardait bien de la tenir informée ?

Les circonstances étaient tout autres pour ce qui concernait l'Algérie. L'âge et les responsabilités avaient fait prendre conscience à Clara des réalités du monde qui l'entourait. Elle n'en était pas encore à s'engager elle-même, mais, à beaucoup lire et à beaucoup s'informer, elle se forgeait peu à peu des convictions sans trop de rapport avec le discours officiel. Trop facile de gober sans broncher les propos de ceux qui entendaient justifier cette guerre dont on leur cachait presque tout. L'idée même que la revendication d'indépendance de ces peuples était légitime avait pour elle, comme pour presque tous les jeunes de son âge qui s'y ouvraient, un goût de nouveauté criant. De là à se poser la question du bien-fondé de cette conscription à marche forcée qui envoyait tous ses amis tuer et risquer de se faire tuer pour la défense d'une idée coloniale obsolète, il n'y avait qu'un pas. Clara aurait été prête à le franchir si avaient existé dans son entourage les relais nécessaires vers toutes ces associations, ces mouvements plus ou moins clandestins qui se levaient pour contester la légitimité de ce qu'ils estimaient être un gâchis sans nom.

Encore fallait-il que Clara tende une oreille attentive pour que lui parvienne l'écho assourdi de tous ces débats. Ils se tenaient dans des cercles avertis et citadins qui se souciaient peu de partager leurs points de vue avec ces campagnes attardées, tel que pouvait paraître le Morvan. Il lui semblait que, pour ces gens-là, elles étaient tout juste bonnes à alimenter sans débat le flot incessant de tous ces jeunes qu'on embarquait à Marseille, à fond de cale du *Ville-d'Alger* ou du *Ville-d'Oran*. Ils partaient pour trente mois de peines et d'angoisses. Clara s'en voulait de ne pouvoir être que la spectatrice impuissante de ce qu'elle redoutait de devoir assimiler au réveil sinistre des vieilles peurs, des craintes, des injustices, des drames dont on avait pourtant juré que « plus jamais ça ». Il n'y avait pas si longtemps qu'elle ne puisse s'en souvenir.

Simon était parti sans un mot. Puis était venu le temps de ceux de la classe d'âge de Clara. Seul Philippe, le fils du garagiste du pays, y avait temporairement échappé. Les études qu'il poursuivait lui valaient d'être sursitaire. Il en connaissait l'échéance. Il avait fait ses calculs. Il savait très bien quand il partirait et quand, si rien ne changeait d'ici là, il pouvait espérer revenir. Tant de choses pouvaient se passer entre-temps.

— Clara, que dirais-tu si je te demandais de m'épouser avant que je parte ?

Par un beau soir de printemps, ils rentraient d'une de ces longues promenades dans les bois qu'ils affectionnaient. Ils marchaient entre les haies vives qui bordaient le chemin. Clara, prise de court, avait réussi à ne pas sursauter. Elle avait simplement baissé les yeux. Les mains enfoncées au fond des poches de son pantalon, elle continuait d'aller du même pas, bien réglé sur celui de Philippe. Le regard du jeune homme se détourna lentement du village dont les toits se profilaient loin devant eux pour se poser sur elle. Il ne rencontra que ses mèches un peu folles, ébouriffées par le vent et les branches basses, qui lui dissimulaient son visage. A se demander si elle avait entendu sa question.

— Qu'en dis-tu ? osa-t-il insister.

Imaginait-il le gouffre d'incertitudes, d'interrogations et de sentiments contraires dans lequel il semblait à Clara qu'elle glissait sans fin ? Epouser Philippe ! Bien sûr, pourquoi pas ? Depuis le temps qu'ils se connaissaient… Enfants, déjà, à l'école, on ne voyait jamais l'un sans l'autre. « On les mariera, ces gamins-là ! » disait-on en souriant, tant leur sage amitié faisait plaisir à voir. Promis à de longues études par ses parents, Philippe, après avoir passé l'examen d'entrée en sixième, avait quitté l'école communale deux ans avant Clara. Durant les années qui avaient suivi, ils ne s'étaient plus revus qu'en de très rares occasions. Il avait fallu que Clara soit nommée institutrice à Valdémont pour qu'ils se retrouvent et que leur vienne l'envie de se rencontrer le plus souvent possible.

Philippe terminait sa médecine. Pour Clara, il appartenait déjà à un monde qui n'était plus celui d'une petite institutrice de village. Elle n'en fut que plus étonnée de pouvoir partager avec lui beaucoup des idées assez peu conventionnelles qu'elle s'était forgées à force de lectures et d'analyses personnelles. Dans le milieu où il évoluait, Philippe pouvait difficilement exprimer les mêmes points de vue. Ils trouvèrent l'un et l'autre un grand plaisir à pouvoir échanger librement, sans risque de choquer. Elle l'entraîna dans de longues randonnées. Lui aussi avait aimé courir les bois et les vallons lorsqu'il était enfant, mais il en avait oublié le charme. Elle le lui fit redécouvrir, et cela ne fit que les rapprocher encore un peu plus.

Tout cela n'en était pas moins resté très platonique. L'idée du mariage ne leur était simplement pas encore venue. Clara ne s'y sentait pas prête et Philippe était trop accaparé par la fin de ses études, par l'imminence du service militaire, inévitablement en Algérie, et par sa future installation. La voie, pourtant, lui était toute tracée. Il était convenu depuis longtemps qu'une fois dégagé de toutes ces obligations il s'associerait avec le vieux médecin du village, à qui il succéderait en toute logique lorsque celui-ci parviendrait à l'âge de la retraite.

Cet enchaînement d'évènements bien inscrits dans le temps n'était certainement pas pour rien dans l'apparente indifférence avec laquelle ils traitaient l'aspect sentimental de leurs rapports. L'un et l'autre, au fond, avaient autre chose à faire qu'à penser mariage. Ils se contentaient d'autant plus aisément du plaisir qu'ils avaient à se retrouver et à échanger que rien ne semblait s'opposer à ce qu'un jour, lorsqu'il en serait temps, ils puissent en venir à l'issue évidente de leurs relations. Sauf, bien sûr, l'angoisse latente de cette maudite guerre d'Algérie dont, jusque-là, ils évitaient de parler, tant que sa froide et brutale réalité ne s'imposait pas à eux.

Pas un seul instant Clara n'avait imaginé que Philippe puisse lui poser une telle question avant son départ. L'épouser, c'était à la fois une évidence pour Clara, et une échéance jamais marquée, occultée par toutes les bonnes raisons qu'ils se donnaient de remettre à plus tard. Alors, comme ça, presque dans l'urgence, prendre une telle décision… Epouser Philippe parce qu'il partait à la guerre… Lui dire « oui » parce qu'on ne fait pas de peine à un homme qui part à la guerre… Il y avait là quelque chose qui n'était pas loin de ressembler à de la pitié et ne pouvait que déplaire à Clara. Autant l'idée d'arriver un jour au mariage comme à un aboutissement lui plaisait, autant elle répugnait à cette espèce de précipitation qui ne disait pas son nom. Où était ce libre choix auquel elle tenait tant ? Refuser, c'était une méchanceté, c'était porter atteinte au sacro-saint moral du guerrier. Accepter dans ces conditions, c'était abdiquer, c'était retomber dans l'antique ornière de la soumission de la femme au bon vouloir de l'homme.

Il voulut lui prendre la main. Elle réprima juste à

temps le geste instinctif de se raidir. Elle alla même jusqu'à imprimer une légère pression sur ses doigts et, en se tournant brièvement vers lui, elle lui sourit.

— J'aimerais tant, dit-il.

Le ton sourd de sa voix correspondait exactement au nœud que sentait Clara au fond de la gorge.

— Je... ne sais pas... parvint-elle à articuler.

Peut-être Philippe avait-il craint une réponse plus négative encore. Il parut se détendre.

— Je sais, je te prends un peu au dépourvu. On n'en a jamais parlé. On aurait dû. Mais c'était tellement évident... pour moi, en tous les cas. Avant d'être contraint de partir, je voudrais te savoir heureuse. Je voudrais que cette certitude entre nous nous aide, l'un comme l'autre, à passer au travers de tout le temps pendant lequel nous serons séparés.

Il avait bien choisi son discours. Il n'avait pas cherché à lui offrir quoi que ce soit. Il n'avait pas joué de cette insupportable suffisance des hommes qui prétendent apporter protection et sécurité à la femme qu'ils épousent. Elle lui en sut gré, mais se sentait toujours incapable de prononcer, là, tout de suite, dans ce chemin qui n'en finissait pas de finir, les mots qu'il attendait d'elle.

— Je ne m'y attendais pas, dit-elle. C'est peu de dire que tu me prends au dépourvu. Laisse-moi le temps. Je sais. Il nous est compté. Mais je ne sais pas, moi... Deux jours, rien que deux jours. Et puis, si tu veux, on prend le temps d'en reparler. Peut-être... Je ne sais pas... Tu veux bien ?

Il s'arrêta net au milieu du chemin, l'attira à

lui. Elle ne s'y opposa pas, bien au contraire. Leur étreinte fut longue, empreinte d'une sorte de gravité qui étonna Clara. Elle s'y abandonna avec volupté, ronronna sous ses caresses, lui tendit des lèvres enfiévrées. Il sut caresser sans heurter. Puis, sans un mot, main dans la main, ils reprirent le chemin du village.

Ils se marièrent au lendemain des examens par lesquels Philippe achevait ses études. Il savait que son sursis serait bientôt révoqué et que la feuille de route suivrait sous peu. Pour quelques semaines, ils allèrent habiter dans une partie de la maison des parents de Philippe, bien assez grande pour qu'ils y jouissent d'une certaine autonomie. Etrange lune de miel, à laquelle ils surent s'abandonner avec ravissement sans trop penser aux inévitables échéances qui l'inscrivaient dans un temps beaucoup trop court.

Quand Philippe fut parti, ses beaux-parents proposèrent à Clara de garder le petit logement qu'ils avaient su distraire de leur grande maison. L'invitation était gentille, mais elle la déclina. Il lui semblait qu'à rester là elle s'installerait dans une attente inutile. Ils étaient séparés pour longtemps. Elle le savait et ne se voyait pas se perdre dans le rôle éculé de la femme de soldat éplorée. La vie continuait et il lui semblait qu'elle devait à Philippe, comme à elle-même et à son entourage, d'y reprendre la part qui était la sienne. Elle remonta au Crot-du-Peu et retrouva ses habitudes auprès d'Amélie et Gaston, à qui l'absence de Simon pesait déjà assez lourdement.

Dès son retour de Bresse, elle avait fait l'acquisition

d'un vélomoteur tout neuf grâce auquel, qu'il pleuve, qu'il vente ou qu'il neige, la distance entre le bourg et le Crot-du-Peu lui semblait avoir été effacée. « La maîtresse » enfourchant son engin pétaradant s'était payé un beau succès. Elle avait été la première femme du pays à oser une telle audace. On s'en était étonné, on avait été un peu choqué, elle ne s'y était pas arrêtée, on l'en avait longtemps blaguée, mais, peu à peu, l'équipage était entré dans les mœurs. Elle n'avait abandonné sa Mobylette que le temps des jours de bonheur avec Philippe. Quand il fut parti et qu'elle avait à nouveau enfourché son engin pour remonter au Crot-du-Peu, on n'avait pas osé le moindre sourire.

Quand elle comprit qu'elle était enceinte, loin de regretter le choix qu'elle avait fait de revenir chez Amélie et Gaston, elle se jura qu'elle continuerait d'user de son rustique moyen de locomotion aussi longtemps qu'elle le pourrait.

11

La maison des réfugiés

Amélie était tout à la fois aux anges, inquiète et désolée. Une naissance chez elle, dans ce coin perdu et abandonné de tous du Crot-du-Peu ! Cette enfant tombée du nid, récupérée au bord du gouffre, qui leur faisait déjà tellement honneur en réussissant si bien et qui, par-dessus le marché, allait leur offrir ce bonheur sans nom d'être grands-parents ! Mais tout se passerait-il bien ? Avec le mari, le père, là-bas, si loin, à la guerre… Si ce n'était pas un malheur…

La responsabilité qui leur incombait lui paraissait démesurée. Elle s'affolait. Seule à ses fourneaux, pendant que Clara était à l'école et Gaston au cul de ses vaches, Amélie en venait à s'énerver, à bousculer poêles et casseroles. Elle s'assourdissait de leur tintamarre pour ne plus y penser et se laissait aller à verser quelques larmes dont elle ne savait plus très bien si elles étaient de bonheur ou d'angoisse.

Quand Gaston, rentrant du pays où il était allé partager quelques topettes avec ses conscrits, lui annonça, ce matin-là, qu'il avait une grande nouvelle, elle se contenta de hausser les épaules et de lui montrer son dos. Comme si c'était le moment ! Comme s'il n'y en avait pas assez comme ça avec le ventre de Clara qui s'arrondissait pendant que son mari risquait la mort, là-bas, si loin...

— Ben c'est justement, insista Gaston. Peut-être bien... On sait pas, mais sûr que, si ça tombe, ça va les intéresser.

Amélie, daignant se détourner de ses fourneaux, leva un œil critique sur son mari. Avait-il trop bu ? Ce n'était pourtant pas son genre, mais est-ce qu'on sait, quand on rencontre des amis qu'on n'a pas vu depuis la Saint-Glinglin ? C'est qu'il avait l'œil tout de même bien allumé, le Gaston.

— C'est-y que t'es saoul ? gronda-t-elle. Qu'est-ce que tu me racontes là ? Va pas t'occuper de leurs affaires. Ils sont bien assez grands.

Outré, Gaston n'en revenait pas. Avait-il jamais vu son Amélie si agressive ? Et il n'avait encore rien dit. Sourcils froncés, il fit celui que prenait la colère :

— Tu voudras bien me laisser parler, oui ou non ? Ce n'est pas vrai, ça ! Qu'est-ce qui te prend ? Si c'est ça l'effet que ça te fait, de devenir grand-mère, eh ben, bonjour !

Bon, elle s'était peut-être laissé emporter. Mais comment se reprendre ?

— Eh bien, dis ! en rajouta-t-elle. T'es là à faire des simagrées. T'as qu'à dire.

Cette fois, il préféra ne pas relever. Allons, il fallait comprendre. C'était que ça la chamboulait, sa vieille Amélie, cette affaire d'un enfant qui allait venir là, chez eux. Il rabattit sa casquette plus bas encore sur son front, prit le temps de s'asseoir et d'étendre les jambes sous la table. Bien calé dans le dossier de la chaise, les pouces passés dans les emmanchures du gilet, il oublia l'algarade et son sourire se fit si large qu'Amélie, rassurée, se mit à attendre une bonne nouvelle.

— Tu ne vas pas me croire, reprit-il, mais le Georges, le Georges Brisset, eh ben, il s'est décidé à la vendre, la maison d'à côté. Il doit avoir besoin de sous. Depuis le temps…

Abandonnant ses fourneaux, Amélie s'était tournée d'un bloc. Une fourchette, en tombant, fit un bruit qui leur parut d'enfer.

— A qui ? s'exclama-t-elle. A qui il a vendu ?

— Attends ! C'est que tu vas vite en besogne, toi. Ce n'est pas encore fait. Il veut vendre, ce n'est pas pareil. Et puis, avant que ce soit fait…

— Cher ?

— D'après ce que j'ai entendu dire, pas encore trop. C'est là que je dis que pour eux, avec leur gamin, ça pourrait être bien…

Et comment ! Amélie, soudain radoucie, en reprenant lentement son travail, s'y voyait déjà. Clara et Philippe en voisins et leur gamin plus souvent chez elle qu'avec eux ! Un tel bonheur était-il possible, alors que tout, l'instant d'avant, lui paraissait si sombre ?

— Il n'y a pas de temps à perdre. Tu vois le coup qu'il y en ait qui passent avant ? Faut vite que tu ailles le voir, le Brisset.

Gaston fit non de la tête.

— Ce n'est pas à moi d'aller le voir. D'abord, le Georges, il le sait bien que je n'ai pas un sou pour l'acheter, sa maison. Sinon, depuis le temps, je la lui aurais déjà demandée dix fois ! Et puis ce ne sont pas nos affaires. Tu la connais, la Clara. Elle a sa fierté et c'est aussi bien comme ça. C'est elle qui doit y aller. Le Philippe serait là, je ne dis pas... Mais il est en Algérie. Et puis il y est pour un bout de temps. Alors, il faut que ce soit Clara. Marche, qu'elle va y aller !

Clara n'eut pas sitôt appris la nouvelle que, le soir même, la Mobylette reprenait le chemin du bourg. Georges Brisset était transporteur et forestier. Il lui arrivait bien de faire quelques déménagements, quand l'occasion se présentait, mais l'essentiel de son temps, il le passait en forêt à débarder du bois pour le compte des propriétaires ou des grandes scieries qui achetaient des coupes sur pied. Pour Clara, il était surtout le père de son amie Valérie. Elles se connaissaient depuis l'école et étaient assez liées pour que la seconde ait été le témoin de la première à son mariage. Pas de doute qu'elle serait bien accueillie chez les Brisset.

Ce fut Valérie elle-même qui lui ouvrit. Quand Clara lui eut expliqué la raison de cette visite vespérale, elle s'enthousiasma :

— Je n'étais pas au courant. Tu sais, moi, les affaires de mon père... Mais c'est super ! Elle est chouette, cette petite bicoque. Elle pourrait faire quelque chose de bien. Et pour toi, juste à côté des Bordavand qui t'ont élevée, ce serait parfait.

Savait-elle seulement que Clara l'avait habitée, cette maison-là, et qu'au fond d'elle-même roulait le flot inquiet du souvenir s'invitant au débat ? Elles allèrent rejoindre Georges Brisset, qui travaillait son jardin. Clara était une habituée. Il la reçut sans façon et resta appuyé sur son outil tout le temps de leur conversation. Pourtant, au grand étonnement de Clara, même s'il confirma sa volonté de se séparer de sa propriété du Crot-du-Peu, l'idée qu'elle s'en porte acquéreur parut ne pas lui plaire. Une étrange gêne s'instaura entre eux, que ne fit qu'aggraver l'insistance de Valérie qui voulait faire admettre à son père qu'elle était parfaite pour Clara, Philippe et leur enfant. L'entretien tourna court et Clara repartit avec la désagréable sensation qu'elle n'était pas la bienvenue dans cette affaire.

Elle n'était pas décidée pour autant à en rester là. Le soir même, elle écrivit une longue lettre à Philippe. Elle lui annonçait cette mise en vente inespérée, ne lui cachait pas son émoi à l'idée de retrouver la maison de ses premières années au pays, et l'assurait qu'elle ferait tout, malgré les apparentes réticences de Georges Brisset, pour qu'elle ne leur échappe pas. Le soir du jour où lui parvint la réponse de Philippe, le père de celui-ci l'attendait à la sortie de l'école. Pour lui, l'affaire était entendue. Puisque son fils le lui demandait, il se chargeait de la transaction. Selon ce qu'il en disait, Georges Brisset n'avait rien à lui refuser. Il se faisait fort de conclure l'affaire dans les plus brefs délais.

Curieusement, Clara ne fut qu'à demi satisfaite.

Si elle remercia chaleureusement le père de Philippe, elle n'en insista pas moins pour prendre sa part du financement de l'opération, même si elle n'en possédait pas le premier sou et s'il lui fallait, pour cela, envisager de s'endetter lourdement.

— Pour l'instant, ne t'inquiète pas de ça, la rassura-t-il. On verra plus tard. La seule chose qui compte, c'est de faire vite pour que la maison ne vous passe pas sous le nez.

Il tint parole.

— Voilà, tu es chez toi ! lui dit-il avec un large sourire, à quelque temps de là, en sortant de chez le notaire chez qui ils venaient de signer l'acte de vente.

C'était trop beau, inespéré. Elle lui sauta au cou et l'embrassa comme du bon pain.

Clara pourtant dut se faire violence pour user du droit qu'elle venait d'acquérir d'entrer dans cette maison qui l'avait si longtemps terrorisée. Plus personne, à sa connaissance, n'en avait franchi le seuil depuis que ses parents en avaient fermé la porte, le jour fatal où ils avaient entrepris le voyage de la ville. Qu'allait-elle y trouver ? Quels fantômes hantaient encore ces pièces où elle avait vécu et qui, depuis tout ce temps, n'avaient plus connu la lumière du jour ? Gaston lui proposa de l'accompagner. Elle refusa. Elle voulait dominer ses peurs et affronter seule ce passé qui n'appartenait qu'à elle.

Elle choisit un jeudi de temps clair et lumineux de septembre pour risquer l'aventure sans rien en dire à Amélie. Pour atteindre la porte de la maison, il fallait d'abord franchir une haute et lourde grille que les ronces et la mauvaise herbe qui avaient colonisé la cour depuis bien longtemps rivaient littéralement au sol. Après bien des efforts, elle parvint à l'entrouvrir suffisamment pour pouvoir se faufiler. Elle dut encore se frayer un passage au travers de la broussaille jusqu'au perron. Quand elle l'eut rejoint, du haut de ses trois marches, elle se fit l'impression d'être isolée sur une minuscule île déserte, au milieu d'un océan d'abandon. La serrure lui opposa moins de résistance qu'elle ne l'avait redouté, mais elle dut y aller de plusieurs coups d'épaule énergiques pour que la porte consente enfin à lui livrer passage en même temps qu'elle lui jetait à la figure l'haleine glacée et vaguement putride d'un intérieur abandonné depuis tant d'années à l'humidité, au froid et à un lent travail de décomposition.

Instinctivement, elle sortit son mouchoir et se l'appliqua sur le nez tout en avançant résolument dans l'obscurité. Seuls quelques maigres rais de lumière filtraient par les interstices des volets, soulignant des encoignures mystérieuses, des angles de meubles, rendant plus sombres et plus hostiles encore les zones d'ombre.

Clara attendit quelques instants. Peu à peu elle parvint à discerner les volumes principaux de la pièce. Guidée par la faible clarté que laissaient passer les volets, elle alla jusqu'à une première fenêtre. Elle l'ouvrit en grand. Un flot de lumière vive et gaie parut s'engouffrer et prendre la pièce d'assaut. Eblouie, le mouchoir toujours pressé sur son nez, Clara contemplait les lieux en même temps que les souvenirs refaisaient surface. Bien sûr qu'elle la reconnaissait, cette grande pièce à peine meublée d'une grande table, de quelques chaises et d'un buffet un peu décrépit. Rien n'avait changé. Les meubles étaient restés à leur place et jusqu'à ces chaises un peu de biais, écartées de la table, comme si son père et sa mère venaient de se lever.

Etranglée d'émotion, mais ne voulant rien céder, elle entreprit la visite complète de la maison. A cet instant, ce n'était pas celle que le père de Philippe venait d'acheter. Qu'elle soit là chez elle n'avait rien à voir avec les quelques papiers signés chez le notaire à quelques jours de là. Elle était chez ses parents et en recherchait désespérément la trace.

Elle n'en trouva aucune. Longtemps, elle erra d'une pièce à l'autre, s'arrêtant aux moindres détails, redonnant chair à quelques vagues souvenirs enfouis au plus profond d'elle-même. Elle ouvrit le tiroir de la table de chevet de ses parents, d'où sa mère sortait précautionneusement le petit écrin au fond duquel reposait la broche aux multiples étoiles de David entrelacées. Il était évidemment vide, comme tout le reste.

Peu à peu, sans qu'elle en prenne bien conscience, s'établit en elle la conviction qu'on avait pris soin d'effacer tout ce qui pouvait, de près ou de loin, évoquer le bref séjour qu'avait fait là une famille de réfugiés juifs. Peu à peu, sans qu'elle le voulût, s'imposa à nouveau à elle la gêne qu'elle avait éprouvée devant les réticences de Georges Brisset quand elle lui avait proposé d'acheter sa maison. Qui d'autre que lui en possédait les clefs ? Qui d'autre que lui avait pu opérer ce grand nettoyage qui la laissait effondrée devant la vacuité du lieu d'où ses parents étaient partis sans le moindre bagage ? Pourquoi n'en avait-il jamais rien dit ?

Elle en prit tout à coup conscience, comme de la monstruosité des conclusions qu'elle aurait pu trop vite en tirer. Il n'y avait là rien d'autre qu'une intuition. Rien de concret ne l'étayait. Surtout, ne pas s'abandonner à cette pente trop facile des soupçons et des déductions hâtives.

Elle referma soigneusement la maison, parvint à verrouiller la grille. Amélie l'attendait sur le pas de sa porte. Elle avait deviné.

— Alors ? demanda-t-elle simplement.

A quoi bon nier ? Clara leva vers elle un regard désolé qu'elle essaya d'agrémenter d'un pauvre sourire.

— Rien, dit-elle.

Amélie préféra détourner la conversation :

— Tu n'es pas raisonnable, tenta-t-elle. Dans ton état, aller fouiner comme ça...

Il y eut, dans le regard de Clara, quelque chose qui ressemblait fort à de la provocation.

— Et alors ? Cet enfant-là, il faudra bien qu'il sache, lui aussi. Pourquoi attendre ?

Puis, sans transition, elle passa au mode enjôleur. Elle savait si bien faire.

— Dis, tu m'aideras ? Je vais nettoyer. Je vais tout nettoyer. Je vais vite m'installer. Mon enfant, je veux que ce soit sa maison. Tu m'aideras, dis ?

Amélie en resta bouche bée.

— Mais tu n'y penses pas. Dans l'état où tu es...

C'était à la fois ce que Clara ne voulait plus entendre et ce qu'elle attendait pour réagir.

— Arrête, tu veux ! Dans l'état où je suis... Et après ? Tu veux que je te dise ? Je ne me suis jamais sentie aussi forte. Faut en profiter !

— C'est donc que tu n'es plus bien avec nous ?

— Maman ! Allons ! Pourquoi tu dis ça ? Tu sais très bien que ça n'a aucun sens. Et puis, là, tu réalises la chance ? A côté de vous ; à une porte de vous. Comme si j'étais toujours avec vous. Allez, viens, on va s'y mettre.

Amélie venait de livrer son baroud d'honneur. Elle prit les affaires en main. Gaston fut chargé de débroussailler et de nettoyer les abords. La maison, grande ouverte à longueur de journée, fut mise en demeure de reprendre vie sans délai. Nettoyée, astiquée, encaustiquée, briquée de fond en comble, elle offrait chaque soir à Clara une nouvelle facette de son agrément retrouvé quand elle revenait de sa classe aux commandes de son vélomoteur.

« Attends, maman, tu en fais trop, faisait-elle mine de protester en suivant une Amélie trop heureuse de lui faire découvrir les causes de son dos cassé et de ses bras moulus. Je ne t'en demandais pas tant. Nous aurions pu faire ça ensemble... »

Elle la suivait pourtant chaque soir avec une sorte d'avidité qui ne trompait pas Amélie. Clara gardait l'espoir vrillé au corps que se révélerait quelque part, sous un meuble, au fond d'un tiroir, derrière une porte, l'ultime signal laissé par ses parents. Et chaque soir, Amélie devait la décevoir.

« Rien », lui disait-elle, sans autre commentaire.

Clara hochait la tête, se détournait. On n'en parlait plus.

Ça y est ! Hier j'ai emménagé dans notre maison, put-elle écrire à Philippe dans les derniers jours de 1960. *C'est là que notre enfant viendra au monde. C'est là que tu nous trouveras quand tu rentreras. Et on y sera bien.*

12

« Tu n'auras jamais qu'elle… »

Le sentiment général était qu'il fallait en finir au plus vite avec cette affaire de la guerre d'Algérie. Chacun avait ses raisons pour justifier sa position. Un fils, un frère ou un cousin qui perdait son temps là-bas et y risquait sa peau ; le coût faramineux pour l'économie française ; l'image déplorable que tout cela donnait de notre pays ; l'absurdité qu'il y avait à continuer de se battre pour rester chez des gens qui ne voulaient plus de nous… Toutes les convictions, toutes les opinions, d'où qu'elles vinssent, se retrouvaient pour clamer haut et fort que cela suffisait, qu'il n'y avait pas de honte à reconnaître qu'on s'était trop obstiné et qu'on se grandirait même à suivre de Gaulle, qui voulait manifestement tourner la page.

Quand ? Le plus tôt, bien sûr, serait le mieux. Et Clara se prenait à rêver d'un retour de Philippe avant la naissance de leur enfant, attendue pour les premiers jours de février. Certes, elle se reprenait vite. Elle était lucide. Le 8 janvier 1961, comme trois votants sur quatre, elle s'était déclarée en faveur de l'organisation du référendum d'autodétermination que de Gaulle proposait au peuple algérien. Mais personne ne savait encore quand celui-ci pourrait se tenir. Certainement pas dans l'atmosphère surchauffée du moment, où les affrontements de toutes sortes semblaient se déplacer du fond des djebels de Kabylie ou des Aurès vers Constantine, Oran, Alger ou même les banlieues de Marseille, de Lyon ou de Paris.

Et d'ailleurs, savait-on vraiment ce qui se passait ? Clara, comme beaucoup de monde, souffrait de ne pas pouvoir s'assurer de la fiabilité de l'information qui lui parvenait. Elle avait cru bien faire en engageant la dépense considérable d'un poste de télévision. Certes, la chaîne unique en noir et blanc lui avait fourni quelques images à mettre sur ce qu'elle imaginait de l'univers dans lequel évoluait Philippe. Mais rien de plus. Non seulement rien ne lui était objectivement expliqué, mais elle devinait, derrière ces belles prises de vue, tout le choix qui en était fait. En fin de compte, c'était justement ce qu'on ne lui montrait pas qui l'intéressait ! Elle sidéra le facteur et se fit une image de quasi-extrémiste en s'abonnant au *Monde* et à *L'Express*. Elle y trouva des points de vue, des volontés au moins affichées d'aller voir ce qui se passait au-delà des clichés, mais ne fut pas totalement convaincue.

Dans tout cela, il lui semblait qu'était singulièrement absente la dimension qu'elle jugeait essentielle, celle de l'homme, qu'elle aurait voulu rencontrer à chaque ligne. On lui parlait populations, on lui parlait géopolitique, stratégie et grandes visions globales, mais elle n'y retrouvait pas le détail, le pragmatisme du point de vue qui lui aurait expliqué de quoi souffraient précisément ces populations, quels pouvaient être leurs craintes et leurs espoirs. Y dénonçait-on des couples de Juifs réfugiés ? Y trouvait-on des braves gens toujours prêts à récupérer l'enfant de ces Juifs, au péril de leur vie s'il le fallait ? Pourquoi y aurait-il eu, dans cette guerre-là, plus ou moins de cruauté, de basse méchanceté, mais aussi de grandeur d'âme et de bonté, que dans les autres ?

Déjà, avec effroi, il lui avait fallu apprendre les mots de nouvelles xénophobies. Les « gris », les « ratons », les « bougnoules »... Elle avait hurlé les premières fois qu'elle avait lu ou entendu ces horreurs. « Plus jamais ça », avait-on dit à moins de vingt ans de là. Et là, à la première occasion, par forfanterie, pour le seul plaisir de hurler avec les loups, on réinventait ces insultes de bar qu'on lançait à la cantonade, sans en mesurer les effets destructeurs, juste pour se faire remarquer. Encore Clara aurait-elle pardonné ces comportements s'ils n'avaient été qu'expressions populaires sans grande signification. Mais les trouver repris par des journalistes, dans les colonnes des revues et des journaux dont elle s'abreuvait, la mettait dans des colères noires.

— De l'inconscience pure et simple ! s'emportait-elle. La voie ouverte à tous les extrémismes... Tu penses s'ils vont s'engouffrer, tous les petits fachos, les nostalgiques qu'on avait réussi à faire taire après la guerre !

— Arrête de crier comme ça, plaidait Amélie, qui

ne pensait qu'à l'enfant à naître. Tu vas te faire du mal...

— D'accord, grognait Gaston. Les traiter comme ça, c'est bête, ça n'a pas de sens. Mais attends, faut voir ce qu'ils nous ont fait, tout de même !

Clara en restait sans voix. Gaston, tenir de tels propos ! Elle sentait l'influence des lettres de Simon et cela lui faisait mal.

— Et nous... Enfin, nous... Je veux dire les colons, et puis l'armée... Ils ne leur en ont pas fait voir ? Ils sont chez eux, après tout, non ?

Ils n'insistaient pas, ni Gaston, ni Clara. Ils avaient cette intelligence, mais ils souffraient l'un et l'autre de se retrouver sinon dans des camps adverses, du moins avec des divergences d'opinions dont ils ne savaient quoi faire. Clara d'ailleurs se fichait bien de savoir de quel côté étaient les torts. C'était là un débat qu'elle savait sans issue. Elle préférait l'éviter. Rien ne comptait pour elle, dans un camp comme dans l'autre, que l'injustice faite aux plus faibles. Ces insultes, ces mots gras, sans beaucoup de sens, qui se remettaient à voler après qu'on en eut si jalousement proscrit l'usage, c'était, à son sens, autant de barrières qui se levaient, autant de voies à nouveau libres d'accès aux pires abus, aux exactions les plus veules, que de prétendus bons droits exonéraient de toute réflexion et même de conscience.

Au premier récit presque complaisant d'une « ratonnade » qu'elle trouva, dans l'un ou l'autre des journaux qu'elle avait pris l'habitude de lire assidûment, elle fut prise de nausées. Cette fois, la bonde avait sauté. Après l'illusion de quelques années d'accalmie, on entrait à nouveau dans le cycle infernal des exclusions, du refus de l'autre, du différent. Au fond, rien n'avait changé. Ces quelques années, depuis la guerre, où on avait fait semblant d'avoir tourné la page du racisme n'avaient été qu'illusion. La mauvaise conscience est un sentiment qui ne résiste pas au temps. On se trouvait tant de bonnes raisons pour proclamer haut et fort que « ce n'était pas la même chose ». Où était la différence ? Dans la couleur de la peau ? Dans la langue, la religion ? Autant d'arguments ineptes pour tenter d'habiller d'oripeaux intolérables ce qui n'était qu'intolérance pure et simple.

Déjà faisait florès l'expression qui se voulait drôle : « Je ne suis pas raciste, mais je ne les aime pas. » Tout était rassemblé pour que déferlent à nouveau ces flots nauséabonds de haines faciles. Les drames qui avaient ensanglanté un passé pourtant si proche étaient déjà sinon oubliés, du moins désincarnés, exclus de la réalité.

Pour les avoir vécus dans sa chair, Clara en avait une perception certainement plus claire que tous ces braves villageois qui l'entouraient. Pour eux, tout cela était loin, totalement étranger à leur univers. Ils ne redoutaient rien et ne voyaient pas le mal gagner. Même Valérie, son amie la plus proche, s'étonnait de ses inquiétudes. Son mari, plus âgé qu'elles, avait été parmi les premiers appelés en Algérie. Il en était rentré depuis longtemps et avait paisiblement repris ses occupations auprès de son beau-père. Il semblait avoir tourné la page, n'en parlait jamais et ne s'y intéressait guère que pour verser parfois quelques larmes de crocodile sur le temps que perdaient « là-bas » les jeunes du pays encore sous les drapeaux. Il semblait à Clara que l'un et l'autre vivaient dans un autre monde, comme si rien de tout cela ne les concernait. Elle en était consternée, mais avait résolu de ne jamais aborder le sujet avec eux.

Ainsi, peu à peu, et sans qu'elle en prît bien la mesure, la solitude l'enveloppait. Il y avait bien cet enfant qu'elle attendait et Philippe qui reviendrait un jour, mais Clara, seule dans cette double attente, prenait la mesure de sa différence. C'était un sentiment lourd, prégnant, dont l'intuition lui venait qu'elle aurait à compter avec lui sa vie durant.

Il fallut bien qu'elle l'apprivoise et qu'elle s'en fasse une force. Les vacances de Noël n'étaient finies que de deux jours. Bientôt une remplaçante viendrait et Clara pourrait profiter de son congé maternité. Ouvrant la porte de sa classe à la volée de moineaux de ses élèves et surveillant, du haut des marches qui la séparaient de la cour de récréation, leur envol bruyant aux quatre vents du pays, elle s'étonna, ce matin-là, de trouver le maire de Valdémont qui semblait l'attendre. C'était un petit homme un peu rondouillard, à la mine rougeaude, qui ne brillait pas par son dynamisme mais dont la bonhomie et la gestion des affaires locales « en bon père de famille » lui valaient l'estime de presque toute la population.

Clara, en accordant toute son attention à la bande surexcitée des gamins et des gamines à qui elle venait d'imposer une longue matinée d'immobilité et d'attention, le surveillait tout de même du coin de l'œil.

« A danser comme il le fait d'un pied sur l'autre, à triturer sa casquette dans ses gros doigts boudinés, il n'a pas l'air trop malin », osa-t-elle se moquer. Et, délibérément, elle faisait durer le plaisir.

Enfin, la cour fut vide et le dernier de ses élèves disparut à l'angle d'une ruelle. Son ton était enjoué quand elle se tourna vers le maire, qui attendait toujours :

— Vous vouliez me voir ?

Et son sang se glaça. Ce n'était pas sa casquette que le maire triturait. C'était une enveloppe. Et cet air consterné, cette face décomposée, cette peur palpable de ne pas être à la hauteur...

— Quoi ? dit-elle d'une voix blanche.

Il s'avançait vers elle à petits pas gênés. Si seulement il n'avait pas eu ce regard de chien battu, s'il avait su dire... Il tendait l'enveloppe devant lui pour la montrer, comme s'il la prenait à témoin. Non, il ne la donnerait pas à Clara. C'était à lui de dire. Il ne devait pas se défausser sur un bout de papier.

— Une nouvelle, Clara... Si tu savais ma peine... Si tu savais que jamais, au grand jamais, depuis que je suis maire, que ça fait bientôt dix ans, j'ai eu tant de peine à faire ce que je dois faire...

Elle l'aurait giflé.

— Dites ! cria-t-elle.

Il comprit :

— Philippe... reprit-il. Une embuscade, dans les Aurès. C'est arrivé il y a cinq jours.

Clara se cramponnait des deux mains à la courte rampe d'escalier.

— Il est...

Le maire hocha tristement la tête.

— Oui. Il est mort. Tué sur le coup.

Il était trop loin. Il aurait dû prévoir. Il n'eut pas le temps de la rattraper. Elle s'affaissa doucement sur le perron.

Clément naquit le 17 février 1961. Il neigeait tous les jours ou presque. La nuit, il faisait un froid de loup qui serrait toujours plus étroitement la nature dans sa gangue de gel. Gaston, une pelle à la main, fit le voyage du bourg. Le docteur, prévenu par le téléphone de la poste, avait promis d'être là au plus tôt.

« Mais les routes...

— La nôtre, elle passe, avait tenu à le rassurer Gaston. J'ai pris la pelle. Il y a bien quelques petites congères, mais je les ai ouvertes. N'ayez crainte. Ça ira.

Ce fut Amélie qui accueillit l'enfant dans ses deux mains jointes de grand-mère au regard brouillé de larmes mêlées du bonheur du geste accompli et de la peine subie. Le médecin n'eut qu'à couper le cordon.

Clara reçut son fils dans ses bras, contre sa poitrine, sans qu'une larme perle au coin de ses yeux. Elle souriait pour la première fois depuis plus d'un mois, mais c'était un sourire sans gaieté, un sourire presque de provocation. « Viens, disait-il à l'enfant. Viens contre ta mère. Il faudra que tu t'y fasses. Tu verras, ça ira. On se débrouillera. Nous serons deux. Ça ne fait pas le compte, je sais. Mais puisqu'il le faut... Viens. Viens contre ta mère. Autant que tu le saches tout de suite, tu n'as qu'elle et tu n'auras jamais qu'elle. »

13

« Pardon, Clara… »

Simon fut démobilisé en mai, quelques jours après que le putsch des généraux eut fait trembler toute la France. Il avait été un des premiers à qui Clara avait longuement écrit après la naissance de Clément. Il n'avait pas répondu à sa lettre. Elle en fut peinée. Mais elle connaissait suffisamment Simon. Exprimer ses sentiments n'était pas son fort. Si, par-dessus le marché, il fallait les écrire… Elle avait préféré en sourire. Son temps tirait à sa fin. De vive voix, il aurait peut-être tout de même quelque chose à lui dire.

Il n'en fut rien. « Pour Philippe, c'est triste », fut à peu de chose près son seul commentaire. Il parut ne pas voir l'enfant que Clara portait dans ses bras. Il s'en détourna et s'en fut, vers les étables et les prés.

Il était revenu plus fort, plus massif encore que par le passé, mais avec, dans le regard, une flamme sombre, presque sauvage qui n'augurait rien de bon. Il était évident qu'il continuait à l'infini de ressasser ce qu'il avait vu et vécu durant ses presque trente mois de djebel sans être capable de s'en libérer. Amélie tenta de le faire parler. En vain. A la moindre question, il opposait un mutisme buté. Si elle faisait mine d'insister, sans un mot, sans colère, il quittait la pièce.

Le jour même de son retour, malgré l'avis de Gaston qui aurait voulu le voir se reposer, se détendre, se changer les idées, il reprit le travail de la ferme exactement comme s'il l'avait quitté la veille. Mais il fut vite évident qu'il n'y trouvait plus de plaisir. Il fit les foins et la moisson avec Gaston, l'aida encore à rentrer les pommes de terre, puis il disparut, sans un mot, sans une explication. Un matin, simplement, il n'était plus là.

— Faut prévenir les gendarmes, s'affola Amélie.

Gaston préféra tempérer :

— Laisse, dit-il. Il est encore sous le choc. Faut que ça sorte. Faut qu'il se libère. Et ce n'est pas ici, avec nous, qu'il y arrivera.

— Et pourquoi pas ? On est ses parents, après tout. Regarde comme il est avec Clara et le petit. Exactement comme s'il ne les connaissait pas.

Gaston tint bon :

— C'est justement. Ici, avec nous, il ne parlera jamais. Il faut qu'il parle. Peut-être, il est parti vers des amis, des collègues de là-bas, est-ce que je sais ? Faut le laisser faire. Faut attendre.

Amélie ne vécut plus. Il resta absent six jours, puis il réapparut un soir, toujours aussi sombre, toujours aussi absent à ce qui se passait autour de lui. Il en oublia de donner la moindre explication.

— Tu étais où ? ne put s'empêcher de questionner

Amélie. Si tu savais le mauvais sang que je me suis fait. Pourquoi tu ne nous as rien dit ?

Il lui tourna le dos et partit rejoindre Gaston dans la cour. Ce fut à lui qu'il confia le peu qu'il avait à dire. Il quittait la ferme. Il y étouffait. Il avait trouvé du travail et de quoi se loger à la ville. Il embauchait dès le lendemain.

— Mais qu'est-ce que tu vas donc y faire, à la ville ? Tu n'es donc pas bien, ici ? s'étonna Gaston.

Il se souvenait de l'obstination qu'avait mise Simon, à quelques années de là, à refuser tout travail autre que celui de la terre.

— Ce n'est plus la même chose, se contenta d'expliquer Simon. Et puis, tiens, si tu veux le savoir, je suis embauché au four de la fonderie, faubourg Saint-Jean. C'est aussi bien comme ça. Tu le dis toi-même, qu'ici, à la ferme, il n'y a pas d'avenir.

Amélie et Gaston durent s'en contenter et se retrouvèrent à nouveau seuls dans leur petite ferme avec, par chance, la présence de Clara et de son fils auprès d'eux. Mais il manquait deux hommes. La guerre d'Algérie les leur avait pris. L'un d'eux ne reviendrait jamais, l'autre réapparaissait épisodiquement, mais ne s'éternisait pas. Amélie faisait tout ce qu'elle pouvait pour lui être agréable. Il ne semblait pas s'en apercevoir. Il passait une soirée avec eux, dormait dans sa chambre, puis disparaissait le lendemain matin.

Clara crut bien faire en répondant à l'invitation d'Amélie à chaque fois que Simon débarquait ainsi sans prévenir. Elle comprit vite que sa présence le gênait plus qu'autre chose. Quant à son neveu, Simon semblait ne pas le voir, faisant exactement comme s'il n'existait pas. Seul Gaston parvenait à le faire parler. A longueur de soirée, ils s'entretenaient de la ferme, discutaient élevage, mises bas, foins et moissons, épiloguaient à perte de vue sur des questions de matériel auxquelles Clara ne comprenait rien. Mais il restait pour le moins laconique sur tout ce qui concernait sa vie à la ville et son travail à l'usine.

Ce n'était là d'ailleurs que la maigre écume d'un mal de vivre bien plus profond, dont Simon n'avait peut-être même pas conscience, mais qui le brûlait à petit feu. Clara le voyait bien. Rejetée par son indifférence, sans qu'il parût s'en apercevoir elle passait ces soirées à l'observer. Il s'exprimait peu, par petites phrases à la construction souvent maladroite, mais à sa façon de les prononcer, au ton qu'il prenait, elle finit par en apprendre plus sur ce qui le dépassait ou éveillait son intérêt que par les mots dont il usait. Elle trouva très vite le moyen de faire en sorte qu'il consente à énoncer ce qu'il avait préféré jusque-là passer sous silence. Il suffisait de le provoquer, de prendre délibérément le contre-pied des convictions un peu frustes, souvent simplistes, dans lesquelles elle le sentait enfermé.

Il aurait pu continuer de l'ignorer ; il aurait pu la faire taire avec le haussement d'épaules méprisant dont il gratifiait ordinairement tout ce qui venait des femmes, qu'il s'agisse de sa mère ou d'elle. Celle-ci avait le don de tourner ses phrases de telle façon qu'elles le heurtaient de plein fouet. Alors c'était la joute. Comme un bœuf conscient de sa seule force, il fonçait. Elle esquivait, piquait au flanc. Furieux, il revenait à la charge. Elle lui faisait dire ainsi à peu près tout ce qu'elle voulait. Ce n'était certes pas cela qui améliorerait leurs rapports, mais il y avait belle lurette que Clara ne se faisait plus aucune illusion sur l'estime qu'il pouvait lui porter.

Un jeu dangereux, qu'elle pratiquait au grand dam d'Amélie, toujours inquiète d'éclats possibles. Elle n'en collaborait pas moins avec Clara pour contenir les emportements de Simon dans les limites du supportable. Dès que le ton montait, elle préparait la petite question un peu banale, le cheveu sur la soupe qu'elle avait le don de lâcher juste au bon moment, surprenant tout son monde, déclenchant les sourires entendus de Gaston et de Clara, détournant Simon de ses emportements et lui caressant au passage le poil dans le bon sens pour le calmer.

Ce n'en fut pas moins au fil de ces affrontements, par la répétition de ses provocations, que Clara parvint peu à peu à cerner, sinon à comprendre, l'égocentrisme forcené qui semblait tenir lieu de structure mentale à son frère adoptif. Certes, les longs mois sur « le théâtre d'opérations », en Algérie, quand rien d'autre n'avait d'existence que l'absolue nécessité de se préserver, n'avaient certainement rien proposé qui pût être de nature à favoriser chez lui l'ouverture et l'altruisme. L'épreuve, d'ailleurs, n'avait fait que fortifier certaines convictions acquises dans un temps où, s'il ne partait pas louer ses bras à l'usine, un jeune paysan comme lui n'avait d'autre alternative que de se murer dans son isolement et la conviction rabâchée d'être le laissé-pour-compte du monde entier.

Cela, pour Clara, n'expliquait pas les raisons qui, peu après son retour, lui avaient fait renoncer à son choix de rester à la ferme pour aller se mêler à la foule ouvrière. Il fallut que plusieurs allusions échappent à Simon pour qu'elle comprenne qu'il avait simplement cédé à l'attirance de quelques connaissances qu'il s'était probablement faites en Algérie et sous l'influence desquelles il était en train de se forger des idées pour le moins surprenantes.

« L'étranger », sous quelque forme que ce soit, était devenu son obsession, sa bête noire. Tout était évidemment parti de l'apprentissage de la haine qu'on leur avait inculquée là-bas à l'encontre des populations musulmanes. Le « fel », comme il disait avec mépris, était à la base de tout. Tous étaient des « fels », mais par une étonnante extension il en était arrivé à rejeter en bloc et sans nuance tout ce qui n'était pas lui-même. Lui seul était « pur ». Et si cette prétendue « pureté » pouvait à la rigueur s'étendre à son entourage le plus proche, sa méfiance à l'égard des autres, de tous les autres, était proprement stupéfiante.

A plusieurs reprises, délibérément, Clara parvint à glisser dans leur conversation une allusion à ce qui se tramait à Evian, où des négociations étaient en cours dont on espérait beaucoup. A chaque fois, elle déclenchait sa colère. Négocier avec « ces gens-là » ? C'était pour lui la pire des humiliations. Se déversait alors le torrent des insanités ordinaires. Il fallait tirer dans le tas, ne pas en laisser un seul vivant. Ce n'était que de la racaille, des sous-hommes dont il fallait se débarrasser au plus vite. « Si seulement on nous avait laissés faire... » concluait en général la diatribe, que suivait immanquablement un silence gêné.

Et moi, et mon fils, se demandait tristement Clara en rentrant chez elle, que sommes-nous, pour lui et pour tous ceux qui lui mettent de pareilles idées en tête, sinon des étrangers ?

Le 18 mars 1962, les accords d'Evian étaient signés. Le lendemain, le cessez-le-feu entrait en vigueur. Les derniers jeunes du pays encore mobilisés ne tardèrent pas à rentrer. Même si l'on savait que tout n'était pas réglé pour autant, même si ne tardèrent pas à parvenir les échos des terribles violences qui, d'un bord comme de l'autre, ravageaient l'Algérie, le soulagement fut énorme. Ce fut à peine, depuis ces campagnes surtout inquiètes d'elles-mêmes, si on jeta un regard à la fois apitoyé et vaguement méfiant sur les flots de pieds-noirs déversés par pleins paquebots dans les ports méditerranéens.

Les regards pouvaient à nouveau se tourner vers les grandes préoccupations hexagonales du moment. Planifié jusque dans ses moindres détails, le développement des villes, des industries, des équipements, allait bon train. A de rares exceptions près, la France entière se levait pour défendre le général de Gaulle, qui avait ramené la paix dont on espérait la prospérité.

Sauf pour le Morvan et ces innombrables campagnes françaises qui, comme lui, ne disposaient ni du climat, ni des terres, ni des structures nécessaires. Les habitants de ces pays-là, depuis la grande désillusion de l'après-guerre, savaient pertinemment qu'ils n'étaient pas comptés au nombre des heureux élus aux bénéfices de cette nouvelle religion qu'on appelait « planification ». Leur tour viendrait plus tard, s'il venait…

Pour l'heure, ayant renoncé pour eux-mêmes et en ayant tiré les leçons pour leurs enfants qu'ils avaient consenti à envoyer à la ville, ils prenaient leur part du grand engouement pour le progrès en vantant, faute de mieux, le confort des HLM où s'entassait leur progéniture, les avantages salariaux et la retraite espérée. Ils savaient leur génération sacrifiée et s'y étaient depuis longtemps résignés. En contrepartie, ils revendiquaient simplement un droit bien légitime à une sorte de mauvaise humeur bougonne par laquelle ils entendaient qu'on ne vienne plus se mêler de leurs affaires et qu'on les laisse exprimer comme ils l'entendaient ce qu'ils pensaient du train du monde.

Ce n'était ni dénué de bon sens, ni nécessairement agréable à entendre. On aurait pu attendre des quelques jeunes subsistant au pays, en transit entre l'Algérie dont ils rentraient et la ville à laquelle ils étaient promis, qu'ils apportent la bouffée d'air frais d'une certaine insouciance à l'atmosphère lourde de ces lieux désormais sans avenir.

Clara eut vite l'occasion de mesurer qu'il n'en était rien. En compagnie de son amie Valérie, il lui arrivait assez souvent de retrouver quelques-uns de leurs camarades d'école dans l'arrière-salle du café du village pour de brèves soirées le plus souvent impromptues. Pour les uns comme pour les autres, c'étaient des moments d'échange et de détente qu'ils appréciaient beaucoup. Clara, pourtant, regrettait de ne plus y trouver la gaieté, le sens de l'humour et de la plaisanterie qui en faisaient jadis le charme. Parfois, elle était tentée de trouver tous ces garçons vieux avant l'âge. Pour ceux qui rentraient d'Algérie, il était évident que c'était là la marque qui leur resterait des épreuves qu'ils y avaient vécues. Mais il semblait qu'ils avaient déteint sur les autres. Ou était-ce l'époque, qui se voulait si novatrice et si libre, qui rendait les jeunes adultes avant l'heure ?

Des mois durant, après la fin officielle du conflit d'Algérie, les problèmes posés par l'afflux et l'intégration des pieds-noirs nourrirent les conversations. Non que leur étroite vallée du Morvan ait pu se sentir vraiment concernée, mais bien parce que c'était la nature même de cette migration qui posait question. Il ne se serait agi que de pauvres réfugiés d'un quelconque cataclysme lointain qu'ils auraient été vite oubliés. Des harkis et des camps sordides où on les entassait, il n'était même pas question. Les pieds-noirs étaient des compatriotes, du moins les présentait-on comme tels, même si beaucoup n'avaient jamais mis les pieds en métropole. Ils apparaissaient comme les victimes d'une guerre évidemment injuste. On trouvait parmi eux autant de petites gens totalement démunis que de bourgeois, d'artisans, d'entrepreneurs ou même de colons. On se devait de se mobiliser pour ne pas les laisser dans le dénuement. D'autant qu'ils étaient facilement présentés comme une chance pour une France en plein développement manquant de main-d'œuvre et surtout de compétences. Des régions se les disputèrent pendant que d'autres, amères, estimaient qu'on en faisait beaucoup trop pour eux. Il y avait là de quoi nourrir la sourde grogne dans laquelle continuaient de se complaire ceux qui s'estimaient les laissés-pour-compte du moment.

Ils étaient sept ou huit attablés à la terrasse du café, par un beau soir d'été baigné d'une douce lumière légèrement dorée dont on aurait pu attendre qu'elle nourrisse des propos plus bucoliques. Il n'en était pourtant rien. Clara, silencieuse, se désolait de cette gravité, de ce sens perdu de la détente, des conversations pour rire, de ces joutes de plaisanteries qui auraient dû faire le charme de leur rencontre.

Au lieu de quoi, on parlait politique et on s'enflammait pour bien peu de chose. Sidérée, elle écoutait pérorer Marc, un copain d'école, un plaisantin, un boute-en-train, dont les propos la consternaient. Elle aurait aimé pouvoir mettre leur outrance sur le compte du long séjour qu'il avait fait en Algérie, mais son emportement était tel qu'elle n'y parvenait plus.

Pour lui, les pieds-noirs n'étaient que des profiteurs.

— D'ailleurs, ajouta-t-il, ça n'a rien d'étonnant : la moitié d'entre eux, ce sont des Juifs !

A l'en croire, c'était leur faute si les Algériens

s'étaient révoltés ; ils avaient usé et abusé de la protection de l'armée ; c'était d'eux qu'était née la sinistre OAS, et c'était encore eux qui, débarqués en métropole, exigeaient le plus. Il s'emportait, n'avait pas de mots assez durs pour les stigmatiser. Les autres, pris entre approbation et souci de la nuance, surpris par la violence de sa diatribe, se taisaient. Clara et Valérie, les seules filles du groupe, se tassaient sur leur chaise, mal à l'aise, se sentant exclues et frustrées d'un impossible débat. Pris à son propre jeu, Marc vitupéra ainsi un long moment, puis se tut, aussi soudainement qu'il s'était enflammé.

Il y eut un silence gêné. Quelques-uns se remuèrent sur leurs chaises, cherchant déjà par où changer la conversation. Il ne leur en laissa pas le temps :

— Pardon, Clara, dit-il en se tournant vers elle.

14

La banalisation de l'indicible

Clara remonta au Crot-du-Peu, alla chercher Clément chez Amélie qui faisait fonction de nounou, et, sans un mot sur ce qui venait de se passer, elle revint chez elle. Elle sut encore consacrer à son fils tout le temps qu'il méritait. Elle joua avec lui avant de le coucher, puis se prépara rapidement un repas léger qu'elle disposa sur un plateau.

Elle avait aménagé devant sa maison une petite terrasse dont elle profitait souvent durant les beaux jours. Elle y avait quatre chaises de jardin autour d'une petite table ronde métallique. Elle s'y installa et y dîna, aussi paisiblement qu'elle le put.

Elle savait que viendrait le moment où la vague de son indignation submergerait le calme auquel elle s'astreignait. « Pardon, Clara... » Deux mots qui l'avaient frappée plus durement que le plus violent des coups de poing. Ce n'était pas tant l'absurdité des propos tenus par Marc qui l'avait choquée à ce point. Ils n'exprimaient que ses points de vue. Aussi outranciers et imbuvables qu'elle ait pu les trouver, elle ne pouvait que les lui laisser. Elle n'avait pas une connaissance suffisante du problème pour pouvoir prétendre lui apporter la contradiction.

C'était ce « Pardon, Clara ». Ainsi donc, pour eux, elle était toujours « la Juive ». Fallait-il qu'elle ait été naïve pour croire enterrée cette vieille histoire... Fallait-il qu'elle ait été sotte pour se croire définitivement comme les autres. Et institutrice, par-dessus le marché ; celle à qui on confie les enfants de tout un village, celle dont on fait une presque notabilité, celle qui a l'ingénuité de s'imaginer qu'elle est une fois pour toutes chez elle dans le pays des braves gens qui l'ont adoptée, qui l'ont élevée comme leur propre enfant, qui se sont saignés pour qu'elle sorte du rang, qu'elle devienne « quelqu'un »...

« La Juive »... Mais qu'est-ce que cela voulait dire ? Qu'elle n'ait jamais franchi la porte d'une synagogue ou rencontré le moindre rabbin importait peu. Il y avait avant tout ce qu'elle était, ce que son éducation mais surtout sa réflexion et les convictions qu'elle s'était forgées avaient fait d'elle. Le drame de son enfance y comptait pour beaucoup.

Sa tante et sa cousine retrouvées à Paris, et avec qui elle correspondait couramment, lui avaient confirmé qu'il fallait remonter à ses grands-parents pour trouver trace d'une pratique religieuse, d'ailleurs déjà très tiède. Il avait pourtant suffi que les uns et les autres, jusqu'à ses parents, entretiennent une tradition strictement familiale, bien au-delà des croyances originelles, pour qu'ils tombent sous le coup de la folie antisémite. Il y avait là largement de quoi nourrir les préventions de Clara à l'égard de toute forme d'adhésion à quelque croyance que ce soit.

Non qu'elle ne se soit pas posé les questions fondamentales du sens de notre existence, de notre provenance comme de ce qu'il advient sinon de notre corps du moins de notre esprit après la mort. Elle savait ce qu'il y a de vain à vouloir se prétendre au-dessus de ces interrogations sans réponse formelle qui ont travaillé toutes les sociétés humaines depuis la nuit des temps, et qui continuent de le faire. Elle les avait donc affrontées, mais, plutôt que de s'en remettre aux réponses toutes faites des prêcheurs, elle s'était peu à peu forgé ses propres croyances. Elle y tenait, connaissant pertinemment les reproches faciles de simplisme que lui opposaient ceux qui adossaient leurs arguments aux Ecritures. Nées de sa propre réflexion, ses convictions satisfaisaient pleinement sa quête mystique, même si elle avait parfaitement conscience de n'avoir rien apporté d'autre à ces questionnements fondamentalement insolubles que des suggestions convenant à sa seule nature. C'était ce qui, à ses yeux, les rendait totalement inopposables à qui que ce soit d'autre qu'à elle-même. C'était aussi ce qui, *a contrario*, lui donnait argument pour dénier à quiconque le droit de prétendre lui imposer quelque autre point de vue que ce soit.

Bien plus que la crédulité des peuples, c'était le prosélytisme qu'elle rendait responsable de toutes les guerres, de toutes les misères, de tous les pogroms qui déchiraient le monde depuis toujours. Pour elle, il était là, l'ennemi, dans cette vanité de l'esprit humain qui prétend penser « mieux », plus « vrai » que les autres, et qui en prend prétexte pour justifier, au nom d'on ne sait quelles vaines croyances, toutes les atrocités dont sa nature a le secret.

Elle ne s'en était jamais cachée. Ses positions sans la moindre concession en avaient choqué certains. Au premier rang de ceux-ci, il y avait son amie Valérie qui, sans être pratiquante, gardait cette vieille façon d'être à l'égard de la religion que dictent les habitudes, le souci de ne pas faire de peine à la grand-mère qui va tous les dimanches à la messe, le sentiment de sécurité que procure un certain conformisme auquel on ne prend pas la peine de réfléchir. Parce qu'elle était l'institutrice et qu'à ce titre on voyait facilement en elle la gardienne d'une certaine orthodoxie laïque, personne jamais ne s'était permis de lui reprocher ses idées, ni d'ailleurs la franchise avec laquelle elle les assumait. A l'occasion, on brocardait gentiment ses rapports avec le curé. Ceux-ci, d'ailleurs, étaient inexistants et, s'il leur arrivait de se trouver réunis à l'occasion d'une manifestation quelconque, ils parvenaient fort bien à s'éviter et à s'ignorer sans que personne pût y trouver à redire.

Pouvait-on être plus indépendant d'idées ? Que fallait-il qu'elle invente encore pour qu'on consente à ne pas la « cataloguer » ? Elle était allergique à toute catégorisation et l'avait suffisamment démontré. Que leur fallait-il de plus ? Si encore ce terme, « la Juive », n'avait été qu'un gentil sobriquet, comme elle avait longtemps voulu le croire... Mais non. Elle savait maintenant qu'il n'en était rien. Marc aurait-il cru nécessaire de s'excuser s'il ne l'avait pas comptée au nombre de ceux à qui, comme tant d'autres avant lui, il faisait porter la faute de la terre entière ?

C'était si facile ! La faute, l'erreur, le mal-être rejetés sur « l'autre », le « différent », celui dont on peut se démarquer, avec lequel on ne risque pas d'être confondu, le jour où, des mots dont on s'enivre, on en vient aux actes. Le bon côté de la barrière, derrière laquelle il faut bien que soient contenus ceux à qui on fait porter la responsabilité de tous les maux du monde. Quoi qu'elle fasse, quoi qu'elle dise, Clara, qui niait même que cette démarcation puisse exister, se trouverait pourtant rejetée du côté des « autres », de « ceux qui ne sont pas comme nous ».

Et son fils ? Et Clément ? Elle se leva, rassembla rapidement son couvert sur son plateau, le déposa sur le bord de l'évier. Avant de ranger, elle alla doucement pousser la porte de la chambre de l'enfant. Elle s'avança jusqu'au petit lit. Il dormait du sommeil du juste. Dans la pénombre, elle devinait, plus qu'elle ne le voyait, le visage apaisé, encadré des deux poings minuscules serrés sur le bord de la couverture.

Serait-il « le Juif », lui aussi ? Vraisemblablement puisque, à ce qu'il paraissait, cela se transmettait par les femmes. Encore qu'à la réflexion il serait plus probablement « le fils de la Juive »… Et au fond, quelle importance ? Elle aurait pu s'en désintéresser, décréter que cela était dérisoire, qu'il ne fallait pas y attacher plus d'importance que ça n'en avait. C'était probablement ce qu'elle aurait fait si elle avait encore porté le moindre crédit au « plus jamais ça » des années d'après-guerre. Mais elle avait enfin compris que les plus belles résolutions ne sont jamais que des paravents tantôt pudiques, plus souvent hypocrites, à l'abri desquels continuent de prospérer toutes les formes d'exclusions et de haines, jusqu'aux plus recuites.

Ce « Pardon, Clara », c'était le simple constat, presque ingénu, d'un état de fait dont rien ni personne ne pourrait jamais revenir. Quoi qu'on en dise, malgré les belles résolutions et les grands discours, il y aurait toujours plusieurs humanités ; il y aurait toujours des barrières et des hommes prompts à les dresser contre d'autres hommes ; des barrières de part et d'autre desquelles ce qui fleurirait le mieux serait la haine, fruit de la suspicion.

C'était comme si le grand voile noir de la méfiance, du repliement sur soi-même, du rejet de « l'autre » était en train de se retisser. Pure naïveté que de l'avoir cru un temps détruit. Clara, penchée sur le berceau de son fils, ne pouvait s'empêcher de penser à la menace implicite qu'il recélait. Elle entendait son amie Valérie se récrier : « Allons ! Qu'est-ce que tu vas imaginer ? Qui veux-tu ? Du passé, tout ça. De la vieille histoire. Enfin, Clara, comment peux-tu croire qu'à notre époque... »

Et pourtant Clara s'inquiétait. Il lui semblait que ces imprécations proférées avec d'autant plus de force qu'on tremblait d'avoir un jour à les mettre à exécution sourdaient à nouveau des mille pores de nos peurs. C'était comme le début d'une immense mobilisation, d'une mise en ordre implacable qui un jour ou l'autre, demain comme dans dix ans, déboucherait inévitablement sur la banalisation de l'indicible.

Ce fut ainsi, au plus fort de la paix opulente de ce que l'on n'appelait pas encore les Trente Glorieuses, qu'une petite institutrice de village rejoignit sans même en avoir conscience les rangs encore incertains de ceux qui pressentaient la montée des orages à venir.

En grandissant, Clément n'était plus seulement la petite chose sans défense et sans autonomie à qui, seule, elle devrait prodiguer tout à la fois protection et amour. Elle le voyait s'éveiller au monde et revendiquait pour lui l'espace de liberté auquel tout homme a droit et sans lequel il ne peut s'épanouir. Elle s'en défendait, mais, sous les dehors les plus aimables et souriants qui se puissent trouver, elle sentait se forger en elle une farouche volonté de préserver son fils de toutes ces discriminations, de toutes ces catégorisations dont elle pressentait qu'elles pourraient un jour tenter de lui disputer sinon son existence du moins son droit à s'assumer librement.

Facile à vivre, le gamin s'en souciait peu. Clara, d'ailleurs, cachait jalousement ses angoisses. L'impression qu'ils donnaient et à laquelle elle tenait était celle d'un bonheur aussi équilibré que possible. Même leur maison, au Crot-du-Peu, que Clara s'ingéniait à rendre aimable, participait à cette image qu'on aurait voulu citer en exemple d'une belle ténacité face aux coups que la vie vous porte parfois.

Seule Clara savait ses inquiétudes. Nul ne pouvait se douter de la vigilance qui se dissimulait derrière son sourire. Pas même Amélie, qui ne prenait pas nécessairement la mesure de la tension perpétuelle dans laquelle vivait sa fille et qui peu à peu radicalisait ses points de vue.

Ce fut Valérie qui lui proposa de l'accompagner, un soir, au théâtre de la ville voisine. L'occasion était rare. On était aux premiers jours du printemps 1963. La troupe du Théâtre populaire du Nord donnait *Boulevard Durand*, d'Armand Salacrou. Depuis plusieurs semaines, elle la traînait dans les villes du bassin minier tout proche, celui de Montceau-les-Mines, où sévissait, comme partout en France, une grève particulièrement dure. Les bénéfices de la tournée allaient aux mineurs. Ceux-ci étaient d'autant plus résolus à mener le combat jusqu'au bout qu'ils étaient le dos au mur, face à la perspective de la fermeture définitive des houillères.

La France renonçant à l'exploitation de son propre charbon ! Certes, il y avait des tas de bonnes raisons pour justifier un choix si sidérant. Les réserves, disait-on, s'épuisaient et, à ce qu'il paraissait, elles pouvaient être avantageusement remplacées par des importations à coût moins élevé. Il n'en restait pas moins que c'était, pour la première fois, des milliers d'emplois et même une culture qui étaient sacrifiés sur l'autel de la productivité.

Clara en avait été profondément choquée, mais, dans sa hantise de voir se réveiller toutes les causes d'hostilité entre les hommes, elle avait vu aussi dans cette affaire le premier signe d'un temps dont elle pressentait l'avènement où le travail pour tous ne serait plus qu'un vœu pieux. Que se passerait-il quand il faudrait à nouveau se battre pour pouvoir gagner sa vie, quand il faudrait que des choix s'établissent entre ceux qui pourraient prétendre à un travail et ceux qui n'y auraient pas accès ?

Elle avait accepté de suivre Valérie avec empressement. Amélie avait été mise à contribution pour garder Clément, ce qui la comblait de bonheur. Et les deux amies, dès la sortie de l'école, avaient pris le chemin de la ville. C'était la première occasion qu'avait Clara de pénétrer dans ce très beau petit théâtre à l'italienne. Le spectacle commença pour elle bien avant que les comédiens n'investissent la scène. Ensuite, elle s'abandonna avec ravissement à leur jeu, captivée par cette pièce directement inspirée d'un de ces drames bien réels qui marquèrent les débuts du syndicalisme.

Puis il y eut cet instant, très bref, où l'un des comédiens, dans son rôle, entonna les premières mesures de *L'Internationale*. Clara n'eut pas vraiment le temps d'apprécier le geste à sa juste valeur. Un tonnerre de voix mâles s'éleva spontanément dans son dos. Les mineurs, les vrais, ceux dont on défendait la cause, qui les avaient accueillies en tenue de travail, combinaisons bleues, casques blancs et lampes à acétylène au côté, se tenaient debout, au fond de la salle. Elles ne les avaient pas vus venir s'y ranger alors que les premières répliques retenaient leur attention. Tous, d'une seule voix, prenant tout le monde de court, public comme comédiens, venaient d'entonner le chant révolutionnaire le plus symbolique de toutes les luttes sociales. Ils chantaient à pleins poumons, bras tendu, poing fermé. Pris à rebours, le gentil petit théâtre aux dorures Second Empire en tremblait. De honte ou d'espoir ?

Il y eut un bref moment de flottement. Une petite ville de province encore sagement acquise aux promesses de progrès et aux perspectives de bien-être pour tous qu'on lui serinait quasi quotidiennement depuis des années avait bien le droit de marquer quelque étonnement. *L'Internationale* retentissant avec une telle vigueur, un soir de printemps au sein même de son institution la plus représentative d'une culture héritée de décennies de bienséance bourgeoise, il y avait assurément de quoi manifester une certaine surprise.

Pourtant, scandalisant certains, en amusant beaucoup d'autres, on vit peu à peu des spectateurs se lever. L'un d'eux brandit le poing. Il fut tout de suite imité. Sur la scène, les comédiens, d'abord sans voix, s'étaient vite rassemblés sur un seul rang, face au public et, eux aussi le poing tendu, avaient repris en chœur le chant des mineurs.

Clara se reprocha après coup de ne pas avoir trop réfléchi son geste. Elle pour qui le prosélytisme était le plus redoutable des fauteurs de guerres, elle venait un peu bêtement de se laisser embrigader, de marcher avec la masse uniquement parce que c'était la masse et que c'était elle qui avait crié le plus fort.

Elle s'en voulut, mais ne parvint pas pour autant à regretter d'avoir elle aussi chanté *L'Internationale* à pleins poumons, poing tendu.

Il fallut que s'apaise le tonnerre d'applaudissements qui suivit cette étonnante prestation et que la parole soit rendue aux comédiens pour qu'elle réalise que Valérie, à côté d'elle, s'était rangée dans le camp de ceux qui avaient choisi de ne pas se lever, de ne pas chanter et surtout de ne pas tendre le poing. Tout à coup gênée, elle se tourna lentement vers son amie. Leurs regards se croisèrent. Elles durent se cacher dans les dossiers des sièges de la rangée qui les précédait, le temps d'étouffer leur fou rire.

— Qu'est-ce qui t'a pris ? s'étonna Valérie sans aucune gêne, dans la voiture, alors qu'elles remontaient vers Valdémont. Je te connais. Ce n'est pourtant pas ton genre. Si on devait te classer, on te mettrait à gauche, bien sûr. Mais de là à chanter *L'Internationale* poing serré et tendu en public, il y a une marge !

Clara sourit. Sacrée Valérie, elle ne changerait pas. Chez elle, la forme prévalait toujours sur le fond. Quel scandale ! En public, à la ville, dans le théâtre... Clara n'en disconvenait pas. Mais, pour elle, bien entendu, la question se posait tout à fait autrement. Au fond, elle analysait mal ce qui l'avait poussée à suivre le mouvement. Bien sûr qu'elle n'était pas « communiste ». Et ce n'était pas parce qu'elle s'était laissée aller à chanter en public ce chant révolutionnaire dont une version avait été l'hymne national de l'URSS jusqu'en 1944 qu'elle risquait de persévérer dans l'erreur de l'embrigadement. Ce genre de chose était si peu dans sa nature. D'ailleurs, s'attendait-on à ce que tant de gens se lèvent et acceptent de grand cœur de suivre le mouvement initié par les mineurs ? Proclamer que tous ceux-là étaient « communistes » n'aurait pas manqué de faire naître, dans les principaux bistrots de la ville, ceux où se commentait ordinairement ce genre d'évènements, une hilarité tout à fait révélatrice.

Calée au fond du siège de la petite voiture de Valérie, qui peinait à les remonter jusque chez elles, le premier mot qui lui vint à l'esprit fut « solidarité ». Un beau mot, solidarité ! Oui, bien sûr, c'était par solidarité aussi bien avec les mineurs qui se tenaient au fond de la salle qu'avec ces syndicalistes persécutés du début du XXe siècle mis en scène par Armand Salacrou, qu'elle avait suivi le mouvement. Mais au-delà ? Il y avait évidemment autre chose. Ce n'était pas que par solidarité avec des hommes dont, au fond, ils savaient si peu de chose qu'ils s'étaient tous ainsi dressés. Alors ? Révolte ? Clara eut le mot sur les lèvres. Mais non. Quelles raisons auraient-ils eues de se révolter ? Ils étaient libres, du moins l'estimaient-ils, mais le resteraient-ils ? Un avertissement ! Oui, c'était bien cela. C'était un avertissement qu'ils venaient de lancer à pleine voix, à pleins poumons.

Combien en faudrait-il encore de la sorte pour espérer être un jour entendu ?

15

Le fil poisseux de la violence…

Plus de dix ans encore avant qu'apparaisse la broche épinglée sur le chemisier de Valérie. Entre-temps, il y aurait mai 1968 et la grande incompréhension des campagnes. Il y aurait la disparition de De Gaulle et le sentiment diffus qu'une ère venait de s'achever.

Clément avait sept ans quand éclata le grand désordre parisien auquel les ruraux ne comprirent rien et qui les rejeta encore un peu plus du côté de ceux qui, depuis longtemps, prétendaient décider pour eux. C'était le temps où un économiste de renom, un certain Jacques Rueff, mandaté par de Gaulle, qui avait l'honnêteté de reconnaître qu'il ne comprenait rien aux problèmes du monde rural, lui remettait un rapport qu'on publia sous forme de « livre blanc ». Entre beaucoup d'autres choses, il y écrivait sans honte ni états d'âme qu'il fallait « supprimer » une exploitation agricole sur deux.

On s'y employait et les villages, qui avaient déjà dû laisser partir leur jeunesse vers la ville et ses usines, se vidaient maintenant de leurs fermes. Bien plus d'ailleurs qu'une sur deux, ainsi que préconisé par M. Rueff. Car, une fois la machine à concentrer les exploitations lancée, plus personne ne sut ou ne voulut l'arrêter.

Et voilà que ces petits trublions d'étudiants parisiens entraînaient les ouvriers des usines dans leurs désordres... Pour quoi ? Que voulaient-ils ? Qu'adviendrait-il des campagnes si s'installait durablement cette « chienlit », selon le mot de De Gaulle lui-même ?

Clara, depuis son école et malgré son souci de se tenir le plus possible informée, ne voyait pas très bien, elle non plus, où tout cela pouvait mener. Sans oser se l'avouer, elle ne pouvait s'empêcher de ressentir une certaine empathie pour nombre de ces jeunes dont elle devinait confusément qu'ils exprimaient plus un désir de liberté et de justice qu'autre chose. Mais elle redoutait les conséquences que cette brusque flambée de contestation pourrait avoir sur le fragile consensus social qui prévalait depuis la fin de la guerre d'Algérie.

Dans l'inextricable fouillis des groupuscules dont la presse signalait l'émergence sans trop savoir d'où ils venaient ni ce qu'ils voulaient, elle fouinait littéralement, à la recherche obstinée et inquiète de tout ce qui, de près ou de loin, pourrait évoquer les dérives sectaires et plus ou moins racistes dont elle avait la phobie. Elle ne croyait pas à l'unité sociale et populaire dont prétendaient se prévaloir les orateurs les plus en vue. Dans cette espèce de monstrueux grouillement d'idées et d'ambitions, elle ne pouvait pas imaginer que ne se soient pas glissés quelques-uns de ces revanchards indestructibles dont elle redoutait entre tout qu'ils profitent de l'occasion pour retrouver droit de cité.

C'était la raison pour laquelle elle se méfiait tout particulièrement du parti des tenants de l'ordre. Quel beau prétexte donné à tous ces nostalgiques des causes perdues que de prétendre libérer les forces susceptibles de le faire régner ! Ce qu'en proclamait Simon lui donnait la chair de poule. Son usine fermée pour cause de grève, il était réapparu dès les premiers jours, fulminant contre ces fauteurs de troubles qui le contraignaient au chômage. Pour lui, l'affaire était simple. Il suffisait de rappeler aux affaires tous ceux qu'on en avait écarté un peu vite, selon ce qu'il en pensait, aux lendemains des accords d'Evian, et de leur donner carte blanche. « Vite fait ! clamait-il. Sûr qu'ils auront vite fait de les mater, tous ces petits merdeux d'étudiants ! » Elle redoutait entre tout que par facilité, négligence, incompétence, ou un peu des trois, on en vienne à ce genre d'extrémités. Elle craignit le pire le 30 mai, lorsque les Champs-Elysées furent envahis par une marée humaine venue en soutien à de Gaulle, opportunément réapparu, et à son entourage favorable à une reprise en mains énergique des choses.

Même si une certaine violence prévalut longtemps encore dans quelques sphères étudiantes et ouvrières, le retour au calme dans les rues de Paris, au lendemain du week-end de la Pentecôte, fit naître dans les campagnes l'illusion que tout était fini. Seule demeurait, pour Clara, la désagréable impression d'une continuité malsaine entre tous ces désordres. Quoi que l'on dise, quoi que l'on fasse, quelles que soient les apparences du quotidien, le fil poisseux de la violence, de la haine et de tous les refus de la différence possibles et imaginables n'était pas rompu. Il suffisait de bien peu de chose pour qu'il émerge à nouveau des sédiments friables des bonnes intentions et des belles résolutions. Dans une continuité parfaite, il suffisait que quelques-uns profitent d'une quelconque occasion pour qu'il se tende à nouveau et que résonnent les mêmes discours, les mêmes appels à la discrimination.

Certes, le calme semblait revenu, mais qu'adviendrait-il, à force, s'il suffisait de quelques voitures en travers d'une avenue et de quelques étudiants surexcités pour le faire à nouveau voler en éclats ? Car telle était, en fin de compte, la vision qu'on gardait, loin de tout ce charivari, d'évènements d'autant moins compréhensibles qu'ils étaient presque toujours réduits à l'écume du peu qu'en avait rapporté la télévision. Ce qui les résumait à bien peu de chose…

Une fois de plus, il fallut que passe bien du temps pour qu'on prenne la mesure de tout ce que cela avait changé. Fit-on autre chose que de froncer les sourcils ? C'était un soir de printemps. Le troisième ou le quatrième à revenir après les désordres de mai 1968. Déjà ceux-ci semblaient devoir être rangés au rang des anecdotes, des incidents, sinon des erreurs de parcours qu'on était d'autant plus enclin à pardonner que les temps semblaient se maintenir à la facilité et à la prospérité. Certes, de Gaulle s'en était allé. Pompidou, avec ses allures de paysan parvenu, lui avait succédé. Hormis au bar du café, où il avait fallu s'habituer à de nouveaux noms, à de nouvelles critiques, à de nouveaux débats, pour le reste rien ne semblait avoir changé.

Personne n'y prit garde. Même un peu déglinguée, même étrangement bariolée, s'étonne-t-on, à l'heure de l'apéro, d'une camionnette s'arrêtant sur la place ? Il fallut que s'ouvre en grand la porte du café et qu'il y paraisse pour que quelques têtes se tournent. Et que la stupeur s'inscrive sur les visages. D'où il sortait, celui-là ? Un grand gaillard portant lunettes, attifé de hardes comme on n'en avait jamais vu, multicolores et informes, et affublé d'une toison probablement allergique au moindre peigne, hérissée de mèches rendues à la liberté, dressées depuis le haut du crâne jusqu'au milieu du dos. Et dans les yeux, derrière ses binocles de myope, un air de se foutre de tout, une sorte de sourire mi-goguenard, mi-« à vous prendre de haut », qui fit aussitôt se raidir quelques nuques.

Ni bonjour, ni bonsoir, il vint jusqu'au bar, commanda deux bouteilles de limonade, paya en petite monnaie et s'en fut. Exactement comme si personne n'avait existé. Aucun des boit-sans-soif qui se pressaient là autour de leurs verres ne pouvait se vanter d'avoir accroché son regard. A croire qu'il était seul au monde, cet oiseau-là. On se précipita aux fenêtres, on écarta les rideaux. Ils étaient une demi-douzaine, garçons et filles, tous aussi mal fringués, à qui serait le plus ébouriffé, à l'attendre autour de leur antique tub Citroën. Ils devaient avoir une sacrée soif. Les bouteilles de limonade passèrent de main en main et furent vite vides. Le même revint jusqu'au café et demanda qu'on lui rembourse la consigne des bouteilles. Il se fit proprement éconduire, ne parut pas s'en émouvoir outre mesure, abandonna ses flacons sur le bar et, toujours sans un regard pour la communauté des habitués de l'apéro, alla rejoindre ses compères, qui embarquaient déjà dans leur vénérable ruine. Cahin-caha, un peu brinquebalante, à se demander comment elle avait pu les amener jusque-là, elle s'éloigna sans trop chercher sa route, comme si elle savait où elle allait.

— C'est quoi, ces olibrius-là ? s'étonna une voix.

— Ça, répondit d'un ton docte un qui avait vu du pays, ce sont des hippies. Tu ne sais pas ce que c'est, des hippies ? Une fameuse engeance. A ce qu'on dit, ça grouille dans des pays comme la Lozère ou l'Ariège. Ils viennent. Ils s'installent. Tu ne sais pas d'où ils sortent, ce qu'ils veulent... Par ici, on n'en avait pas encore trop vu. Vieux, s'ils envahissent, bonjour les dégâts...

Il avait vu juste. Au plus fort de la contestation soixante-huitarde, alors que la peur du « grand soir » tenaillait le bourgeois, il y eut, en Morvan comme dans tous ces pays ravagés par la désertification, une véritable flambée sur la pierre. N'importe quelle pierre, même proche de l'état de ruine, pourvu que sans trop y regarder elle puisse faire figure de placement. Le « grand soir » n'eut pas lieu. Entre-temps, nombre de vieilles bicoques depuis longtemps veuves de leurs habitants n'en avaient pas moins changé de propriétaires. Et beaucoup d'entre eux s'en trouvaient maintenant bien encombrés.

Quelle aubaine pour tous ces jeunes citadins en divorce complet avec leur milieu chez qui le vent du « retour à la nature » faisait des ravages ! Celui dont les parents possédaient une de ces ruines, au fond d'une campagne d'autant plus attirante qu'elle était perdue, devint une valeur sûre qu'il importait de s'attacher.

Partir ! Le grand jeu des barricades ayant été cassé par les CRS, il n'y avait plus que ça qui comptait : partir ! Pour quoi ? Pour faire quoi ? Nul ne s'en préoccupait. L'élevage de chèvres avait la cote. Le potager, pour le reste, devrait bien suffire… Sans qu'aucun d'eux ait la moindre idée des réalités pouvant bien se dissimuler derrière ces mots, on partit donc. On partit à fournées entières, à pleines « communautés », comme on disait. La Lozère et l'Ariège furent en effet des destinations privilégiées. Mais les places s'y révélèrent vite rares et l'accueil, au début plus indifférent qu'autre chose, se fit plus vite encore suffisamment rude pour qu'on allât chercher ailleurs où fonder cette nouvelle société qu'on se promettait débarrassée de toutes les contingences de notre temps.

Ceux-là, les premiers du coin, n'allèrent pas loin. On sut vite qu'ils avaient investi la ferme du Père

Frisé. Du moins était-ce ainsi que, depuis des lustres, on nommait une grande bâtisse délabrée qu'avait bien dû habiter, en des temps lointains, un brave homme affublé de ce sobriquet. Plus personne ne se souvenait de lui, pas même celui de ses descendants qui avait fait une fameuse affaire, pendant que volaient les pavés dans les rues de Paris, en signant chez le notaire un acte de vente assorti d'un coquet montant.

— Et qu'est-ce qu'ils vont faire, là-haut ? voulut-on savoir, un soir, accoudé au bar du café.

— Des chèvres, pardi. Des chèvres et puis un potager.

— Ah bon... Et pour se chauffer, cet hiver, comment ils vont faire ?

— T'as pas vu ? Il y a autant de garçons que de filles. Sous la couette, vieux gars. C'est ça qu'ils ont trouvé, pour se chauffer.

On rit grassement.

— Faites l'amour, pas le feu !

On leva le coude. On reposa les verres et le jugement tomba :

— Tu veux que je te dise ?

— Dis toujours.

— Attends voir qu'arrive novembre... Passeront pas l'hiver. Seront repartis avant le Nouvel An.

— Qu'est-ce que tu en sais ?

— Tu as vu l'état de la bicoque ? Il y a des jours grands comme ça sous les fenêtres. A peine si elles ferment. Et du bois ? Ils en ont, du bois ? Savent pas ce que c'est, l'hiver par ici. Je te le dis. Passeront pas Noël.

Une fois de plus, c'était voir juste. Rares furent les villages qui n'eurent pas ainsi leur « communauté » presque aussi vite disparue qu'elle était arrivée. Quelques irréductibles, plus sincèrement intéressés par la vie à la terre et peut-être plus courageux, s'accrochèrent. Il en est qui firent souche et finirent par se faire admettre par leurs voisins, même si, toute leur existence, ils durent assumer le fait d'être des « étrangers ». Mais l'aventure, pour la grande majorité d'entre eux, fut de courte durée.

A leur insu, elle laissa pourtant des traces. On en parla relativement peu. Il n'y avait pas là matière à tirer quelque gloire que ce fût. Mais ce fut une amertume de plus, une nouvelle frustration, qui vint s'ajouter à toutes celles subies depuis la guerre. « Comment ? Alors que nos jeunes doivent quitter le pays, s'exiler vers les usines, voilà ce qu'on nous envoie… Des gamins paumés, plus bons à rien, juste à vivre comme des clochards… C'est quoi ? C'est donc que nos villages ne peuvent plus servir qu'à ça, à ramasser ce que les autres ne veulent plus ?! C'est bien qu'on ne compte plus pour rien. Ils peuvent dire ce qu'ils veulent, maintenant il n'y en a plus que pour les ouvriers. Si tu ne touches pas un salaire, tu n'existes plus. On le sait bien, marche, que, pour nous, c'est la fin. On ne veut plus de nous. »

On ne s'en vanta pas. Ce genre de propos, ce n'était pas en public qu'on les tenait. C'était entre soi, au coin de la grande table de la salle où tant de places étaient vides…

Gaston les répétait à Clara, qui se récriait. « Ce n'est pas parce que trois hippies ont traîné par là… » Mais ce qui était si profondément inscrit dans les têtes n'en sortirait pas de sitôt. Les points de vue étaient simplistes et facilement outranciers. Elle le savait et n'était certainement pas la seule à le penser. Derrière de tels jugements à l'emporte-pièce, sans la moindre nuance, il y avait une sorte de paranoïa qu'il aurait été vain de vouloir combattre. Lorsque le sentiment s'installe d'une trop grande injustice, la raison n'a plus droit au chapitre.

De façon caricaturale, « le paysan », en admettant même qu'ait pu exister cet archétype singulier pouvant prétendre représenter à lui seul une telle diversité, s'érigeait en souffre-douleur ; le brimé par excellence. Facilement conservateur et inquiet des moindres changements, il n'en était pas moins redouté dans toutes les villes de province pour la vigueur de ses manifestations. Bien rare que les défilés de tracteurs ne se terminent pas par quelques castagnes redoutables avec les forces de l'ordre. On les suivait à la trace, à l'odeur des gaz lacrymogènes mêlée à celle du purin déversé devant les grilles des sous-préfectures. Ce n'était en fin de compte qu'une façon comme une autre d'exprimer leur grande peur de ne plus exister.

Des gamins : « Vouais, il n'y en a que pour les ouvriers. Et nous, alors ? On compte pour du beurre ? » Il y avait, derrière tout cela, quelque chose de presque enfantin, de puéril, dont on aurait pu sourire s'il ne s'était pas agi du devenir de milliers de familles.

Gaston était de ceux qui avaient fait une croix depuis longtemps sur l'avenir de leur exploitation. Elle était trop petite, au regard des critères du temps, et d'ailleurs son fils avait filé à l'usine. Quant à sa fille adoptive, les chances étaient maigres qu'elle épouse un paysan susceptible d'être intéressé par ses lopins de terre et ses quelques bêtes. « Et c'est aussi bien comme ça ! » clamait-il à qui voulait l'entendre. Seules Clara et Amélie savaient qu'il n'était que partiellement sincère. Il n'était pas du genre à se battre, Gaston. Il s'était fait une raison ; il s'était résigné pour ce qui le concernait, mais il regardait avec tant d'intérêt, tant de sympathie du côté de ceux qui continuaient le combat et dont on voyait à intervalles réguliers les troupes investir les centres-villes.

— Que veux-tu y faire ? dit-il un soir à Clara. Ce n'est pas nouveau. On peut même dire que ça a toujours été comme ça. Tu sais comment on fait un bon douanier ? Je te l'ai déjà dit : en mettant un képi à un contrebandier.

Elle l'avait vu venir et tâcha de prendre les devants :

— Allons, papa. Pourquoi tu dis encore ça ?

— Parce que c'est la vérité. Ces milliers de jeunes ruraux à qui on a mis des beaux képis d'ouvriers, tu ne voudrais tout de même pas qu'ils soient autrement que les autres, qu'ils crachent dans la bonne soupe qu'on leur sert ?

— Pourquoi tu dis ça ? répéta-t-elle. Tu sais bien que ce n'est pas vrai. Et puis même, à quoi ça sert de monter les gens les uns contre les autres ? Qu'est-ce que tu en sais, que les ouvriers, ils seraient contre les paysans ?

Amélie et lui étaient venus chez Clara. Clément était dans sa chambre, censé faire ses devoirs. On avait fait silence devant le spectacle affligeant, à la télévision, des violentes bagarres qui avaient conclu une énième manifestation d'agriculteurs. « De regrettables débordements », selon le commentateur. Façon de parler pour qualifier ce qui n'était en fait que des batailles rangées programmées longtemps à l'avance.

Gaston se retourna lentement pour s'assurer que son petit-fils n'était pas réapparu en douce. Etait-il, ce soir-là, plus en veine de paroles que de coutume ? Un vague sentiment de culpabilité le chagrinait-il à la vision de quelques-uns de ses collègues se colletant avec une poignée de CRS ou de gardes mobiles ? Il eut un coup d'œil rapide à l'adresse d'Amélie, comme pour s'assurer qu'elle ne l'interromprait pas. Puis il tourna lentement vers sa fille un regard qu'elle ne lui avait jamais vu ; un regard de chien battu.

— Quand je vois ce qu'ils ont fait de mon fils…

Il eut de la main un geste ample, comme s'il renonçait, comme si ce n'était plus de ses forces, puis il baissa le nez, peut-être un peu honteux de s'être ainsi livré.

16

La fête de l'école

Une ou deux fois par an, profitant des vacances scolaires, Clara avait pris l'habitude de monter à Paris. Aller y retrouver sa tante et sa cousine était pour elle un vrai plaisir, qu'elle voulut rapidement faire partager à Clément. Tout petit, le gamin ne voyait que des plaisirs dans ces expéditions. Elles lui faisaient prendre le train, il découvrait l'agitation et les lumières de la grande ville. Elles lui donnaient surtout l'occasion de se faire choyer par ces deux dames qu'il connaissait peu, mais qui avaient tant d'attentions pour lui qu'il en redemandait sans vergogne.

Dès qu'elle estima qu'il était en âge de comprendre, Clara s'appliqua à lui expliquer ce qu'étaient ces femmes pour lui. Il l'écouta avec beaucoup d'attention, mais eut bien du mal à saisir en quoi cette relation de famille n'était décidément pas comme les autres. Il faudrait encore quelques années et beaucoup de doigté de la part de Clara pour que le gamin assimile sans en être traumatisé ce qui était, pour une bonne part, sa propre histoire.

Cela faisait longtemps qu'il s'était étonné de ne pas avoir de père. Clara lui avait tout dit sans détour, mais en veillant à ce que ses mots ne le perturbent pas. Il avait admis gravement et l'avait étonnée, à quelque temps de là, en lui demandant de l'emmener sur la tombe de son père.

Il n'avait pas été aisé de lui expliquer que si Amélie et Gaston, comme les parents de Philippe, étaient bien ses grands-parents, il y en avait eu d'autres qu'il ne connaîtrait jamais. Clara n'avait pas voulu se dérober. Elle estimait que son fils devait savoir. Mais tout cela faisait beaucoup pour une tête d'enfant.

Puis, peu à peu, avec l'âge qui venait et une capacité de réflexion grandissante, les questions commencèrent à venir. Comprendre par quel cheminement ces deux dames chez qui sa mère l'emmenait, à Paris, étaient de sa famille sans avoir pour autant le moindre rapport avec sa grand-mère Amélie, son grand-père Gaston, son oncle Simon ou les parents de son père, cela lui demanda encore un certain temps.

Bien entendu, les conditions dans lesquelles ses grands-parents biologiques avaient disparu durant la guerre le tourmentèrent longtemps. Prudente, Clara ne fit pas la moindre allusion à la vraisemblance d'une dénonciation. Mais la logique des enfants est implacable. Clément devait avoir une petite douzaine d'années lorsque, revenant comme il le faisait souvent sur les conditions dans lesquelles ses grands-parents avaient été arrêtés, il lui déclara sans détour que, selon lui, il fallait bien qu'ils aient été trahis.

Elle en resta sans voix. Que lui répondre ? Comment annihiler chez lui cette obsession qu'elle sentait monter, d'un drame auquel sa jeune vie était si étroitement liée ? Un instant, elle eut le regret de lui en avoir peut-être trop dit. Mais non. Il n'y avait rien de pire, pour elle, que les demi-vérités, les « tu es trop petit, tu comprendras plus tard ». C'étaient là des frustrations dont elle savait combien un enfant peut souffrir. A ne pas tout dire, à se dissimuler derrière de si pauvres arguments, c'eût été elle qu'elle aurait cherché à protéger, laissant son fils face au désarroi des questions sans réponse.

— On ne sait pas, choisit-elle de lui répondre en le regardant droit dans les yeux. Ce que tu avances là, c'est un soupçon, une supposition, rien de plus. Tu es en droit de le penser, mais rien, aucun élément ne te permet de l'affirmer.

Il soutint son regard avec un brin de provocation.

— Toi aussi, tu le penses ?

Elle n'eut qu'un très bref instant d'hésitation.

— Oui, je le pense. Mais, sans preuve, jamais tu ne m'entendras parler d'une possible dénonciation.

— Alors, les preuves, il faut les chercher.

— Tu sais, il y a des choses, tant qu'on n'est pas sûr de soi, mieux vaut ne pas y toucher.

— Tu crois qu'on saura, un jour ?

— Peut-être. Je ne sais pas. Bien sûr, si ça se présentait, j'irais jusqu'au bout. Tu peux me croire. Mais, en attendant, il y a tant d'autres choses plus importantes. Toi, par exemple.

Il en resta bouche bée, parut sur le point d'interroger à nouveau, puis se reprit. Il se détourna, fit mine de s'occuper à un jeu qui traînait par là. Mais ça continuait de trotter dans sa tête. Clara le voyait bien.

— Moi... lâcha-t-il enfin. Mais ce n'est pas juste. C'est moi qui t'empêche de t'occuper de tout ça...

Elle eut toutes les peines du monde à rétablir un certain équilibre des choses. Il finit par en convenir, mais à certains silences songeurs, à quelques brèves et discrètes allusions, elle n'eut aucun mal à comprendre qu'il restait préoccupé.

Les voyages à Paris, chez la tante et la cousine, prirent d'autant plus d'importance. Au seul plaisir de l'accueil qui lui était réservé s'ajoutait maintenant une dimension familiale que Clara n'était pas mécontente de voir s'installer dans sa tête d'enfant. Restait pourtant pour lui une lacune dont il ne comprenait pas pourquoi on ne s'employait pas à la combler. Comment parler commodément de ses grands-parents, de son école, de sa maison et de tout ce qui concernait le quotidien de sa vie à Valdémont si ses interlocutrices ne connaissaient rien de tout cela ? Il fallait sans tarder qu'elles entreprennent à leur tour le voyage du Morvan. La première fois qu'il énonça cette évidence, il se paya un beau succès. Mais il vit bien qu'on ne le prenait pas totalement au sérieux, et cela le chagrina. Il y revint avec obstination, fit tant et si bien que l'idée chemina.

Clara avait tout de suite abondé dans le sens de son fils. C'était pourtant vrai : cela faisait maintenant des années qu'ils correspondaient assidûment, que Clara et Clément venaient régulièrement visiter Stéphanie et sa mère, mais celles-ci n'avaient ni l'une ni l'autre la moindre idée de ce que pouvait être le cadre de vie des Morvandiaux. Clara souhaitait surtout que sa vraie famille fasse la connaissance de ceux qui l'avaient sauvée, qui l'avaient adoptée, qui l'avaient élevée, qu'elle considérait maintenant comme ses parents et les grands-parents de son fils.

Stéphanie fut tout de suite sensible à ces arguments. C'était une brave fille desservie par un physique ingrat et qui, plutôt que de tenter l'aventure de créer une famille, avait fait le choix de vouer sa vie à sa mère. Celle-ci, veuve assez jeune, n'avait plus désiré quitter son petit appartement parisien. Quelques sorties au théâtre, un abonnement à l'Opéra, quelques rares amitiés de voisinage leur tenaient lieu de vie sociale. Depuis qu'elles étaient revenues à Paris, à la fin de la guerre, elles n'en étaient plus sorties. Et si la fille voyait, dans cette suggestion d'un voyage en Morvan, une occasion bien tentante de quitter la ville, la mère fut d'abord beaucoup moins chaude. C'était là le genre de choses auxquelles elle avait renoncé une fois pour toutes après l'épopée douloureuse de 1940 et surtout depuis la mort de son mari. Elle s'en trouvait d'autant mieux qu'elle gardait un souvenir épouvantable du seul voyage qu'elle eût jamais entrepris, celui de l'exode, et qu'elle doutait fort, malgré ce que lui en disaient Clara et sa fille, que les conditions aient réellement changé.

On en parlait pourtant de plus en plus. Il n'était pas une lettre de Clément ou de sa mère qui n'y fît allusion. Et à chacune de leurs visites dans le petit appartement parisien, Clément repartait à l'assaut. Il y tenait, mais se heurtait à bien plus redoutable qu'un refus tout net. La vieille tante avait fini par admettre que c'était là une belle idée. Elle ne disait plus non, mais elle se gardait bien de dire oui ! Elle remettait toujours à plus tard. Il y avait toujours une bonne raison pour que ce ne soit pas aux prochaines vacances. La cousine, connaissant sa mère et sans avoir pour autant renoncé, n'insistait plus. Comme Clara, qui adoptait le même comportement, elle s'en remettait à Clément, qui se chargeait d'enfoncer le clou à chaque fois que l'occasion se présentait. C'était devenu une sorte de jeu dont Clara soupçonnait sa tante de le faire durer à plaisir. Elle céderait un jour, bien sûr. Le tout était d'attendre qu'elle y consente.

— Que c'est dommage ! s'exclama Clément un matin de juin 1974. Si elle avait bien voulu venir cette fois, la tante, on les aurait emmenées, elle et Stéphanie, à la fête de l'école.

Depuis trois ans, lui-même n'allait plus à l'école du village. Tous les matins, Clara, qui avait échangé sa Mobylette des débuts contre une petite Renault, le descendait sur la place du village où l'attendait le car de ramassage scolaire. Vingt bons kilomètres à chahuter avec les copains avant de rejoindre le collège de la ville où, à la prochaine rentrée, il passerait en troisième. Moins brillant que doué d'une grande faculté de compréhension et d'assimilation, il trouvait normal de recevoir les félicitations de ses professeurs et ne s'en faisait pas une grosse tête pour autant.

— C'est ma mère ! décrétait-il pour la plus grande joie de celle-ci. Faut voir la vie qu'elle m'a menée quand j'étais à l'école avec elle. C'est qu'elle m'en a fait baver, faut pas croire. Mais maintenant, ça va tout seul !

Clara, n'attachant pas plus de crédit que nécessaire aux reproches ainsi exprimés, buvait du petit-lait ! Même si, dans le secret de son cœur, elle regrettait le temps où elle passait des journées entières avec son fils. Celui-ci se serait fait écorcher vif plutôt que d'en convenir, mais il ne devait pas en penser moins et continuait de porter le plus grand intérêt à ce qui se passait dans « son » école. Pour rien au monde il n'aurait voulu manquer la fête de fin d'année, mais estimait que ses succès d'ancien élève qui réussit bien ne seraient jamais complets tant que la tante et la cousine de Paris n'en auraient pas été témoins.

Jusqu'à ce que Clément quitte l'école du village, pour lui faire plaisir Amélie et Gaston avaient assisté avec assiduité à ce grand moment annuel de remise des prix et d'hommage rendu, par beaucoup de villageois, au travail de leur institutrice. C'était là une tradition à laquelle personne n'aurait voulu déroger. Mais Amélie et Gaston n'étaient pas à l'aise dans ce genre de manifestations. Il s'y trouvait trop de monde, ils étaient trop empruntés, au milieu de cette foule. Quand leur petit-fils eut intégré le collège, ils choisirent de rester sagement au Crot-du-Peu, où Amélie préparait chaque année un repas de fête en l'honneur de leur institutrice de fille, pour leur petit-fils, pour fêter les vacances qui s'annonçaient et pour clore, simplement, une belle journée de réjouissances.

Tout s'était passé pour le mieux. Les quelques saynètes longuement préparées et répétées à l'école avaient obtenu un beau succès. La distribution des prix n'avait pas connu la moindre anicroche et, malgré les inévitables petites déceptions et les quelques larmes furtives essuyées dans les jupons de maman, il y avait eu surtout beaucoup de satisfactions et de fierté. On pouvait passer au grand moment de convivialité qu'était traditionnellement le vin d'honneur offert par la municipalité en présence de tous les édiles du village.

Il y avait foule autour des deux grandes tables dressées au fond de la salle des fêtes. Celle de gauche était réservée aux « grands », à qui l'on servait des blancs aligotés ou des kirs sirupeux. Celle de droite revenait aux enfants, à qui il s'agissait de distribuer sans trop de désordre la brioche et les jus de fruits qu'ils attendaient depuis le début de la fête.

Clara était sur tous les fronts. Il lui revenait de s'assurer que tout se passait bien tout en recevant les félicitations des uns et des autres, sans perdre de vue pour autant sa volée de gamins et de gamines, toujours prêts à se chamailler au moindre prétexte. Elle n'aurait pas fait cela tous les jours, mais ce mélange de vigilance, d'amabilité souriante et d'habile savoir-faire pour prévenir et apaiser les moindres incidents n'était pas pour lui déplaire. Cela ne durait pas, mais c'était là un moment annuel de son existence auquel elle n'aurait renoncé pour rien au monde. Bien sûr, elle aurait aimé qu'Amélie et Gaston soient là. Mais elle comprenait leurs raisons et il suffisait à son bonheur de savoir Clément dans la salle, très occupé à retrouver quelques copains mais ne la perdant jamais de vue. Il suffisait qu'elle lève les yeux et fasse le geste de le chercher pour qu'il apparaisse. Dans la presse, ils n'échangeaient guère qu'un sourire, au mieux une furtive caresse, et chacun repartait à ses urgences, simplement heureux.

Il y avait presque autant de bénévoles, derrière les deux tables, que de mères d'écoliers. Elles non plus n'auraient pas voulu renoncer à leur rôle pour tout l'or du monde. Elles en arrivaient bien à se gêner un peu, à compliquer le service comme à plaisir. C'était en somme la règle du jeu, comme un parti pris d'en rire et de chauffer l'ambiance.

Bien que Valérie n'ait plus d'enfants à l'école, elle était du nombre et bien loin d'être la moins active. Clara l'avait entrevue au moment où, la distribution des prix achevée et monsieur le maire en ayant fini avec son bref discours que personne, d'ailleurs, n'avait écouté, il s'agissait de contenir la ruée des petits comme des grands vers les tables du fond de la salle. Les bras chargés de plats et de bouteilles à disposer sur les nappes en papier, elles s'étaient croisées en coup de vent. « T'es là, toi ? avait fait mine de s'étonner Clara. C'est gentil d'être venue. » Comme si c'était une surprise ! Dans le brouhaha ambiant, elle n'avait pas entendu ce que Valérie lui avait répondu, mais la promesse était implicite : elles trouveraient bien le temps de se revoir quand les choses se seraient un peu calmées.

Verre en main, les adultes papotaient par petits groupes autour de leur table, pendant que les gamins étaient allés s'installer sur les chaises de la salle des fêtes pour déguster plus commodément brioches et jus de fruits. Cela s'était quelque peu calmé côté service où, sans déserter, on en était tout de même à s'offrir les mêmes douceurs que les autres. C'était le moment délicieux où l'on prenait le temps d'apprécier le simple plaisir d'être ensemble.

Clément était venu rejoindre sa mère, histoire de se faire offrir un morceau de brioche en rab. Que se serait-il passé s'il n'avait pas été là à cet instant ? N'était-ce pas pour lui que Clara avait trouvé en elle la force de se retenir, de ne rien laisser paraître de son émoi ? Valérie, un verre dans une main, une tranche de brioche dans l'autre, s'était avancée vers elle, souriante.

Et c'est alors que Clara avait vu la broche. Comment ne pas la remarquer ? Valérie l'avait épinglée sur le très beau corsage beige clair qu'elle portait. Jamais Clara ne lui avait vu un tel bijou. Mais surtout, avant même que son amie l'eût rejointe, elle l'avait reconnu. C'était pourtant du plus profond de sa mémoire qu'il avait dû se frayer un chemin. Se souvenait-elle encore, l'instant d'avant, de cet entrelacs très fin de minuscules étoiles de David formant le lit d'une grosse pierre d'un bleu légèrement translucide ? De sa mère la lui montrant à chaque fois que la toute petite fille qu'elle était alors en exprimait le souhait ? L'avait-elle jamais vue portée, cette broche, par cette maman qu'elle avait si peu connue ? Certainement pas. Quelle occasion aurait-elle eue de le faire ?

En un instant, tout avait refait surface. La boîte, le beau petit écrin dans lequel sa mère gardait précieusement ce qui devait être son seul et unique bijou. Mais quel bijou ! C'eût été de la bimbeloterie que l'effet, pour Clara, eût été le même. Mais ce n'en était pas. Elle le savait. Elle savait tout le prix qu'y attachait sa mère.

« Maman, montre-moi la broche. » Tous les prétextes étaient bons. A la toilette, le matin, mais aussi et surtout le soir quand on est une toute petite fille pour qui il est si difficile d'accepter de se retrouver seule, dans le noir, à attendre le sommeil. « Maman, montre-moi la broche. » Sa mère ne s'était jamais défilée. Elle allait chercher la petite boîte dans ce tiroir de sa table de nuit que Clara connaissait bien. Elle venait s'asseoir près de sa fille et l'ouvrait délicatement. Clara n'avait jamais cherché à toucher la broche. Appuyée des deux mains sur les genoux de sa mère, les yeux écarquillés, elle se penchait pour mieux voir et la dévorait des yeux.

Non, bien entendu, elle n'avait pas oublié. Mais c'était si loin, tant de choses avaient peu à peu repoussé le souvenir de la broche dans l'épaisseur des ombres de la mémoire de Clara. Et elle était là, cette broche, sous ses yeux, sur le corsage de sa meilleure amie…

Il s'en était fallu d'un cheveu qu'elle ne se trahisse. Mais il y avait Clément. La foule ne comptait plus.

Il y avait le sourire éclatant de Valérie, il y avait Clément qui s'avançait déjà vers elle, et il y avait elle, Clara, qui surtout ne devait rien dire, ne rien laisser transparaître de son émoi. L'effort qu'elle dut faire pour y parvenir la laissa pantelante. On mit ça sur le compte de la fatigue. Après une telle journée...

Par chance, la fête s'achevait. On venait la saluer et la remercier, une dernière fois, avant de partir. Elle souriait, n'avait guère à répondre. On n'en attendait pas tant.

— Laisse, lui dit Valérie. On va ranger. Le reste, tu verras ça demain. Tu es crevée. Allez donc rejoindre l'Amélie, qui a dû vous préparer un bon repas.

Clara ne se le fit pas dire deux fois. Clément, un peu intrigué par le comportement de sa mère, la suivit sans rechigner.

— Ça ne va pas ? lui demanda-t-il tout de même dans la voiture.

Elle lui adressa le sourire le plus radieux qu'elle put trouver, mais l'ombre qui le voilait, pour imperceptible qu'elle fût, n'en échappa pas pour autant au gamin.

— Si, si, ça va, mentit-elle. Un peu de fatigue. Ce n'est rien.

Il posa une main très douce sur le bras de sa mère.

— Tu peux me dire, tu sais.

— Non, non, ça va, je t'assure. Tu es gentil.

Elle était au bord des larmes. Surtout ne pas craquer ; se reprendre. Ne rien montrer, ni à lui, pourtant si prévenant, ni à Amélie, ni à Gaston. Comprendre, avant tout. Comprendre quel sens tout cela pouvait avoir.

17

Les poisons de la suspicion

La nuit était douce. Sous une voûte céleste infiniment pure, baignés par la lumière crue d'un beau clair de lune, les monts du Morvan se juxtaposaient, se poussaient du coude. On aurait dit un troupeau de grosses bêtes paisibles, figé dans l'immobilité de l'éternité.

Clara s'était fait chauffer une tisane. Elle avait éteint la maison et était venue s'asseoir à sa petite table de jardin, sur sa terrasse. Malgré tout, la soirée chez Amélie et Gaston avait été le moment de bonheur qu'elle attendait.

Elle avait réussi à ne pas y penser. Pas trop. Pas assez pourtant pour que la fine mouche d'Amélie ne discerne, au fond des yeux de sa fille, le fin voile de gravité qui ne seyait pas à l'ambiance du jour.

« Quelque chose qui ne va pas ? » lui avait-elle discrètement glissé pendant que Clément occupait son grand-père avec le récit de sa journée.

Clara, surprise, avait vivement secoué la tête.

« Non, non. Rien. Ça va. Pourquoi tu me demandes ça ? »

Le sourire entendu d'Amélie fut sa seule réponse. On n'en parla plus. Clara, un peu vexée de n'avoir pas su dissimuler totalement son trouble, sentit toute la soirée peser sur elle le regard attentif de sa mère. Elle en fut à la fois gênée et désolée.

Ne rien pouvoir dire. Etre seule face à la terrible interrogation qui la brûlait. La solitude ne l'avait jamais rebutée. Elle n'avait aucun regret d'avoir choisi de sacrifier sa vie de femme pour Clément. Mais pourquoi fallait-il que réapparaissent épisodiquement ces confrontations brutales avec son passé, avec ses origines qui la bouleversaient et l'isolaient toujours un peu plus dans le cercle étroit de ses angoisses ?

Clément pétillait de joie quand, tard dans la nuit, ils regagnèrent ensemble leur maison. Il aurait bien prolongé encore la soirée. Clara dut insister pour qu'il se décide à aller se coucher.

— Et toi ? Tu n'y vas pas ? s'étonna-t-il en la voyant peu décidée à prendre le même chemin.

— Si, bien sûr. Trois bricoles à ranger et j'y vais.

Il consentit à s'éloigner. Elle se trouva enfin seule.

Il faisait à peine frais sur la terrasse. Les mains jointes sur son bol de tisane qui lui transmettait sa bonne chaleur, elle laissa son regard se perdre dans les lointains des collines baignées de clair de lune. Et elle put libérer le flot des interrogations, des sentiments diffus, des souvenirs aussi, qu'elle avait eu tant de mal à contenir durant la soirée.

Le tout, d'ailleurs, se résumait à une seule et unique interrogation : comment cette broche avait-elle bien pu réapparaître, après tant d'années, sur le corsage de sa meilleure amie ? Le plus simple aurait été tout bonnement de le lui demander, mais, sans même qu'elle ait pu prendre le temps de réfléchir, Clara avait pressenti qu'il ne pouvait pas y avoir de réponse claire à une telle question.

Elle ne pouvait imaginer qu'il y ait eu une part quelconque de provocation dans le comportement de Valérie. Elle était venue à elle bien trop franchement, bien trop souriante, bien trop pareille à elle-même pour pouvoir être soupçonnée d'une telle duplicité. Et d'ailleurs, pourquoi l'aurait-elle fait ? Valérie ne connaissait évidemment pas l'histoire de cette broche. Personne dans le pays, pas même Amélie, n'en connaissait l'existence. Clara n'en avait jamais parlé, laissant son souvenir s'ensevelir en silence dans l'ombre de sa mémoire. Le bijou appartenait à cette période de sa petite enfance dont elle gardait peu de souvenirs précis. Peut-être de les évoquer lui aurait-il permis de les préciser, d'en retrouver les contours et les détails. Elle n'avait jamais voulu s'y résoudre. C'était pour elle comme un grand trou noir dont elle savait qu'il pouvait recéler des choses très douces mais qui, perdues à tout jamais, devaient rester enfouies au plus profond d'elle-même.

La brutale réalité de ce qui s'était passé cet après-midi-là ne lui laissait aucun choix. Il fallait bien, cette fois, qu'elle affronte le flot des souvenirs qui l'assaillait. Cette maison où elle avait vécu quelques mois avec ses parents et qui, après être si longtemps restée fermée, était maintenant la sienne… Cette fouille minutieuse qu'elle avait opérée avant de s'y installer, après l'avoir si longtemps redoutée au point de refuser de s'en approcher... Et rien... Elle n'y avait rien trouvé qui pût évoquer de près ou de loin ses parents, avec qui elle y avait pourtant vécu.

Où était-elle, alors, cette broche qui jaillissait tout à coup d'un trou noir de plus de trente ans ? Une évidence était en train de s'imposer à elle. Elle en avait conscience, mais se refusait obstinément d'en convenir. Elle entretenait sciemment le désordre de ces bribes de souvenirs, de ces impressions qui se bousculaient dans sa tête, pour retarder le moment où il lui faudrait bien admettre l'ordre implacable des faits qu'elle pressentait.

Loin au nord, une chouette effraie lança son appel mélodieux et empreint de tant de mélancolie. Clara concentra son attention sur le dialogue qui n'allait pas manquer de s'instaurer. Elle n'eut à attendre que quelques secondes. La réponse, tout aussi douce, jaillit de l'ombre, droit devant elle, de l'ouest. Les deux oiseaux conversèrent ainsi un long moment. Elle les imaginait, boules de plumes embossées sur quelque branche haut perchée, le regard posé sur la nuit. Jusqu'à ce qu'une ombre passe furtivement devant la lune. Deux fois, trois fois, l'appel venu du nord resta sans réponse, mais il s'obstina, sans hâte, sans inquiétude, sûr de son fait. Déjà Clara se désolait qu'il reste seul dans la nuit, lorsque la réponse fusa à nouveau, toute proche, tellement proche qu'elle la fit sursauter. La chouette était là, dans l'un des arbres qui surplombaient la ferme, et observait certainement de son œil rond cette étonnante silhouette humaine immobile dans l'ombre. Clara leva les yeux et ne vit rien. Peut-être leurs regards se croisèrent-ils. Elle imagina l'oiseau abaissant vivement ses lourdes paupières pour ne pas recevoir l'éclair de ces yeux dont il ne supportait pas l'éclat et qui étaient pourtant aveugles, incapables de percer l'épaisseur de la nuit.

Cette réticence... Pourquoi avait-il fallu que Valérie intervienne pour que son père, pourtant décidé à vendre, accepte l'idée que Clara achète sa maison du Crot-du-Peu ? Celle-là même qu'elle sentait dans son dos, chaude, confortable, douce à vivre, écrin précieux pour ce que Clara avait de plus cher au monde, Clément, son fils, dont la gentillesse, la joie de vivre, l'espièglerie, mais aussi et surtout l'amour débordant étaient le chemin unique de son existence.

Alors, au fond, à quoi bon s'affoler ? « Après tout ce n'est jamais qu'une broche... » Que pouvait bien peser cette babiole, comparée à un tel bonheur ? Surtout, ne pas y attacher plus d'importance que ça n'en avait. Evidemment, le père de Valérie... Le hasard, quelquefois...

Et pourquoi ce souvenir soudain, qui s'impose maintenant à l'esprit de Clara ? Un homme en colère. Il crie très fort à la porte de la maison. Son père lui parle. Elle le voit de dos. Elle ne parvient plus à se rappeler ses traits, mais elle est sûre que c'est lui. Il lui semble que son père tente d'argumenter, de calmer l'homme. Sa mère est en larmes. Elle l'entraîne vers la chambre. « Maman, montre-moi la broche... » Plusieurs fois... Elle s'est répété plusieurs fois cette scène-là. Elle en est certaine, même si elle ne voit pas le rapport.

Et puis, quelle importance ? Pourquoi ce brusque assaut de réminiscences ? Il lui suffirait de se lever, de rentrer chez elle, de fermer le verrou, d'aller déposer son bol sur la pierre d'évier et d'aller se coucher. Le sommeil effacerait tout ça. Mais elle ne s'est pas levée. Derrière la maison, à l'est, elle devinait le ciel qui commençait de blanchir. Elle n'entendait plus les chouettes. La nuit serait bientôt passée. Pourquoi s'obstiner ? Pourquoi rester là ? Elle se sentait incapable de bouger et d'ailleurs n'en avait pas vraiment envie.

La maison fermée, vidée. Sa terreur quand Simon tentait de l'entraîner par là juste pour le plaisir de la voir hurler sa panique. Durant des années, celles de son enfance heureuse auprès d'Amélie et Gaston, il y avait eu cette angoisse, cette peur irréfléchie de la maison d'à côté. Ce n'était même plus la maison où elle avait vécu avec ses vrais parents. Tout cela se perdait dans les brumes opaques, vaguement hostiles, de souvenirs refoulés, occultés. Elle n'en voulait plus, faisait exprès d'oublier.

Et voilà qu'ils remontaient, qu'ils s'imposaient à nouveau à elle, qu'ils se rangeaient comme en ordre de bataille. Elle avait suffisamment lutté. L'évidence… Elle gagnait. Tout le reste s'effaçait devant elle. Qui d'autre que Georges Brisset, le père de Valérie, le propriétaire de la maison, pouvait en détenir les clefs ? Qui d'autre pouvait y avoir fait le ménage ? Qui s'était appliqué à faire disparaître jusqu'à la plus petite trace du bref passage de Clara et de ses parents ? Qui ?... Et pourquoi ?

La question était trop lourde. Elle la retint quelques instants, voulut l'effacer, rien n'y fit. Elle était là, elle pesait sur elle de tout son poids. Elle céda. Qui avait emporté la broche avec tout le reste ?

La broche réapparaissant, à plus de trente ans de là, sur le corsage de Valérie... Clara s'était pris la tête entre les mains. Elle fermait convulsivement les yeux et luttait contre le vertige. L'évidence... Ne pas y céder. Ne surtout pas arriver à la question ultime, celle qui n'avait pas encore de réponse mais recelait tous les poisons de la suspicion...

Elle ne la formula pas, mais il n'était pas en son pouvoir qu'elle ne s'installe pas en elle. Elle y prit ses aises. Après tout, ce Georges Brisset, pourquoi ces réticences à lui vendre la maison, pourquoi ce soin à effacer jusqu'au moindre souvenir de ses locataires ? Qu'avait-il à dissimuler ?

« Sans preuve, jamais tu ne m'entendras parler d'une possible dénonciation »... Elle se revoyait encore dire cela à Clément qui, un an ou deux plus tôt, s'enflammait déjà à une telle idée. Elle n'avait même pas l'ombre d'une certitude. Rien qu'un doute énorme nourri de quelques-unes de ces réalités qui lui étaient tout à coup apparues et qui s'étaient rangées dans son esprit avec une épouvantable logique. Seulement des déductions, dont rien ne lui démontrait qu'elles étaient irréfutables.

Le soupçon pourtant était là et elle savait bien qu'il ne la quitterait plus. Jusqu'à preuve du contraire. Mais quelle preuve ? Où la chercher ? Clara était seule. Pour la première fois de sa vie, elle sentit l'énorme fardeau de la solitude peser sur ses épaules. Aborder franchement la question avec Valérie ? Il ne fallait évidemment pas y penser. Comment son amie pourrait-elle être objective quand il s'agissait de son propre père ? Qui d'autre ? Amélie ? Elle y renonça vite. Si elle savait quelque chose, elle lui en aurait parlé depuis longtemps. Elle se retrouverait plongée dans la même incertitude que Clara. C'était trop lui demander que de partager de telles interrogations.

Clara la Juive était seule face au silence massif, inébranlable, de tout un village qui savait, elle n'en doutait pas. Jamais pourtant il ne trahirait un des siens au bénéfice d'une étrangère. Car elle était une étrangère. La fille adoptive d'Amélie et Gaston, l'institutrice à qui on multipliait les sourires, les amabilités et les félicitations, était une étrangère, et le resterait jusqu'à la fin de ses jours.

Clara était seule face à son secret. Et avec cette solitude naissait en elle la pénible sensation d'un grouillement, d'une lente et immonde reptation de toutes ces exclusions, ces antiques sectarismes, ces rejets obtus et mortifères dont elle savait depuis toujours qu'il n'avait pas suffi qu'on clame leur mort pour qu'elle devienne une réalité. Elle les sentait qui refaisaient surface, lentement, sûrs de leur fait, resserrant leur venimeuse emprise sur le monde, attendant leur heure.

18

Comme dans une coquille

On s'habitue à tout, y compris au pire. Mais pas à l'indicible, à ce qui ne se conte ni ne se révèle, la longue pente des peines, des souffrances refoulées, des désillusions et des angoisses étouffées sur laquelle la bonne humeur et la joie de vivre dérapent peu à peu, s'émoussent, s'étiolent et finissent par se perdre dans l'oubli. Clara réalisa vite la profondeur du silence auquel elle était contrainte. Elle pouvait parler de tout avec ses amis, aborder les sujets les plus futiles ou les plus consensuels, mais ses vraies préoccupations, ses pires craintes, les cris d'alarme qu'elle aurait voulu pousser, elle n'avait d'autre choix que de les garder pour elle. Rien, personne sur qui se décharger un tant soit peu du poids énorme de son mal-être.

Il fallait être une Amélie pour prendre la mesure du lent renoncement dans lequel Clara s'enfermait sans même s'en rendre compte.

« Tu n'es plus la même, lui disait-elle. Tu ne vas plus vers les gens comme avant. »

Selon son état d'âme du moment, Clara en riait ou haussait sèchement les épaules.

« Qu'est-ce que tu me racontes là ? Où as-tu vu ça ? »

Amélie levait un regard entendu sur sa fille, mais n'insistait plus. Elle vieillissait, Amélie. Elle n'avait plus l'allant de ses jeunes années. Depuis la mort de Gaston, elle avait renoncé. Le vieux paysan avait juste eu le temps de partager, autant qu'il l'avait pu, la joie de son petit-fils, qui avait brillamment décroché un bac scientifique avec mention bien, alors qu'il n'avait fêté ses dix-sept ans que de quelques mois.

Cet été-là, le Crot-du-Peu avait vécu la fête. Clara avait laissé sa fierté prendre le pas sur tout ce qui lui faisait de plus en plus souvent l'humeur morose. Amélie s'était contentée d'admirer et de prendre sa part sans bruit au bonheur de tout son petit monde. Puis le temps de la rentrée était venu. Clara avait emmené son fils à Dijon où, fier comme Artaban mais un peu intimidé, il entrait en première année de médecine. Elle l'avait installé dans une résidence universitaire un peu vieillotte mais chaleureuse, où elle avait réussi à lui trouver une chambre.

Elle était rentrée seule, mais n'avait guère eu le temps de s'apitoyer sur son sort. L'automne, cette année-là, était venu très tôt. Dans les premiers jours d'octobre, le temps s'était brutalement détraqué. L'embrasement habituel des futaies de feuillus avait tourné court. Un méchant vent d'ouest s'était obstiné, dix jours durant, à leur rabattre une pluie froide et drue dans la figure.

Gaston, qui ne voulait pas entendre parler de se séparer de ses trois dernières vaches, s'était acharné à poursuivre son travail à la ferme comme il l'avait toujours fait. Un soir, il était rentré trempé jusqu'aux os d'être allé réparer une clôture au fond des prés. Il était frigorifié et pestait contre les tremblements dont il était saisi. Une méchante toux l'avait pris. Il fallut qu'un matin il se sente incapable de se lever pour admettre qu'on appelle le médecin. La pneumonie avait déjà fait des ravages. Hospitalisé en urgence, il avait rapidement décliné et s'était éteint en quelques jours.

Durant les premiers temps, les deux femmes, restées seules chacune dans sa maison, n'eurent guère le temps de réaliser tout ce qui changeait dans leur vie. Il avait fallu vendre les bêtes en catastrophe et régler tout ce qui concernait la ferme. Il avait fallu faire les comptes. Amélie allait devoir se contenter de la maigre pension de réversion qui lui revenait. Bien qu'elle ait pu obtenir une bourse pour Clément, Clara savait ce que les études de son fils allaient lui coûter.

Du jour au lendemain ou presque, elles se retrouvaient d'autant plus seules qu'elles étaient enfermées dans une situation financière des plus étroites. Clara aurait très bien pu se tourner vers les parents de Philippe. Bien qu'à la retraite depuis un certain temps, ils vivaient toujours au pays et veillaient très attentivement sur le devenir de leur petit-fils. Elle ne le fit pas. Il y avait de la dignité dans son choix en même temps qu'une sorte de lassitude. Elle ne voulait plus avoir à compter avec les autres, quels qu'ils soient. Elle voulait se débrouiller seule, ne rien avoir à demander. L'illusion s'était installée en elle qu'en se retranchant ainsi dans sa solitude elle se mettait à l'abri de toutes ces peurs qu'elle sentait grouiller en elle.

Les habitudes se prirent. En rentrant de l'école, chaque soir, Clara, avant même d'ouvrir sa porte, allait jusque chez Amélie. Elle venait simplement s'assurer que tout allait bien. Les deux femmes papotaient quelques instants. Clara racontait ce qu'elle savait de la vie du village ; Amélie commentait, à sa façon. Le temps passant, elle prit l'habitude de tout ramener à ses souvenirs. Elle ne vivait plus que dans ces évocations plus ou moins fantasmées, plus ou moins enjolivées ou dramatisées par les approximations de la mémoire. Puis, sans crier gare, elle revenait aux réalités du présent. Elle sidérait souvent sa fille par des remarques ou des jugements au bon sens rafraîchissant. Elle lui donnait parfois l'impression, malgré son isolement, bien que son univers se fût peu à peu rétréci aux quelques pas qu'elle effectuait sans fin entre ses fourneaux, sa cheminée et sa table, qu'elle avait atteint à une compréhension de la vie du village bien plus fine que ce qu'elle en aurait rapporté si elle avait continué d'y descendre tous les jours.

Puis Clara rentrait chez elle. De ne pas y trouver Clément était toujours douloureux. Pourtant, il donnait des nouvelles. Il s'appliquait, chaque semaine, à une longue lettre foisonnante de détails et de remarques pleines d'esprit. Il se racontait. C'était à chaque fois, pour Clara, un ravissement de deviner son fils s'assumant dans sa nouvelle vie, prenant de l'assurance, lui racontant ses joies et ses peines avec une spontanéité encore juvénile qui la mettait au bord des larmes. Allons, c'était encore son enfant, ce petit homme auquel elle avait tout sacrifié, qui se confiait à elle comme il ne l'aurait fait avec nulle autre, du moins en avait-elle la conviction.

Chaque soir, elle avait cependant le bonheur simple de retrouver sa maison. Plus le temps passait, plus elle prenait conscience que ces quelques pièces, ce jardin qu'elle prenait tant de plaisir à soigner, étaient son lieu, l'endroit précis et irremplaçable de son équilibre. Il lui arrivait de reprendre à son compte le reproche de trop s'isoler que lui adressait Amélie. « Tu te coupes de tous tes amis, constatait-elle. Tu ne vois plus personne. Tu ne vas même plus au cinéma. » Cela n'allait jamais plus loin. Elle était si bien chez elle.

Sans trop vouloir se l'avouer, elle redoutait que resurgissent, au contact des autres, ces remarques, ces allusions plus ou moins voilées à ses origines. Elle préférait s'abstenir. Comment se comporter si Valérie réapparaissait un jour avec la broche épinglée sur son corsage ? Cette seule perspective l'angoissait à un point tel que, plutôt que d'être contrainte de s'enfermer dans un silence hypocrite, elle préférait renoncer à toutes les occasions qu'elle aurait pu avoir de rencontrer son amie.

On parut s'en accommoder. Si elle sentait bien parfois peser sur elle des regards intrigués, vaguement suspicieux, personne jamais ne lui fit remarquer qu'on ne la voyait plus. C'était donc que la vie du village pouvait continuer sans que l'institutrice y prenne d'autre part que celle imposée par sa fonction. Elle en fut un peu ulcérée et n'y vit rien d'autre qu'un signe de plus de l'espèce de marginalisation dans laquelle elle se persuadait qu'on la tenait.

Les rapports étaient plus simples avec Stéphanie et sa tante. Il n'y avait entre elles aucune ambiguïté. Trop heureuses de s'être retrouvées, elles s'étaient habituées, les unes et les autres, à un rythme épistolaire très suivi. On se racontait sans détours ni fioritures, simplement, au jour le jour. Il ne fallait pas chercher, dans les lettres de la cousine comme de la tante, de grandes envolées lyriques ou des analyses très profondes de ce qu'elles vivaient. Elles témoignaient, sans plus, et Clara, qui s'y était habituée, trouvait un réel plaisir à la fraîcheur et à la spontanéité de leur correspondance. Elles n'y abordaient plus guère la question toujours en suspens du voyage des Parisiennes vers le Morvan. Seul Clément, qui avait de la suite dans les idées, ne manquait pas une occasion d'y revenir ou de charger sa mère de le faire. « Un jour, avait-il dit à la vieille tante, c'est moi-même qui viendrai vous chercher et qui vous emmènerai en Morvan. Vous verrez comme vous aimerez ! » On en riait. On ne disait pas non, mais on se gardait bien du moindre mot d'encouragement.

A vrai dire, si Clara laissait faire son fils, elle n'était pas totalement sûre d'avoir réellement envie de recevoir sa tante et sa cousine en Morvan. S'il ne s'était agi que de les accueillir au Crot-du-Peu, de leur faire rencontrer Amélie et de leur faire partager l'agrément de sa maison et de son jardin, elle n'aurait pas eu la moindre hésitation. Mais comment éviter qu'une fois sur place elles marquent de l'intérêt pour le reste du pays et demandent à le découvrir ? Il n'y aurait eu évidemment aucun mal à cela. Personne n'y aurait vu à redire, sauf cette petite part de Clara toujours en éveil, toujours inquiète de ce qui pouvait se passer. Que dirait-elle, de quoi aurait-elle l'air si la tante relevait un de ces propos, un de ces minuscules incidents auxquels elle aurait dû s'habituer mais qui la bouleversaient toujours et lui mettaient les nerfs à fleur de peau ?

Allons ! tentait-elle de se raisonner. C'est absurde. Tu n'éviteras pas ces choses-là. Mais tu sais bien qu'il n'y a aucune méchanceté, aucune préméditation là-dessous. Ils sont comme ça. Tu ne les changeras pas. C'est à toi de te reprendre et de savoir te montrer indifférente.

Et au fond, elle l'était. Que lui importait qu'on lui attribue parfois des sympathies pour une religion et une culture dans lesquelles elle ne se reconnaissait absolument pas ? C'était pourtant plus fort qu'elle. « Comment veux-tu que, pour eux, tu ne sois plus "la Juive" si tu t'obstines toi-même à réagir comme telle ? »

Autant de belles raisons qui ne parvenaient pas à la rassurer. Elle ne s'en vantait évidemment pas et laissait faire Clément, persuadée qu'il arriverait un jour à ses fins, tout en tentant, sans beaucoup de résultats, de se persuader qu'elle s'inquiétait pour rien et que tout se passerait bien.

19

On tue même les emplois

Un soir, en remontant de l'école, elle eut la surprise de trouver Simon attablé devant un verre de vin, le dos à la cheminée d'Amélie. Il faisait un froid de loup. L'hiver était rude. Février continuait d'étirer sans fin de longues périodes de pluies glacées que poussait un vent du nord obstiné. Souvent les matins étaient figés de glace. Clara redoutait entre tous ces moments où il lui fallait quitter sa maison bien chaude pour affronter le givre épais contre lequel elle devait lutter pour parvenir à ouvrir la porte de son garage et la grille. Sortir sa voiture encore frigorifiée, refermer tout cela et descendre jusqu'au pays en prenant mille précautions sur la route verglacée était un vrai calvaire. Au retour, le soir, le verglas avait en général disparu. Mais c'était souvent la pluie et le vent qu'elle devait à nouveau affronter avant de pouvoir se réchauffer devant la cheminée d'Amélie.

Ce soir-là, la place était prise. Simon bougea à peine, tendant une joue distraite à la bise que Clara lui destinait.

— Tu as des congés ? lui demanda-t-elle pendant

qu'elle se tournait vers Amélie qui, au coin de ses fourneaux, son éternel torchon à la main, attendait son embrassade du soir.

Elle semblait catastrophée. Clara, surprise et soudain inquiète, se retourna lentement vers son frère. Tenant son verre à deux mains, le dos voûté, il portait droit devant lui un regard noir.

— Des congés, grogna-t-il. Tu parles. Des fameux congés, oui. Dis-lui, la mère. Moi, je ne sais pas.

Clara se trouvait juste entre Simon et Amélie. Elle lui fit face à nouveau et l'interrogea du regard. Amélie était au bord des larmes. Elle fit un effort visible pour parvenir à prononcer les mots que son fils n'avait pas eu le courage de dire.

— Il n'a plus de travail. L'usine ferme.

— Elle ferme ?

C'était dit. Simon pouvait reprendre la parole :

— Ben oui, quoi, elle ferme. Bonsoir la compagnie. On n'a plus besoin de vous. Vous rentrez chez vous. Qu'est-ce que tu veux répondre à ça ? A toi, ça ne risque pas de t'arriver. T'es fonctionnaire. Un ouvrier, ça compte pour quoi ? Pour rien. On ferme l'usine. Basta. Débrouille-toi comme tu peux, l'ouvrier.

Simon parlait d'un ton rogue, au bord de la colère, le regard toujours planté droit devant lui. Puis il hocha la tête d'un air entendu, leva son verre et le vida d'un trait.

— Remets-m'en un, dit-il en le tendant vers Amélie.

— Tu en as déjà bu trois…

— T'occupe. Remets-moi donc un coup.

Amélie, résignée, alla chercher la bouteille qu'elle avait cru bon de ranger, pendant que Clara, perplexe, se glissait sur le banc en face de son frère.

— Et pourquoi elle ferme, cette usine ? voulut-elle savoir. Ça n'allait pas ? Vous étiez au courant ?

Il consentit à baisser les yeux sur elle. Derrière la hargne qu'il voulait faire paraître dans ses yeux, elle lut un curieux mélange de détresse et de détermination.

— Sûr qu'on était au courant, grogna-t-il. C'est pas d'hier. C'est que ça tournait, on avait du boulot. Oui, mais le fuel...

— Le fuel ? Plus de fuel ?

— Pour en avoir, sûr qu'il y en a. Une fois, on a été bloqué, en 73. Le blocus, qu'ils disaient. En même temps que la guerre de je ne sais plus où, avec les Israéliens...

— La guerre du Kippour. Mais depuis, c'est revenu ?

Il prit une mine scandalisée.

— Revenu ! Tu en as de bonnes, toi. Bien sûr que c'est revenu. Encore heureux. Comment on les aurait chauffés, nos fours ? Oui, mais le prix. Tu l'as vu, le prix ? Je ne sais pas, moi, peut-être dix fois, vingt fois plus élevé qu'avant. Peut-être même plus.

— Et alors ?

Elle le voyait venir, mais voulait qu'il aille au bout de sa laborieuse explication. La question parut sidérer Simon.

— « Et alors ? » qu'elle dit, elle ! Tu sais ce qu'il en faut, toi, du fuel, pour chauffer des fours de fonderie ?

Trop cher. Au prix où il est rendu, ça ne vaut plus la peine de travailler. Du moins, c'est ce qu'ils nous ont dit, les patrons. Ou bien ils continuaient de s'aligner sur la concurrence et ils perdaient plus de sous qu'ils n'en ont, ou bien ils facturaient au vrai prix et tous les clients foutaient le camp. C'est simple, non ? Tellement simple qu'ils ont préféré mettre la clef sous la porte. Marche, pour eux, il n'y a pas de souci à se faire. Leurs sous, ils les ont mis de côté. Ceux qui paient, toujours les mêmes, ce sont les ouvriers. Le « chomdu »... Encore, au début, c'est pas trop mal payé... mais pas pour longtemps.

— Ça te laisse le temps de trouver autre chose.

Simon haussa sèchement les épaules.

— Trouver autre chose ! Ça t'est facile, à toi qui es fonctionnaire, d'en sortir une pareille. Et où tu veux que je trouve autre chose ? Du boulot, il n'y en a plus. Fini, le boulot. Tu as vu le chômage, où il est rendu ? Tous les mois, ça augmente. Entre les usines qui ferment et les bicots qui nous piquent les places, où t'as vu qu'on peut encore trouver « autre chose », comme tu dis ?

Clara s'était raidie. Après celle concernant les fonctionnaires, il fallait que vienne une réflexion comme celle-là. Ce qui arrivait, c'était évidemment de la faute des « autres », et de préférence de ceux qui étaient « autrement ». Elle se retint d'engager la polémique. Ce n'était pas le moment et, de toute façon, elle savait son frère buté, inabordable sur ce genre de sujet.

— Alors, qu'est-ce que tu vas faire ? tenta-t-elle.

Dans son dos, elle perçut le léger soupir d'Amélie. Il y avait là autant de soulagement de voir s'éloigner le spectre de l'accrochage qu'elle redoutait entre le frère et la sœur que d'inquiétude pour l'avenir. Qu'allait-il bien pouvoir faire, son ours mal léché de fils, s'il disait vrai et qu'était révolu le temps où il y avait du travail pour tout le monde ? Simon baissa les yeux. Il laissa s'éterniser un long silence, puis, relevant lentement la tête, il posa un regard étonnamment résolu sur sa mère.

— Je vais rester ici, annonça-t-il d'une voix ferme.

Pour un peu, on aurait pu croire qu'il prenait une décision pleine de courage. Ce n'était évidemment pas le point de vue de Clara.

— Et tu vas y faire quoi, *ici* ? dit-elle, sans chercher à dissimuler l'ironie qu'elle mettait dans sa voix.

Il se rebiffa :

— Qu'est-ce que tu crois ? La ferme, pardi ! Je vais reprendre des bêtes. Après tout, c'est bien comme ça qu'on vivait, avant ? Je vais toucher des indemnités de l'usine. Ça permettra d'en racheter trois ou quatre.

— Et tu crois que tu vas en vivre ?

Il savait bien qu'il était totalement utopique de relancer une si petite exploitation après qu'elle avait cessé d'exister.

— Tu sais ce que touche la mère chaque mois ? insista Clara. Et moi, j'ai Clément à aider. A nous deux, ça ne fait pas épais, tu peux me croire. Pas de quoi en tous les cas t'entretenir par-dessus le marché.

Il eut la tentation de s'obstiner, mais il vit dans

le regard de sa sœur qu'elle ne s'en laisserait pas conter.

— Faut voir, dit-il, l'air gêné. A l'usine, on nous a dit que, pour les plus âgés d'entre nous, ceux qui ne sont pas trop loin de la retraite, il y aurait peut-être moyen de la prendre par avance. Je crois que je suis dans le coup. On verra bien...

Pour ce soir-là, ils en restèrent sur cette maigre espérance. Clara rentra chez elle à la fois furieuse et inquiète. Simon ne lèverait évidemment pas le petit doigt pour se trouver un autre travail. Il avait déjà renoncé. Revenir au Crot-du-Peu, malgré ce qu'il en disait, n'était pas un choix, ni même une fatalité. C'était une fuite, un renoncement dicté par cette étrange conviction que lui seul avait raison, qu'il était seul contre tous, que le monde entier lui en voulait et était acharné à sa perte.

Un temps, sans que Clara et ses parents aient bien su pourquoi ni comment, il avait paru prolonger sa malheureuse expérience de l'Algérie en suivant aveuglément quelques nostalgiques de la manière forte. Leur petit groupe s'était-il peu à peu désagrégé ? Avait-il été rejeté, ou s'en était-il éloigné de son propre chef ? Il était inutile de tenter d'en savoir plus. C'était là curieusement un domaine dont il semblait très fier en même temps qu'il refusait obstinément d'en parler.

Autant que Clara pouvait en juger, Simon s'était retrouvé seul et sa vie à la ville s'était réduite à bien peu de chose. Une ponctualité d'horloge à son travail ; des habitudes minutées sur le chemin de son usine et au retour, vers le petit logement qu'il occupait en ville ; quelques courses parce qu'il fallait bien vivre ; un apéro, toujours le même, dans le même café, au même coin du bar, chaque soir. Et rien d'autre...

Si peu qu'en disparaissant son travail avait emporté le seul petit bout de sens qu'il pouvait donner à sa vie d'ouvrier. Rien d'étonnant à ce que, en regard, le Crot-du-Peu, où il avait grandi et qu'il retrouvait les rares fois où il lui arrivait d'y remonter, fasse figure de havre de paix et de bien-être où il lui semblait naturel de venir se réfugier.

Qu'il n'y ait plus rien à faire ni même à vivre dans un si petit hameau perdu loin de tout ne lui apparaissait même pas. Ou du moins ne voyait-il plus de différence, sur le plan de l'activité à déployer, entre la ville où sévissait le chômage et sa campagne plongée depuis longtemps dans un profond sommeil.

Il n'y voyait plus que l'injustice qu'il y avait à subir tout cela, et il confondait facilement la crainte de se voir prendre le peu qui lui restait et sa vindicte à l'égard de ceux qu'il rendait responsables de tous ses maux. Les patrons, bien sûr, les riches, bien qu'il les sût inaccessibles. Mais s'y ajoutaient, en vagues bien plus inquiétantes, tous ces « étrangers », ces « bicots », ces « métèques » qu'il se voyait bien, au moins en paroles, reconduire jusque chez eux à grands coups de pied au train !

Clara, la capuche rabattue sur le nez, avait couru de la porte d'Amélie à la sienne. Il faisait bon chez elle. Comme à l'accoutumée, sous prétexte de vagues rangements ou de préparer le couvert de son petit déjeuner du lendemain, elle y avait traîné quelques instants, pour le seul plaisir de l'osmose qu'elle sentait renaître, à chaque fois, entre sa maison et elle.

Cette fois s'y ajoutait le souci de Simon. Elle le plaignait. Elle plaignait cette colère dans laquelle il s'épuisait, cette hargne qui était la seule posture qu'il pouvait tenter d'opposer aux épreuves auxquelles il se trouvait confronté. Comment s'en étonner ? A quelle autre école était-il allé, sinon celle de ses années d'Algérie, années de haine et de mépris de l'autre ?

Qui avait prévu que le prix du baril de pétrole, en s'envolant après la guerre de Kippour, allait tuer, chez nous, des centaines de milliers d'emplois, pendant que la richesse, qui aurait peut-être pu permettre d'en créer d'autres, s'épuisait à payer les énormes quantités du précieux et redoutable « or noir » ? Comment la masse des petites gens, les modestes, ceux pour qui il n'est pas d'autre marché que celui de l'emploi, pouvait-elle sans s'alarmer voir s'ouvrir la gueule immonde de la gigantesque nasse qui allait inexorablement se refermer sur elle ? Du jour au lendemain ou presque, ces innombrables bras que jusque-là, tant ils manquaient, on allait chercher fort loin, au besoin au-delà des mers, par bateaux entiers, étaient devenus inutiles. Qui, de ce jour, eut la lucidité de pressentir l'épouvantable confrontation qui allait en découler ? Suprême habileté des patrons.

Qu'il leur serait facile, pour qu'il ne leur soit pas reproché de ne pas s'en être préoccupés, de se faire oublier en abandonnant face à face ceux qui prétendaient détenir un droit à l'emploi et ceux à qui on allait le dénier.

Clara, pétrifiée, les yeux dans le vague, tentait d'énumérer toutes les bonnes raisons que, d'un bord ou de l'autre, on n'allait pas tarder à énumérer et à se jeter à la face pour défendre ces dérisoires arguties. A nouveau, tout y passerait : la race, la religion, la terre de naissance, la couleur de la peau... Toutes ces inepties dont, aux lendemains de la guerre, on s'était promis, la main sur le cœur, pour se faire pardonner les horreurs perpétrées en leur nom, « plus jamais ça... »

— Tu parles... marmonna Clara. Plus jamais ça !? Nous y revoilà. J'avais raison. Mon fils... Le voilà qui entre dans la vie dans des années de haine... Comment, par quoi le préserver ?

La dernière lettre de Clément était posée sur le guéridon, devant elle. Elle la prit, la caressa doucement.

— Mon fils... répéta-t-elle, tes grands-parents sont morts pour avoir été « autrement », et ton père est mort pour avoir obéi aux ordres de ceux qui voulaient dominer d'autres hommes... Comment briser la chaîne ? Comment échapper à la fatalité ?

20

Déliquescence

La journée s'achevait. Elle avait été superbe. Une journée de juin resplendissante de lumière, d'une douceur voluptueuse. Déjà très bas sur l'horizon, le soleil faisait des monts du Morvan, loin au-delà de la vallée, une impressionnante barre d'ombres.

Clara aurait voulu flâner, se laisser griser par la beauté de l'heure. Mais elle avait tant à faire. Pour un peu, allant d'un pas pressé, son sac sous le bras, elle n'aurait rien remarqué. Mais une telle apothéose, comment ne pas lever les yeux vers elle ? Le portail de la cathédrale devait être grand ouvert. Les rayons du soleil couchant s'y engouffraient. Ils prenaient la nef dans toute sa longueur et venaient heurter les vitraux du chevet dans un éclaboussement de couleurs époustouflant.

Interdite, Clara s'arrêta net. Une telle beauté. Elle en avait le souffle coupé. Et pourquoi là, en ce moment où elle était si lasse, où tant de grisaille lui occupait l'esprit ? Ce fut plus fort qu'elle. Pour une fois, elle renonça. Il y avait là, à deux pas, la terrasse d'un petit café. Elle y alla, se laissa tomber sur une chaise. Elle était juste en face du chevet de la cathédrale et de ses vitraux embrasés. Le jeu de lumière produit par les rayons du soleil dispersés en tous sens faisait ressortir les dentelles de pierre et leur majestueuse élévation jusqu'au toit semi-circulaire dont, par contraste, les tuiles vernissées, déjà gagnées par l'ombre, soulignaient encore cette étonnante et fugitive illumination.

Clara commanda distraitement un café. Elle ne pouvait détacher les yeux de ce surprenant cadeau que lui faisait le soleil couchant. Tant de beauté. Il fallait bien qu'elle eût un sens. Et ces dentelles, ces fûts de pierre, ces volutes, ce fouillis de feuilles d'acanthe, qu'elle connaissait, bien sûr, mais auxquels, à force d'habitude, elle ne prêtait plus attention.

Quelle passion avait pu pousser des hommes à créer ces merveilles ? Incapable d'imaginer la force de la foi qui les avait animés, elle se sentait démunie, ignorante. Elle ne pouvait concevoir que rien d'autre n'ait pu les guider dans l'accomplissement de tels chefs-d'œuvre que la seule force de leurs croyances. Alors quoi, sinon la foi ?

Faisait-elle fausse route ? Fallait-il regretter le temps où, consentie ou infligée, la croyance était unanime ? Ce qu'il avait dû être simple et reposant de penser tous la même chose. Pas de discorde, une règle, une seule, dispensée par la toute-puissance des hommes en noir qui la proclamaient du haut de la chaire. Eux seuls avaient le droit d'y accéder et de proclamer, de là-haut, qu'il n'était pas d'autres représentants de Dieu qu'eux-mêmes.

Et si c'était la vérité ? Clara l'iconoclaste, Clara la rebelle, Clara la libre penseuse tout à coup douta. Elle était désemparée. Et s'il suffisait de s'abandonner, d'accepter enfin de rentrer dans le rang, d'abdiquer ses doutes pour se livrer corps et âme à la parole imposée ? Elle en eut la tentation. Aller jusqu'au porche du narthex, baisser humblement le front en passant sous l'admirable représentation du Jugement dernier. Elle se vit un instant remontant la nef dans toute sa longueur. Elle entendait le bruit de ses pas résonnant sous l'immensité des voûtes. Elle eut brièvement l'illusion d'être seule face au chœur et à la terrible interrogation tombant du haut de la croix.

Fantasme, illumination… Allons, Clara ! Elle se passa une main rapide sur le visage. Fallait-il qu'elle soit à bout pour avoir cédé, si peu de temps que ce fût, à la tentation de l'illusion mystique. Non, décidément, elle n'était pas prête à renier sa différence.

Avait-on perdu la clef de la concorde le jour où une voix, une seule, s'était élevée pour revendiquer son droit à ne pas partager le dogme ? Certes, des siècles durant, les pires horreurs commises au nom de Dieu n'avaient eu d'égal que la capacité d'autres hommes à créer des chefs-d'œuvre tels celui qu'elle avait devant les yeux, mais aussi bien ceux des maîtres de la peinture hollandaise ou de la musique sacrée. Que la même foi ait, dans le même temps, permis de justifier les violences les plus sordides et poussé à réaliser tant de merveilles lui apparaissait comme une contradiction fondamentale. Comment mettre sur un pied d'égalité le sculpteur du XIIe siècle uniquement occupé de son art et les juges de l'Inquisition châtiant au nom du même Dieu ? L'un et l'autre, pourtant, prétendaient être mus par la même ferveur.

Elle paya sa consommation, se leva, reprit son chemin. Elle était cette voix qui refusait le dogme. Elle assumait pleinement d'être de ceux par qui était venu l'affrontement sans fin entre ceux qui acceptaient le joug et ceux qui en niaient la légitimité. Ceux qui à jamais seraient en lutte. Que faisait-elle d'autre à aller ainsi, au soir tombant, par les rues de la ville, portant sa croix d'iconoclaste ?

Elle rentrait de la maison de retraite où elle était allée régler les dernières formalités de l'admission d'Amélie. Triste épilogue d'une période où il lui avait fallu tout assumer. Simon, comme c'était à prévoir, s'était incrusté. Il n'avait pas cherché d'emploi. Par chance, son cas lui donnait droit à une mise à la retraite anticipée qui lui assurait une maigre pension mensuelle. Clara s'était occupée de monter son dossier et avait pu le mener à bien. Sans cela, comment s'en seraient-elles sorties ?

Mais Amélie avait très mal supporté le retour de son fils. Elle était trop habituée à vivre seule. Elle s'était vu des obligations, s'était surchargée de travail dans le même temps où Simon, sans même remarquer les efforts de sa mère, s'installait dans l'oisiveté. Il avait tout de même tenu sa dérisoire parole en engloutissant une bonne part de ses indemnités de licenciement dans l'achat de trois vaches qui avaient donné un semblant de réveil à la petite ferme. Mais, outre qu'elles ne feraient que coûter avant qu'on puisse en espérer le moindre rapport, le travail qu'elles demandaient lui parut vite exorbitant. Amélie voulut y prendre sa part. Clara eut beau gendarmer, prétendre exiger de sa mère qu'elle ne se mêle pas de travaux qui n'étaient plus de son âge, rien n'y fit.

Des mois durant, elle la vit s'épuiser et s'assombrir à tenter de recréer, pour son fils, ce qui avait été leur vie durant tant d'années, du temps de Gaston. Amélie ne parvint qu'à s'user prématurément sous l'œil navré mais impuissant de Clara. Elle tenta d'alerter les autres agriculteurs du pays. Après tout, Gaston avait été des leurs. Pourquoi l'un d'eux ne se chargerait-il pas de l'entretien des bêtes de Simon en échange d'un peu de travail de celui-ci ? Elle ne rencontra que de la défiance polie. Chacun chez soi. On avait déjà assez à s'occuper comme ça sans se mettre en charge d'une telle affaire. Peut-être aurait-elle reçu un autre accueil si la demande était venue d'Amélie. Mais de quoi se mêlait-elle, « la Juive » ? Le Simon, s'il avait quelque chose à demander, il n'avait qu'à dire. Il était bien assez grand. Mais « elle »… Qu'est-ce qu'elle en savait, de tout ça ? Qu'elle se mêle donc de l'école. C'est déjà bien assez comme ça.

Clara en fut mortifiée, mais se garda bien d'insister. C'était sans espoir. Alors, elle prit sur son temps, chaque soir, pour venir aider aux mille petites tâches dans lesquelles Amélie et Simon se perdaient. Elle-même s'y épuisa. Elle n'était pas faite pour ça. Il avait fallu si peu de chose pour que vole en éclats l'équilibre paisible qui présidait depuis si longtemps au quotidien du Crot-du-Peu. Elle n'en voulut pas à Simon. Il n'était au fond qu'une victime comme une autre du nouvel ordre mondial. On commençait à peine à prendre conscience de ces nouvelles réalités. La crise de 1974 avait marqué la fin de ces temps heureux où il y avait tant à faire pour assurer le développement et l'équipement du pays que trouver un travail à son goût n'était vraiment pas un problème. Maintenant, il fallait se contenter de ce qui se présentait, par crainte de ne rien trouver du tout… Au fond, Simon n'était rien de plus qu'un de ces laissés-pour-compte dont le nombre augmentait sans cesse sans qu'on en prenne bien la mesure et sans, surtout, qu'on s'inquiète de l'influence que toutes ces amertumes additionnées n'allaient pas manquer d'avoir sur l'humeur de l'ensemble de la société. Clara, affolée, se donnait l'impression que le Crot-du-Peu avait concentré, en quelques mois, toutes les tensions, toutes les raisons de frictions et de discordes dont elle redoutait qu'elles s'étendent à tout le pays.

Même ses rapports avec Amélie en souffraient. Elles ne trouvaient plus le temps d'échanger, ni la sérénité qui faisait jusque-là de leurs papotages quotidiens des moments privilégiés de compréhension mutuelle et de partage. Peu à peu, submergées par d'innombrables et insignifiantes petites préoccupations, elles s'éloignaient l'une de l'autre, et en souffraient autant l'une que l'autre.

Jusqu'au jour prévisible, que Clara voyait venir avec angoisse, où Amélie s'effondra. Les journées rallongeaient. On en était à cette période de transition où l'organisme, épuisé par les trop longues rigueurs de l'hiver, réclame la lumière et la douceur que le printemps n'en est encore qu'à promettre. Un soir, en rentrant de l'école, Clara avait trouvé sa mère alitée et à peine consciente.

« Elle ne s'est même pas levée ce matin, lui avait expliqué Simon. J'ai dû tout faire tout seul. Elle n'a rien voulu manger. »

Dès le lendemain matin, une ambulance emportait Amélie à l'hôpital. Elle était dans un tel état qu'elle y resta deux longues semaines pendant lesquelles Clara, abandonnant sans scrupule Simon à ses tâches, prenait chaque soir le chemin de la ville, au sortir de l'école, pour passer quelques instants auprès de sa mère. Ce fut là qu'elle prit sa décision. Pas question qu'Amélie revienne au Crot-du-Peu, où les mêmes problèmes se poseraient très vite à nouveau, plus gravement encore peut-être.

Avec la complicité des médecins, elle entreprit de faire admettre à sa mère qu'elle serait bien mieux dans un établissement pour personnes âgées. Pour l'une comme pour l'autre, c'était un épouvantable déchirement, mais Clara, convaincue qu'il n'y avait pas d'autre solution, fit tant et si bien qu'Amélie finit par céder.

Elle passa directement de l'hôpital à la maison de retraite, sans même avoir revu sa maison. Au fond, elle se laissa faire. Elle n'était déjà plus que l'ombre d'elle-même et avait perdu toute capacité à décider par elle-même. Elle s'en remit totalement à sa fille, dont les visites quotidiennes l'aidèrent à s'adapter et à retrouver un rythme de vie presque normal.

Clara ne lui en dit évidemment jamais rien, mais ce fut pour elle une période particulièrement rude. A la fatigue de ces voyages quotidiens à la ville s'ajoutait le regret de devoir renoncer au temps qu'elle consacrait jadis à sa maison, à son jardin, à sa correspondance avec son fils et avec la tante et la cousine parisiennes.

Clément, que ses études prenaient beaucoup, parvenait tout de même à rendre visite aussi souvent que possible à sa grand-mère. Il lui faisait un plaisir immense, qu'il prolongeait ensuite auprès de sa mère, chez qui il montait passer la nuit. Puis, au petit matin, il reprenait la route de Dijon. Clara appréciait d'autant plus le comportement de son fils qu'elle savait à quel point son deuxième cycle de médecine l'occupait. Entre ses stages à l'hôpital et quelques petits boulots qu'il s'était trouvés, il réussissait depuis un certain temps à s'assumer totalement et n'en faisait que plus encore l'admiration de sa mère. Malgré ses attentions, malgré leur correspondance qu'il veillait à entretenir, Clara sentait pourtant qu'il s'envolait petit à petit. Rien que de très normal, se répétait-elle, persuadée qu'il ne l'oublierait pas totalement, mais de plus en plus confrontée à la solitude qui serait bientôt la sienne.

Quant à Simon, s'il prit la peine de venir visiter sa mère assez régulièrement à la ville, il parut surtout s'accommoder fort bien de son absence et ne se soucia plus de l'aide que Clara n'était d'ailleurs plus décidée à lui apporter.

Déliquescence ! se dit Clara. Voilà le mot. Deux maisons isolées, une même famille, et pourtant l'éclatement.

Elle voyait, en minuscule, au bord de leur petite route loin de tout, un raccourci de ce qu'elle redoutait chaque jour un peu plus pour l'ensemble de la société. Le bel échiquier qu'on avait connu jusqu'en 1974, sur lequel chacun avait sa place et pouvait vivre en bonne entente avec son prochain, avait volé en éclats. Il n'y avait plus de place pour tout le monde et on ne devait la sienne qu'à ses capacités à s'imposer aux autres. C'était à nouveau la loi de la jungle, la loi du plus fort, et ceux qui restaient au bord du chemin entraînaient leur entourage dans leur chute.

Une usine fermée pour cause de renchérissement brutal du fuel... Qu'en serait-il quand elles seraient des mille et des cents, ces usines étranglées par le retour aux réalités, par la fin d'une époque trop facile ? Quand des centaines de milliers de Simon seraient tout à coup chassés hors des rails sécurisants sur lesquels les avait mis l'illusion d'une éternelle prospérité, combien de paisibles communautés, comme celle qu'ils formaient jusque-là, se trouveraient confrontées aux mêmes difficultés qu'eux ?

Clara se reprochait de voir les choses à ce point en noir.

« Allons, se morigénait-elle, tu extrapoles, tu fais une généralité de ce qui n'est peut-être qu'un cas particulier… »

Elle n'arrivait pourtant pas à se rassurer. Le temps n'était pas encore à l'affichage de ce genre de réalités, mais elle savait bien que la France vivait déjà au-dessus de ses moyens. Ce n'était pas le risque d'un appauvrissement financier qui l'alarmait. C'étaient les inévitables conséquences qu'il aurait sur les comportements des gens. Elle s'énumérait déjà toutes les « bonnes raisons » qu'ils trouveraient pour demander, exiger au besoin, que soient exclus du partage d'un gâteau de plus en plus étriqué tous ceux qui étaient « autrement ».

De l'inévitable déliquescence, on passerait sans coup férir aux exclusions. Clara en traquait déjà les prémices dans les bas de pages des journaux, dans les « brèves », les faits divers et les communiqués de presse.

Elle était convaincue qu'il se passerait peu de temps avant qu'on en fasse les gros titres des unes.

21

Méchante comédie

Il fallut bien que les habitudes se prennent. Amélie ne se plaignit pas. Ce n'était pas dans sa nature. Clara savait bien que la vieille femme ne vivait plus que dans l'évocation des temps heureux de la petite ferme du Crot-du-Peu. S'il lui arrivait parfois de laisser échapper un soupir, de s'attarder un peu trop au récit de telle ou telle anecdote du temps où Gaston était là, elle n'exprima jamais la moindre nostalgie. La page, pour elle, était tournée. Elle n'appartenait plus guère à celle qui était en train de s'écrire que par l'attention inquiète qu'elle portait à tout ce qui concernait les êtres qu'elle aimait.

Elle réussit le tour de force de donner l'envie à Simon de venir la visiter deux fois par semaine. Il lui expliquait par le menu le quotidien de sa vie. Elle l'écoutait religieusement, puis émettait ses critiques. Elle lui donnait son avis, le conseillait. A son tour, il buvait ses paroles, acceptait sans broncher les remontrances, les critiques et les avis qu'elle aurait pu adresser à un gamin de douze ans. Il venait lui rendre compte régulièrement de ce qu'il avait fait de ses conseils, baissait l'oreille quand ça ne s'était pas passé comme elle l'aurait voulu, se faisait à nouveau dresser le poil, et repartait content, pressé déjà de revenir tout lui raconter !

Avec Clara, les choses ne se passaient évidemment pas tout à fait de la même façon. Simon ne chercha jamais à profiter de la voiture de sa sœur pour rendre visite à sa mère. Il descendait par l'autocar du ramassage scolaire les jours de marché, et remontait le soir par le même moyen, ce qui lui laissait amplement le temps, une fois sorti de la maison de retraite, de « tuer le temps », comme il disait, avec quelques amis, au bar des cafés où il savait les trouver.

Le temps de Clara était bien plus minuté. En fait, si elle avait pris ses habitudes les mercredis et les samedis en fin d'après-midi, toutes les occasions étaient bonnes pour faire un saut jusqu'à la petite chambre de sa mère, au bout du couloir du second étage de la maison de retraite. Combien de fois surprit-elle Amélie assise dans son fauteuil, face à la fenêtre, perdue dans ses songes et ses souvenirs. Il fallait souvent que Clara se penche sur elle, la prenne dans ses bras et l'embrasse pour la sortir vraiment de ses rêveries. Il en restait toujours un ton un peu languide, des regards comme voilés par l'impression subsistante des anciennes images que la vieille femme, devant sa fille, n'était pas pressée de rendre à la profondeur de sa mémoire.

« Et Clément ? demandait-elle souvent. Comment il va, ton gamin ? » Clara faisait celle qui aimait ça, mais elle savait bien que son fils, malgré un train de vie de plus en plus actif, trouvait toujours le temps d'adresser des petits mots à sa grand-mère ou de lui téléphoner. Il l'appelait plusieurs fois par semaine, au point que Clara soupçonnait parfois sa mère d'en savoir plus qu'elle-même sur la vie menée par son fils.

Elle en eut la preuve et le traita de cachottier lorsque, un soir de septembre 1987, à sa grande surprise, elle le vit débarquer au Crot-du-Peu en compagnie de Sophie, la jeune et charmante fille de Valérie. Elle la connaissait évidemment fort bien, même si, depuis quelques années, elle évitait sa mère. Clara savait que Sophie faisait également sa médecine à Dijon, mais curieusement, la gamine ayant deux à trois ans de moins que Clément, elle n'avait pas pensé un seul instant qu'ils puissent se retrouver et se voir de plus en plus régulièrement.

Et voilà qu'ils débarquaient ensemble chez elle avec, dans leurs regards, la même lumière à la fois épanouie et goguenarde qui ne laissait aucun doute. Il faisait beau. La porte était grande ouverte sur la terrasse. Clara les vit pousser la grille et monter vers elle. Leurs pas crissaient à l'unisson sur les gravillons de l'allée. Ils se tenaient par la main.

« En cet instant précis, ils sont au centre du monde ! » ne put s'empêcher de penser Clara, pour qui les explications alambiquées que n'allait pas manquer de lui servir son fils étaient déjà parfaitement superfétatoires. Elle était ravie pour eux et refusait obstinément à l'image de la broche le droit, pour l'instant, de venir parasiter ce moment qui devait être de pur bonheur.

Ce fut à peine si elle eut le temps de les embrasser.

— Nous allons nous marier ! claironna Clément.

Comme si elle n'avait pas compris ! Elle entra dans leur jeu, bondit de joie autant qu'il le fallait, s'attendrit sur son « petit garçon » qui allait lui échapper, se réjouit de gagner une belle-fille si charmante et qu'elle appréciait beaucoup, s'enquit du temps qu'il lui faudrait attendre avant d'être grand-mère, puis se tourna vivement vers son fils.

— Tu vas vite aller annoncer ça à la tienne, de grand-mère.

Il prit un air penaud, qui la fit éclater de rire.

— Elle est déjà au courant ?!

— Ben…

— Cachottier ! Ta mère est toujours la dernière informée. Si ce n'est pas une honte… Allez donc vous épuiser à élever des gamins ! Et ta mère, à toi, elle en dit quoi, de tout ça ?

Elle tenait Sophie dans ses bras et ne semblait plus vouloir la lâcher.

— Contente, bien sûr.

— Attends que je l'appelle.

Elle composa le numéro de Valérie sous l'œil un peu surpris des deux jeunes gens. Ils n'étaient pas sans savoir le froid qui existait entre les deux amies. Elles n'en eurent pas moins une conversation un peu délirante, à l'aune de leur bonheur, qu'ils écoutèrent bien sagement, assis côte à côte, au bord du canapé.

Puis ce fut au tour de la grand-mère, dans sa maison de retraite.

— Tu étais donc au courant et tu ne m'as rien dit ! fit mine de protester Clara.

D'où ils étaient, ils entendirent l'éclat de rire d'Amélie. Il fallut encore que Clément prenne l'appareil puis qu'il le passe à Sophie. Ce fut un moment de belle exubérance, un de ces rares instants où plus rien n'existe que le plaisir de vibrer ensemble et d'oublier tout ce qui n'est pas le bonheur de l'instant.

Ils passèrent la soirée avec elle et, malgré ses protestations, reprirent la route de Dijon tard dans la soirée.

Ils ne sont pas allés voir Simon, pensa soudain Clara, alors que depuis le pas de sa porte elle regardait s'éloigner les feux rouges de leur voiture. J'aurais dû leur dire, se reprocha-t-elle. La prochaine fois, ils iront.

Elle rentra, verrouilla la porte derrière elle, et resta figée, debout sur son tapis, les bras ballants et le regard perdu au fond de son mal-être.

Comment je vais faire ? se demanda-t-elle simplement.

Seule, encore et toujours. Elle serait seule, le jour du mariage, aux côtés de Valérie et de la broche. Parce que, bien sûr, elle la porterait. S'il y avait une occasion de faire étalage d'un tel bijou, c'était bien celle-là. Et elle, Clara, seule à savoir, n'aurait d'autre choix que de se taire et de subir. Saurait-elle ? Et les jours qui suivraient, et la vie, à sourire aux bonheurs de Sophie et de Clément, à se congratuler… « On les a bien faits, nos enfants. Voyez comme ils sont beaux, comme ils sont heureux. C'est parce qu'on les a faits comme ça, nous, les beaux-parents qui nous apprécions tant, qui sommes l'exemple même de la concorde paisible... »

Foutaises ! Le fardeau était trop lourd à porter. De tous ces gens-là, qui se souciait du poids des questions qui revenaient inexorablement tarauder l'esprit de Clara ? Que s'était-il passé, ce jour-là ? Pourquoi ses parents n'étaient-ils jamais revenus ? Et cette broche... Qui lui dirait le sens qu'il fallait donner à sa réapparition, tant d'années après ?

Ne rien dire, ne rien laisser transparaître, quoi qu'il arrive. Faire comme si tout était au mieux, dans le meilleur des mondes. Alors qu'elle savait, elle, Clara, que la bête rôdait encore, qu'elle était là, alors qu'elle, de toute part, était condamnée à se taire. Jusqu'à quand ? Il lui semblait à la fois trop injuste de n'avoir pas le droit de savoir et trop lourd de continuer à porter cette solitude à laquelle elle était contrainte.

Elle eut la tentation d'en parler à Amélie. Maintenant qu'elle était loin de chez elle, peut-être Clara pouvait-elle prendre ce risque. A sa grande surprise, la vieille femme l'interrompit dès qu'elle eut compris son souci :

— Allons, lui dit-elle, tu en es encore là. Il faut oublier, Clara. Depuis le temps... Il faut que tu tournes la page. Tu ne sauras jamais rien. Personne, jamais, ne parlera.

Clara, incrédule, en resta un moment sans voix.

Elle s'attendait à tout sauf à ce refus de parler clair et net.

— Parce que... Parce que tu crois qu'il y en a qui savent et qui refuseront de s'exprimer, même si longtemps après ?

Amélie, installée dans sa chaise longue, occupait ses mains à tricoter. Elle leva lentement les yeux sur sa fille. En même temps que beaucoup de compassion, il y avait dans son regard une sorte de sévère détermination que Clara ne lui avait jamais vue et qui la glaça.

— A quoi bon me demander, Clara ? articula-t-elle fermement. Tu sais bien qu'il y a des choses qui ne se disent pas, jamais, quoi qu'il arrive.

— Tu ne m'as donc pas tout dit ?!

— Moi, si. Tout ce que je sais, je te l'ai dit. Mais si d'autres savent, peut-être, ceux-là ne parleront jamais. Pourquoi tu ne veux pas l'admettre ?

Clara se rebiffa :

— Jamais je ne l'admettrai.

— Et ça changera quoi ? Tu te fais du mal pour rien. N'as-tu pas été heureuse, avec nous ? N'es-tu pas heureuse de voir ton fils faire si bien son chemin ? Tourne-toi vers tout cela. Je ne te dis pas d'oublier. Je sais que tu en serais incapable, et c'est bien de ta part. Mais je te dis de ne plus te faire du mal en cherchant des réponses à des questions qui n'en auront jamais.

Valérie tint à organiser une grande réception chez elle après la cérémonie du mariage. Clara n'eut pas d'autre choix que de suivre et même de se montrer aussi active que possible. Clément, comme elle, aurait bien fait l'économie de la bénédiction à l'église. Sophie n'y tenait pas particulièrement, mais Valérie fut intraitable. Clara était évidemment bien mal placée pour lui tenir tête. Elle n'y pensa même pas, résolue à tout faire, à tout concéder pour que la journée se passe sans anicroche et que les jeunes mariés en gardent un bon souvenir.

Tout cela d'ailleurs n'avait, pour Valérie, qu'une signification formelle. L'idée que « la Juive » puisse avoir une autre approche des choses ne lui vint certainement pas à l'esprit. C'était comme cela qu'un mariage devait se dérouler. C'était ce qu'on lui avait appris. Il n'y avait pas à y revenir.

On n'y revint donc pas. Valérie fut parfaite, ordonnatrice souriante et déterminée d'une fête qu'elle voulait somptueuse et qui le fut, au cours de laquelle Clara et elle jouèrent à la perfection le duo de leur complémentarité. Personne ne douta que Valérie était parfaitement dans son rôle. Personne ne soupçonna à quoi Clara dut se contraindre d'un bout à l'autre de la journée.

Car évidemment, et bien que la maîtresse de maison se soit changée à plusieurs reprises, adaptant sa tenue à la circonstance, la broche orna le corsage de Valérie durant toute la journée. Ce fut la première chose que vit Clara lorsqu'elles se retrouvèrent à la porte de la mairie. Elle s'attendait au choc. Il eut lieu. Elle parvint à ne rien perdre de son sourire et sut, cette première épreuve passée, qu'elle tiendrait bon toute la journée.

Il lui fallut pourtant attendre le milieu de l'après-midi et la lassitude de quelques convives qui choisirent d'aller se reposer un peu dans le jardin pour qu'elle puisse se retrouver en petit groupe avec son fils, sa toute nouvelle belle-fille et sa mère. Les jeunes étaient radieux, Amélie détendue et heureuse. Clara put oublier quelques instants ses préventions.

— Dommage ! Il manque quelqu'un, la surprit tout de même Clément.

Clara espéra un instant que son fils avait une pensée pour son oncle. Simon était venu à la mairie. Il était encore à l'église, mais il avait refusé de participer à la réception chez Valérie. « C'est pas mon monde, avait-il grogné. De quoi j'aurais l'air ? » Et il était remonté s'enfermer au Crot-du-Peu.

Au sourire entendu de Sophie, Clara comprit qu'il ne s'agissait pas de Simon.

— A qui tu penses ? hasarda-t-elle.

— La tante et la cousine. J'ai pourtant tout essayé, mais rien à faire. Stéphanie, elle, serait bien venue, mais la tante, rien à faire. « Trop de monde, qu'elle répétait. Et des gens que je ne connais pas. » Elle n'a pas voulu en démordre. Elle a tout de même promis qu'un jour, peut-être, si nous venons les chercher en voiture, elle accepterait d'entreprendre le voyage.

Clara s'attendait à tout sauf à ce que resurgisse ainsi l'antienne de cette venue de sa famille en Morvan. Pour sa part, elle n'y croyait plus vraiment. Elle savait que Clément, qui avait souvent affaire à Paris, ne manquait pas une occasion d'aller les visiter, croisant d'ailleurs parfois Clara au cours des brefs séjours qu'elle faisait assez régulièrement chez la vieille dame et sa fille. Lui n'avait donc pas renoncé. Elle en fut heureuse.

— Tu les connais ? demanda-t-elle en se tournant vers Sophie.

Le sourire de celle-ci l'avait déjà renseignée. La réponse ne la surprit pas :

— Clément m'a emmenée les voir, la dernière fois qu'il est monté à Paris. Elles sont adorables. Nous avons beaucoup sympathisé...

— Tu penses ! lança Clément. Elle les a embobinées, oui. Si j'arrive un jour à leur faire entreprendre le voyage, ce sera grâce à Sophie. C'est simple : elles sont incapables de lui dire non !

Il y avait donc eu, pour Clara, un moment de fraîcheur dans cette journée qu'elle avait tant redoutée. Quand elle se retrouva enfin seule chez elle, tard dans la nuit, elle ne put pourtant réprimer une moue amère. Hormis ces rares moments où elle s'était retrouvée avec les siens, il lui semblait que, de tout ce temps, elle avait dû s'obliger à une méchante comédie qui lui avait profondément déplu.

Elle n'était plus loin de penser comme Amélie. Jamais elle ne saurait. Aussi longtemps qu'elle vivrait, il lui faudrait subir la brûlure de cette terrible question. Elle avait cru trouver un relatif apaisement en s'éloignant de son amie Valérie. C'était maintenant pour préserver son fils et sa belle-fille d'un drame épouvantable qu'elle se retrouvait contrainte au silence. Jamais elle ne saurait. Elle en était profondément dépitée, malheureuse jusqu'au plus profond de son âme, et se faisait l'impression d'avoir échoué, une fois de plus.

22

Un certain renouveau

Clara s'était toujours défiée de la politique. Elle ne fut pas au nombre de ceux chez qui le changement intervenu en mai 1981 avait fait naître les espoirs les plus fous. Elle ne fut donc pas à compter au rang des déçus des « années Mitterrand », mais, bien au contraire, en apprécia les conquêtes sociales comme autant de cadeaux inattendus. Sa déception, s'il y en eut une, vint de l'indifférence crasse à l'égard des tensions qu'elle sentait monter au cours de cette période. Selon elle, il fallait être aveugle ou parfaitement de mauvaise foi pour ignorer les feux de l'exclusion qui couvaient et dont elle ne doutait pas qu'ils déchireraient un jour à nouveau le pays.

Les vieilles rancœurs, nées surtout de la guerre d'Algérie et de sa fin contestée par beaucoup, étaient intactes. Il était simplement de bon ton de ne pas les exprimer et encore moins de s'en réclamer en public, mais elles trouvaient bien d'autres formes d'expression. Son frère, à sa porte, lui en donnait un exemple accablant.

Vivant chichement de sa toute petite retraite et des

quelques sous qu'il tirait de sa ferme, Simon, depuis qu'il était seul, s'était coulé dans le moule parfait du « vieux gars » dissimulant sa misère morale derrière des allures d'ours d'autant plus prompt à vouer le monde entier aux gémonies de ses humeurs qu'il s'en sentait exclu. Il ne pouvait en faire le reproche à nul autre qu'à lui-même, mais à quoi bon le lui faire remarquer ? D'autant plus que Clara était prompte à lui trouver des excuses. Comme bien d'autres de son espèce, il n'était qu'un laissé-pour-compte, un de ces pauvres derniers de lignée qui n'ont pas vu la roue tourner sans eux, les abandonnant à leurs songes d'une continuité qui n'existait plus.

D'abord cramponné à la succession improbable de Gaston, ayant renoncé avant même d'y avoir vraiment pensé à fonder une famille telle qu'il n'en existait plus, qu'y pouvait-il s'il s'était fait prendre dans la tourmente algérienne ? Comme tant d'autres, il y avait été blackboulé ; il y avait perdu ses maigres repères. Déjà lancé dans la vie sur des bases complètement archaïques, il ne lui restait plus rien à quoi se raccrocher. Ses rares certitudes s'étaient enlisées dans le bourbier des mécomptes de la fin de la guerre. La malchance avait voulu qu'il n'entende, en fait de discours de réconfort, que les propos revanchards et sectaires de quelques-uns des douteux amis qu'il s'était faits en Algérie. C'était pour les suivre, pour tenter de ne pas se laisser distancer par ce semblant de réflexion l'entretenant dans l'illusion qu'il existait encore, qu'il avait choisi de quitter la ferme et de se faire ouvrier.

Une machine bancale, construite de bric et de broc, destinée à s'effondrer au premier coup du sort. Simon n'avait évidemment jamais été un ouvrier. Il n'avait pas en lui la culture de classe qui attache ceux-ci à leur condition. Il aurait fallu qu'il accepte d'entrer dans la lutte sans merci pour l'emploi. Que savait-il de son âpreté, lui qui ne connaissait que la continuité des saisons à laquelle s'accroche un paysan ? Un combat de plus auquel il avait renoncé avant même de l'avoir engagé. Probablement lâché par ses anciens amis plus occupés de leur propre cas que du sien, il était revenu se terrer, comme une bête blessée, dans son terrier d'origine.

Il y vivait en reclus, s'abandonnant et abandonnant la maison d'Amélie et de Gaston à une crasse envahissante et à un désordre indescriptible. Clara en avait les larmes aux yeux à chaque fois qu'il lui fallait franchir la porte de cette maison sans luxe, toute de simplicité, mais qu'Amélie avait entretenue avec un soin jaloux et qu'elle avait su rendre si douce à ses années de jeunesse. Il n'en était pas moins hors de question, pour elle, d'abandonner son frère à son triste sort. Elle faisait tout ce qu'elle pouvait pour l'aider, mais n'en était guère récompensée.

Elle crut longtemps que Simon faisait exprès, à chaque fois qu'ils se trouvaient ensemble, de se lancer dans d'épouvantables discours vengeurs à l'égard des « étrangers ». Selon lui, la gamme qui recouvrait ce terrible qualificatif était d'ailleurs très large. Et ce fut, en fin de compte, en constatant que Simon l'appliquait sans la moindre nuance à tout ce qui n'était pas lui-même que Clara finit par comprendre qu'il vivait littéralement, qu'elle soit là ou pas, dans une sorte de paranoïa du fond de laquelle il s'acharnait à faire supporter au monde entier les raisons de son propre malheur.

Un pitoyable raccourci de ce que notre temps nous fait vivre, se dit-elle un soir en rentrant chez elle, après qu'elle eut dû subir les affres d'un discours particulièrement xénophobe de son frère. Le prétexte en avait été une information entendue à la radio le jour même. Selon ce qu'elle avait pu en comprendre, il s'agissait d'un reportage dans la banlieue nord de Paris, où un incident avait violemment opposé des jeunes sans emploi de « communautés » différentes.

Ce genre d'affaires était encore suffisamment exceptionnel pour qu'une radio ait jugé utile de lui consacrer un peu de son temps.

« Bientôt, se disait Clara, ce sera la norme. On n'en parlera même plus. La gangrène gagne. Et nous sommes là tous les deux, le frère et la sœur, vivant côte à côte au milieu de nulle part, à illustrer à notre façon ce que seront bientôt les rapports des hommes et des femmes de ce pays. La haine d'un côté, le refus obstiné de toute discrimination de l'autre, irréconciliables et devant pourtant se supporter, vivre ensemble dans l'incompréhension et la défiance, et dans la crainte permanente de l'étincelle qui pourrait faire voler en éclats cette façade d'harmonie… »

Elle n'en disait évidemment pas un mot à Amélie, qui vieillissait paisiblement dans sa maison de retraite, déjà coupée de toutes ces réalités du quotidien. Et

Simon, qui continuait de préférer l'autocar et le temps qu'il lui laissait pour traîner les cafés de la ville lorsqu'il allait rendre visite à sa mère, se gardait bien, devant celle-ci, d'user de la dialectique haineuse dont il s'enivrait lorsque Clara venait chez lui.

Un non-dit qui faisait sourire amèrement Clara et la confirmait dans sa conviction. Ils étaient l'exacte représentation en miniature d'une société que les courants violents de l'intolérance travaillaient depuis toujours dans l'ombre. Simon n'était que l'expression maladroite d'une petite minorité d'initiés. L'illusion subsistait d'une France ayant massivement choisi, aux lendemains de la guerre, le rejet de toutes formes d'exclusion. « Plus jamais ça ! » Il n'y avait pas de racisme en France. C'était une affaire entendue, rabâchée jusqu'au déni pur et simple de tout ce qui pouvait la contredire. Une sorte de coquille vide dans les tréfonds de laquelle proliféraient tous les extrémismes, hors de vue des courants d'idées les plus en vogue. Tout cela devait rester feutré, ignoré de la masse de toute façon sourde et aveugle, dans l'attente évidente du jour où les rapports de forces changeraient. On ne chasse pas ainsi le naturel. Il attendait simplement son heure pour réapparaître au galop sur la place publique.

Qu'elle entretînt ces sombres réflexions dans la solitude de son minuscule hameau perdu au plus profond de l'exubérante nature morvandelle n'avait rien pour surprendre. Lorsqu'elle se trouvait mêlée à une société plus nombreuse, elle se gardait de se confier et parvenait fort bien à donner l'illusion qu'elle partageait sans retenue l'optimisme un peu béat et à courte vue dont se suffisait le quotidien de la société.

Sans rien en renier, elle faisait taire ses angoisses relatives au devenir de Clément et de Sophie. Ils avaient, pour l'heure, d'autres urgences. Elle se faisait l'impression d'être la gardienne des alertes dont elle était convaincue qu'il leur faudrait bien les affronter un jour. Il serait temps, alors, de les mettre en garde et de veiller sur eux, quitte à y sacrifier sa propre existence.

De loin, par lettre ou par téléphone, elle les suivait avec passion. Son internat achevé, Clément avait intégré l'équipe d'un grand hôpital parisien. Sophie se spécialisait en pédiatrie, se partageant déjà entre études et activités professionnelles. Ils menaient une vie débordante d'activité, sortaient beaucoup et se souciaient surtout de la place qu'ils étaient en train de se tailler dans la société. Pour eux, l'heure n'était évidemment pas à la défensive. Là où ils en étaient, il était bien moins question de protéger les acquis que de les faire prospérer.

Dans le feu de l'action, on manque souvent du recul nécessaire pour juger de la pertinence de ses gestes au-delà du court terme. Quand bien même ils se seraient inquiétés de l'épaisseur de ces nuages que Clara ne pouvait s'empêcher de voir monter à l'horizon de leur époque, leurs priorités n'auraient pas été modifiées pour autant. Bien au contraire, de l'avertissement, ils n'auraient retenu que le temps qu'il leur restait pour étendre et renforcer leurs capacités à contrer cette possible adversité.

Si elle n'avait pas été si directement concernée, elle n'aurait vu dans leur ardeur à s'installer quoi qu'il arrive qu'individualisme, égoïsme et mépris à l'égard de tous ceux qui n'avaient pas les mêmes chances qu'eux de s'en sortir. « Chacun pour soi ! aurait-elle tonné. Le royaume de l'individualisme... Si c'est comme ça qu'on s'imagine sauver le monde, on n'ira pas bien loin. »

Mais il s'agissait de Clément et de Sophie ! Aux yeux de Clara, tout leur était permis. Elle aurait abdiqué ses opinions les plus arrêtées pour leur faire plaisir.

Lorsque, un soir d'hiver, alors que, déprimée et soucieuse, après avoir dû subir les propos plus agressifs que jamais de Simon et affronter la pluie et le vent en rentrant chez elle, la voix de son fils, au téléphone, en la surprenant, fut une première éclaircie. Mais quand il lui annonça en jubilant qu'elle allait être grand-mère, les nuages de déprime furent balayés d'un coup. Clara voulut parler à Sophie. Puis elle reprit Clément. Grand-mère ! Ils en riaient ensemble. Même s'il n'y avait là rien qui ne fût dans l'ordre des choses, il lui semblait que l'atteignait enfin un bonheur tel qu'elle n'en espérait plus depuis longtemps. Grand-mère !

— Valérie est au courant, j'espère ? s'inquiéta-t-elle tout à coup.

On le lui confirma.

— Je m'en vais l'appeler dès ce soir, décréta-t-elle.

Sans se soucier de l'heure qui passait et de son repas du soir toujours pas préparé, ce fut ce qu'elle fit dès qu'elle eut raccroché d'avec son fils et sa belle-fille. C'était là un numéro qu'elle n'avait plus composé depuis des années. Valérie sut pourtant ne pas se montrer surprise. Peut-être, depuis qu'elle aussi savait qu'elle allait être grand-mère, espérait-elle un peu cet appel. Elle sut marquer sans ostentation le plaisir qu'elle en avait. Elles partagèrent sans retenue leur satisfaction identique et toutes les joies qu'elles escomptaient de ce nouveau statut.

En raccrochant, Clara se fit tout à coup la remarque qu'elle ne tarderait pas à être à la retraite. Pour la première fois, l'impatience la prit de voir se matérialiser cette perspective qui ne la réjouissait que fort modérément jusque-là. Grand-mère et bientôt à la retraite, se dit-elle. Je ne suis pourtant pas si vieille ! Il y avait là des évidences qu'elle devrait bien prendre en compte, mais qui ne la jetaient pas moins dans un océan de perplexité.

Il fallut pourtant qu'elle s'y fasse. Paul naquit par un beau jour du printemps 1988. Par chance, ce fut à la veille de vacances scolaires qui lui permirent de faire le voyage de Paris et de venir se pencher sur le berceau de son petit-fils. Elle pouponna avec ravissement quelques jours, en profita tout de même pour rendre visite à la tante et à la cousine. Puis il fallut reprendre le chemin du Morvan, où elle s'empressa d'aller narrer tout cela à Amélie dans sa maison de retraite. Elle avait rapporté une véritable collection de photos autour desquelles, durant de longues heures, les deux femmes égrenèrent à plaisir toutes les pépites de bonheur que leur procuraient l'avènement de cette nouvelle existence qui les continuait et tous les souvenirs que son évocation faisait resurgir.

L'été n'était pas fini que le petit Paul avait déjà acquis droit de cité à Valdémont, au Crot-du-Peu aussi bien qu'à la maison de retraite d'Amélie, où ses parents l'avaient amené. Si Simon se contenta d'une amabilité de circonstance, les grands-parents et l'arrière-grand-mère vécurent là sans s'en cacher de grands moments de félicité.

Clara put même croire que s'éloignait le temps de ses grandes inquiétudes. A chaque fois qu'elle le pouvait, elle prit l'habitude d'entreprendre le voyage de Paris, où le jeune couple lui réservait le meilleur accueil. Cela la rapprocha aussi de sa tante et de Stéphanie, qu'elle allait brièvement surprendre à chacune de ses visites.

Comme si un tel petit bonhomme en détenait le pouvoir, il lui semblait que l'horizon du monde s'était éclairci depuis qu'il retenait toute leur attention. Du moins, si ses appréhensions étaient toujours là et si l'actualité, qu'elle suivait avec attention, ne pouvait que les conforter, il lui semblait qu'existait autour d'eux, grâce à cet enfant, une nouvelle lumière, l'espoir de participer encore et toujours au renouveau de l'humanité.

Et comme si cela ne suffisait pas, une nouvelle naissance s'annonça alors que Paul n'en était encore qu'à envisager son entrée à l'école maternelle pour l'automne suivant. Sophie donna le jour à Suzon en mars 1991, à guère plus d'un an de la retraite de Clara.

Dans le train qui la ramenait de Paris où elle était allée prendre sa petite-fille dans ses bras pour la première fois, tournée vers la vitre, le regard perdu sur le paysage qui défilait le long de la voie, Clara souriait doucement. Elle souriait à sa propre perplexité. Qu'était-elle, petite institutrice de village qui ne compterait bientôt plus, pour que s'affrontent dans sa tête tant de sentiments opposés ? Il y avait son passé et les angoissantes questions dont elle ne reniait évidemment rien ; il y avait cette insupportable vision qu'il avait affûtée en elle des intolérances et des déchirures dont elle voyait clairement l'irrépressible résurgence ; et puis il y avait en contrepoint l'immensité de son bonheur de grand-mère, l'espoir sans limite qu'il incarnait.

Elle se voyait déjà vouant sa retraite à ses petits-enfants. Elle aurait pourtant dû y penser. Quoi de plus normal ? C'était le sens de sa vie qui se retrouvait en se continuant. Elle en exultait de joie en même temps que continuaient de grouiller ses vieilles inquiétudes. Comment concilier tout cela ?

« Allons, Clara, finit-elle par se dire. Tu te compliques la vie. Ce ne sera donc jamais simple, avec toi. Laisse-toi aller, profite. Donne-leur tout ce que tu peux, à ces gamins. »

Le regard soudain plus sombre, elle tourna cette évidence dans sa tête un long moment, comme on tourne sur sa langue un bonbon dont on veut saisir toutes les nuances de goût. On approchait de la gare. Le train commençait à ralentir. Elle finit par hocher la tête gravement.

— L'illusion… prononça-t-elle à voix basse. Toute la question est là. Comment faire en sorte qu'ils soient pleinement heureux sans les entretenir dans l'illusion ?…

23

« Vous la portez divinement bien... »

Clara n'avait certes pas imaginé que le jour de sa retraite lui procurerait un tel soulagement. Elle l'avait pourtant aimée, son école. Elle lui avait voué sa carrière sans le moindre déplaisir. Elle s'y était identifiée au point de mettre sous le boisseau des années durant tout ce qui, en dehors de son rôle d'institutrice, la faisait « différente » des autres villageois.

Mais les choses changeaient. La population de Valdémont, et surtout celle en âge d'avoir des enfants à scolariser, avait fondu comme neige au soleil depuis que Clara avait succédé au vieil instituteur à qui elle devait de s'être ainsi sortie du lot. L'école ne grouillait plus d'enfants comme au temps où elle-même y avait appris à lire et à écrire. Encore avait-il fallu en passer récemment par un triste « regroupement pédagogique » pour que ses effectifs continuent de justifier son maintien. D'autres villages, aux alentours, y avaient perdu la leur. La sienne avait eu la chance de subsister, mais elle n'était plus que l'ombre d'elle-même. En la quittant, Clara était partagée entre la satisfaction d'avoir pu mener sa mission à bien et le regret de s'éloigner d'un lieu dont elle redoutait qu'il continue inexorablement à se vider de la vie qu'elle avait tant aimé y entretenir.

Heureusement, il y avait ses petits-enfants ! La rupture aurait été autrement difficile s'ils n'avaient pas été là. Et peu importait qu'ils soient à Paris. Clément et Sophie débordaient tellement d'activité que la place de la grand-mère était toujours prévue chez eux. Occupée par son mari, ses autres enfants et petits-enfants, Valérie n'était pas aussi disponible que Clara. Belle occasion pour en profiter ! Elle ne se fit pas prier. Clément trouva même aussi juste que commode de lui payer un abonnement de chemin de fer qui lui permettait d'entreprendre le voyage à chaque fois que l'envie lui en venait ou qu'elle prenait prétexte de la voix fatiguée de Sophie pour se précipiter.

Amélie, depuis sa maison de retraite qu'elle n'était plus guère en état de quitter, faisait mine de ronchonner. C'était elle qui payait le prix fort. Elle ne voyait plus sa fille, prétendait-elle. Elle vivait en fait dans l'attente des récits que lui faisait Clara de ses séjours à Paris, des photos qu'elle en rapportait et des mille anecdotes concernant les enfants que les deux femmes savouraient ensemble comme autant de fruits rares. Et puis il y avait de temps à autre la cerise sur le gâteau des visites en Morvan du jeune couple et de leurs bambins. Ces jours-là étaient fêtes. On s'en gobergeait. On en faisait de précieuses provisions, qu'on ressortait à petites doses à déguster délicatement lorsqu'on se retrouvait seules.

Pour Clara, ce furent des années heureuses. Ses angoisses, ses interrogations, qu'elle ne perdait pas de vue pour autant, se trouvaient compensées par l'impression qu'elle se donnait d'une activité débordante entre son fils, ses petits-enfants et sa mère. Elle en profita avec d'autant plus de détermination qu'elle avait la conviction que cela ne durerait pas. Il y avait Amélie qui vieillissait et qui déclinait doucement. Et puis il y avait cette sorte de pressentiment qui ne la quittait pas et qui l'entretenait dans la conviction qu'un jour ou l'autre il faudrait bien que resurgissent toutes ces questions laissées en suspens et dont elle ne se résignait pas à ce qu'elles restent sans réponses.

Elle avait réprimé le mouvement de recul qui avait été sa première réaction lorsque Clément lui avait annoncé triomphalement au téléphone qu'il avait enfin décidé la tante à entreprendre le voyage de Valdémont. Depuis le temps que durait cette affaire ! Peut-être la vieille dame avait-elle pris conscience du temps qui passait. Elle vieillissait. A quatre-vingt-sept ans, toute petite et menue, le cheveu blanc rassemblé en un chignon toujours aussi bien serré sur le haut du crâne, à peine appuyée sur une fine canne noire, elle trottait encore comme un lapin, mais devait tout de même admettre que les années s'accumulaient. Clément lui avait tellement répété qu'un voyage dans le confort de sa voiture n'avait aucun rapport avec le seul dont elle gardait le souvenir, celui de l'exode, que son argument avait peut-être fini par porter.

Partagée entre la vieille crainte irraisonnée de voir resurgir les monstres du passé et le plaisir de recevoir, Clara entreprit de préparer sa maison. Y compris les enfants, ils allaient être sept. Jamais elle n'avait reçu tant de monde à la fois. Lorsqu'ils arrivèrent, un vendredi soir de juillet, elle en était encore à inspecter fébrilement toutes ses pièces à la recherche de ce qu'elle aurait bien pu oublier.

C'était la première fois qu'elle se trouvait face à cette tante et à cette cousine hors de leur cadre parisien. Intimidée, Stéphanie s'effaça tout de suite derrière sa mère, laquelle, aux anges, fut tout de suite à l'aise. La maison de Clara, qu'elle tint à visiter en détail, l'émerveilla.

— Un vrai bijou ! Et dans un tel décor ! Jamais je n'aurais imaginé que tu vivais comme ça, au milieu de la nature. Et ça ne te fait pas peur ?

Clara éclata de rire, l'entraîna au jardin. La tante tombait en arrêt, partout, oreille tendue. Un merle s'égosillait dans le cerisier et enchantait la vieille dame. Elle n'en perdait pas de vue pour autant les enfants qui, déjà habitués des lieux, s'inventaient mille jeux dans les allées du jardin de leur grand-mère.

— Attention ! s'exclamait la vieille dame à chaque fois que Paul ou Suzon exécutaient une manœuvre qu'elle jugeait dangereuse.

Les gamins s'en souciaient peu, leurs parents souriaient et la grand-mère, jamais totalement rassurée par la témérité de ses petits-enfants, se contentait de les suivre des yeux, toujours prête à intervenir.

— Et là, c'est quoi ? finit par demander la tante en désignant du bout de sa canne le toit de la maison de Simon qui dominait la haie limitant le jardin de Clara.

Celle-ci fronça légèrement les sourcils.

— Là ? Ce n'est rien. C'est la maison de mon frère. Mais je pense qu'il n'est pas là.

— Ton frère ? Tu as un frère, toi ?! J'ai donc un neveu dont tu ne m'as jamais rien dit ?

Il fallut expliquer. La vieille dame était évidemment au courant, mais toucher la réalité de la famille d'adoption de sa nièce était tout autre chose que d'en avoir entendu parler sans trop y attacher d'importance. Elle n'insista pas. Clara voulut tout de même que les choses soient claires :

— Si vous voulez, on pourrait aller demain jusqu'à la maison de retraite de ma mère adoptive.

La tante parut réfléchir. Même si cela la chagrinait, il lui était difficile d'accepter de bon cœur que sa propre nièce appelât « maman » une femme qui ne lui était rien.

— Si tu veux, admit-elle sans enthousiasme.

Clara en fut désolée. Elle ne pouvait supporter l'idée qu'Amélie soit tenue à l'écart de l'évènement. Sans renoncer à son idée, elle laissa dévier la conversation. Il serait bien temps de remettre cela sur le tapis dans la soirée. Clément et Sophie allant avec les enfants passer un moment chez Valérie, elle se trouva seule avec la vieille dame et sa fille. Elle les installa sur la terrasse, leur fit un thé accompagné de quelques gourmandises qu'elles apprécièrent beaucoup. Elles passèrent là un moment agréable au cours duquel Clara eut tout loisir de ramener la conversation sur Amélie vieillissant et d'insister sur tout ce qu'elle devait à sa mère adoptive. Le principe d'une visite à la maison de retraite était presque acquis lorsque le jeune couple et ses enfants réapparurent.

— C'est la fête au pays ! fit remarquer Clément. Je ne m'en souvenais pas. Dis donc, depuis le temps, ça n'a pas trop changé. Ça m'a tout de même semblé bien maigrichon.

— C'est toujours comme ça, voulut plaider Clara, qui n'aimait pas que soit souligné le lent déclin de son pays. Les souvenirs, surtout ceux de l'enfance, enjolivent toujours les choses, les voient plus grosses et plus belles qu'elles n'étaient en réalité. Ta fête, elle n'a pas changé, voilà tout. Et même qu'elle se passe plutôt bien, et dans une bonne ambiance.

La tante était très intéressée.

— La fête du village ! Ça existe encore, ces choses-là ? J'aimerais bien voir. Tu m'emmèneras, Clément, demain ?

Il fallut bien en passer par une visite à la fête. On en oublia Amélie dans sa maison de retraite et on y descendit en début d'après-midi. Il faisait un temps radieux. Les musiques s'entrecroisaient, les manèges allaient grand train, rutilant de toutes leurs couleurs, agitant d'innombrables fanions dans lesquels le soleil semblait jouer à plaisir.

Escortée de Stéphanie toujours aussi silencieuse et plus crispée que souriante, la tante, canne en main, allait dans la foule avec ravissement. Clara et Clément, amusés, les escortaient de près pendant que Sophie ne perdait pas de vue ses deux gamins qui rebondissaient littéralement d'un émerveillement à un autre.

— C'est magnifique ! s'enthousiasmait la tante. Toute cette musique, ces couleurs, cette bonne humeur ! On se dirait à la foire du Trône en plus petit.

Etait-elle seulement jamais allée à la foire du Trône ? Clara en sourit. Si elle s'attendait à faire découvrir son pays à sa tante de cette façon !

— Mais tu dis bonjour à tout le monde ! remarqua tout à coup la vieille dame. Tout le monde te connaît, ici.

C'était pourtant vrai. Clara n'y faisait d'ailleurs plus attention. Il n'était pas beaucoup de ses anciens élèves qui seraient passés à côté d'elle sans la saluer. Depuis le temps, ça en faisait, des générations de fonds de culottes usés à ingérer plus ou moins bien son enseignement ! D'ailleurs, c'était tout le pays qui la connaissait et qu'elle connaissait. Rien là que de très banal. Les étonnements de la tante l'amusaient beaucoup. Clara les suivait avec une telle attention qu'elle sursauta quand on la prit par l'épaule.

— Et alors ? On passe sans dire bonjour ?

C'était Valérie, autour de qui s'étaient déjà rassemblés Clément, Sophie et les enfants. Elle était accompagnée de son mari, de son fils et de son autre fille, de leurs conjoints et de leurs enfants. Cela fit vite un véritable attroupement au milieu de la fête. Et Valérie arborait bien sûr la broche sur un beau chemisier bleu clair.

Une fois de plus, Clara sut se contenir et faire celle qui ne voyait pas le bijou, mais à sa grande surprise, alors qu'on en était encore à de rapides présentations, elle vit la tante s'approcher de Valérie et passer un doigt délicat sur la broche.

— Quel beau bijou ! s'exclama la vieille dame. Il vous va à ravir. Vous le portez divinement bien.

Sous l'œil perplexe, mi-amusé, mi-gêné, de tous ceux qui l'entouraient, elle continuait de caresser doucement la broche avec dans le regard quelque chose d'infiniment nostalgique. Seule Clara s'était raidie. Elle pressentait le drame. Un lumineux sourire éclaira tout à coup le visage de la vieille dame.

— Si vous saviez ce que j'ai été jalouse de ma sœur quand ma mère la lui a donnée. Je lui en ai voulu… Et pourtant, c'était normal. Elle était l'aînée.

Elle ne voyait pas la stupeur qui se lisait sur tous les visages, à commencer par celui de Valérie, juste en face d'elle.

— Tu as pu au moins sauver ça, Clara, continuait-elle sans se soucier des murmures qui commençaient à s'élever autour d'elle. Et tu l'as donnée à ton amie. C'est bien. Comme ça, plus tard, elle reviendra à Sophie. Elle n'aura pas quitté la famille.

Clara n'eut que le temps de se saisir du bras de Valérie, qu'elle serra convulsivement. Elles n'échangèrent qu'un très bref regard, mais Valérie comprit. Elle se reprit, parvint à arborer un sourire presque apaisé.

— N'est-ce pas ? dit-elle simplement.

Paul fit diversion sans le savoir, en exigeant séance tenante de son père qu'il réponde à une question bien entendu essentielle. On était à la fête, après tout. Les grands étaient bien ennuyeux avec leurs palabres auxquelles on ne comprenait rien. Il fut tout étonné de récolter bien plus d'intérêt qu'il n'en avait espéré. On se détourna ostensiblement de Valérie et de Clara, qui se retrouvèrent face à face.

— Ce n'est rien... s'empressa Clara. Si, c'est... Comment dire ? C'est important. Mais là, vraiment, je ne peux rien te dire. On se téléphonera lundi, quand elles seront parties.

Valérie n'insista pas, mais, pour elles, l'ambiance était définitivement plombée. On prolongea la visite de la foire, à la suite des enfants qui virevoltaient d'un manège à l'autre, d'un stand de tir à celui de la pêche miraculeuse, sans se soucier des regards graves qu'échangeaient les grands. Puis Valérie et sa famille prétextèrent beaucoup de choses à faire chez eux. On se sépara. Clara et les siens reprirent le chemin du Crot-du-Peu.

Le reste du séjour de la tante et de la cousine fut un véritable calvaire pour Clara. Ne rien laisser transparaître. Etre aussi gaie qu'à l'accoutumée, attentive aux autres. Elle se l'était promis dès qu'elle avait repris ses esprits. Elle tint bon, mais dut pour cela lutter à chaque instant contre les flots lourds de ses angoisses. Que dire à Valérie ? Comment allait se passer cette conversation qu'elles s'étaient promise ? Et comment vivre, après tout cela, sans que la suspicion, les vieilles rancœurs, les anathèmes en tous genres ne refassent pas surface ? Et Clément, et Sophie... Comment, sans leur mentir, les tenir à l'écart d'un débat qui devait se circonscrire à Valérie et elle ?

Clément, justement, connaissait assez sa mère pour ne pas être dupe. Accaparé par la surveillance de ses enfants, il avait été pris de court par les propos de la tante et n'en avait saisi que des bribes. La tension de Clara et les efforts qu'elle faisait pour qu'il n'y paraisse pas ne lui échappèrent évidemment pas. Il choisit le moment où la tante et Stéphanie s'étaient retirées dans leur chambre et où Sophie et lui allaient en faire autant pour tenter d'en savoir plus.

— Qu'est-ce qui s'est passé, tout à l'heure, à la fête ? Je n'ai rien compris.

Clara ne s'y attendait pas. Un instant, elle crut qu'elle allait craquer. Mais non… Et d'ailleurs, que dire devant Sophie ?

— Rien, dit-elle. Je ne peux rien vous dire. Il faut me croire. Je vous promets, un jour, peut-être, je vous expliquerai. Mais là, non, vraiment, ce n'est pas possible.

Sa voix tremblait, elle avait des larmes dans les yeux. Sophie, discrètement, s'était écartée. Clément hésita. Il vint jusqu'à sa mère, lui prit les mains.

— Maman… Je ne sais pas quoi dire. Tu dois avoir tes raisons. Mais je sais que c'est grave. Promets-moi… Promets-moi que tu feras appel à moi, au besoin.

Elle ferma brièvement les yeux et les rouvrit en parvenant à éclairer son visage d'un large sourire de gratitude.

— Merci, mon fils. Je sais que je peux compter sur toi… Sur vous deux, dit-elle en se tournant vers

Sophie. Un jour… Oui… Un jour vous saurez. Mais pas maintenant, je vous le demande.

De la visite projetée à Amélie, il ne fut plus question. Clément sut à merveille occuper la tante et la cousine pendant le reste de leur séjour. Pendant que Clara prenait prétexte de tout ce qu'il y avait à faire dans sa maison et que Sophie décidait de rester pour l'aider, il les emmena faire une découverte du Morvan en voiture. Elle leur prit tout l'après-midi du dimanche. La tante en rentra exténuée, mais ravie des découvertes que Clément leur avait fait faire. La soirée put ne pas s'éterniser. Ils repartirent le lundi matin, laissant une Clara à la fois soulagée et tétanisée d'angoisse à l'idée de la conversation téléphonique qui l'attendait.

24

Un serment

Ils venaient de repartir. Clara en était encore à ranger la table du petit déjeuner qu'ils avaient pris ensemble, lorsque le téléphone sonna.

— Clara ? C'est Valérie.

Le ton n'avait rien de chaleureux. Clara ferma les yeux. Par où commencer ? Comment s'y prendre ?

— Valérie... Je crois... Tu sais, je pense qu'il vaudrait mieux qu'on se voie. Par téléphone... je ne sais pas si...

— Mais enfin, c'est quoi, cette histoire ? Je n'y ai rien compris. Ça m'a gâché mon week-end avec les enfants.

— Ecoute, Valérie, cette broche que tu portes souvent depuis un certain temps, elle appartenait à ma mère. Tu sais, je l'ai reconnue au premier instant, dès la première fois où je l'ai vue sur ton corsage...

— Pourquoi tu ne me l'as pas dit ?

Cela s'engageait bien mal. Clara s'obligea à se détendre.

— Ce n'est pas si simple. Vraiment, Valérie, je crois... Il vaudrait mieux que nous en parlions de vive voix. Tout te raconter par téléphone, je n'y arriverai pas.

Il y eut un long silence sur la ligne. Puis :

— Bon, c'est bien. Tu nous prépares un café ? Je monte chez toi.

Clara raccrocha en poussant un profond soupir de soulagement. Il lui semblait que ce serait moins difficile si elles étaient face à face, les yeux dans les yeux. Il ne se passa pas dix minutes avant que Valérie gare sa voiture devant chez Clara. Elles s'installèrent à la table à peine débarrassée, devant leur café.

— Alors ? demanda Valérie.

— Alors, c'est simple… Cette broche, elle était dans notre famille depuis très longtemps. Tu as entendu ma tante. C'est ma grand-mère qui l'a donnée à ma mère, l'aînée de ses deux filles, comme cela devait se faire. Ça, c'était longtemps avant la guerre. Et puis, elle est venue, cette guerre…

Et Clara raconta tout, du moins tout ce qu'elle savait, ce qui était bien peu de chose. Sauf à admettre que la passion d'une toute petite fille pour le seul et unique bijou de sa mère était l'essentiel. Sauf à admettre que la visite quasi rituelle au modeste écrin, sorti à chaque fois qu'elle en faisait la demande du tiroir de la table de chevet, et la contemplation béate de son contenu étaient à prendre en compte pour comprendre le désarroi de la même petite fille quand le bijou avait disparu de sa vie en même temps que ses parents. Le reste… Elle n'en savait rien d'autre que la vaine attente de la tante, à bien des années de là, sur un quai de gare, à Marseille, où sa sœur, le mari de celle-ci et leur petite fille n'étaient jamais arrivés.

Valérie la laissa parler. Au début, elle buvait son café à petites gorgées. Elle l'avait fini et avait reposé sa tasse depuis longtemps quand Clara termina son récit.

— Pourquoi ne m'en as-tu jamais parlé ? s'étonna-t-elle alors. J'aurais pu t'apporter d'autres éléments. Je n'ai jamais abordé le sujet par discrétion. Je croyais que tu savais.

— Ah bon ?

Clara, surprise, s'était redressée et posait un regard avide de savoir sur son amie. Valérie en parut presque gênée. Si peu de chose, lui semblait-il, et si longtemps après…

— Mon père nous en a souvent parlé, reprit-elle. Comment il vous a récupérés, tes parents et toi, au bord de la Nationale 6, vers Migennes. Lui-même, avec son camion, il avait failli se faire prendre sous les bombardements de la gare. Votre train était bloqué. Tes parents n'ont pas voulu rester là. C'était trop dangereux. Ils ont quitté le train et la gare. Juste à temps. Il y a eu de très nombreux morts. Ils tentaient d'arrêter une voiture pour aller vers le sud quand mon père vous a vus. Il vous a embarqués. Il nous racontait qu'il avait eu pitié de ces gens au bord de la route, surtout d'une toute petite fille qui avait l'air complètement perdue. C'était toi. Quand il leur a dit qu'il quittait la nationale à Saulieu, tes parents ont d'abord voulu qu'il les laisse là. Ils voulaient continuer en stop vers le sud, vers Marseille. Il a fini par leur faire admettre que c'était de la folie, qu'ils n'y arriveraient jamais, qu'ils seraient rattrapés par les Boches avant d'atteindre Lyon. Il les a persuadés de venir se réfugier quelque temps ici. Pour lui, un petit village isolé comme le nôtre ne risquait rien. Il leur a même proposé de vous loger autant de temps que tes parents le voudraient dans une maison libre qu'il avait ; celle-là même où nous sommes, que tu lui as achetée bien longtemps après et que tu as si bien arrangée. Il pensait que vous n'y resteriez pas longtemps, que tout cela finirait par se tasser et que vous pourriez soit continuer votre voyage jusqu'à Marseille, soit même remonter tranquillement chez vous, à Paris.

— Ce n'est pas comme ça que ça s'est passé.

— Non... Malheureusement. Tu en as gardé des souvenirs, toi ?

— Si peu... Rien qu'une attente sans fin. Amélie et Gaston si affectueux avec moi, me répétant que mes parents allaient revenir... Puis le disant de moins en moins souvent, et avec de moins en moins de conviction... Si, tout de même, à la fin de la guerre, l'espoir qu'ils réapparaissent a été très fort. Là encore, il s'est peu à peu étiolé jusqu'à disparaître. Après... Rien. La question éternellement en suspens. C'est peut-être cela le pire. Ne pas avoir de réponse. Je crois que ça m'a marquée pour le restant de mes jours. Au fond, aujourd'hui encore je suis dans l'attente. De quoi ? Evidemment plus de leur retour. D'une réponse, du besoin de savoir. Alors, tu comprends le choc qu'a été pour moi la réapparition de la broche sur ton corsage. S'il y avait une chose précise dont je me souvenais, c'était cette broche. Et cette broche, c'était ma mère. La voir, c'était comme voir ma mère… Sauf qu'elle n'était pas là. Comment ont-elles été séparées ? Quels chemins ont alors été les leurs ? Et puis… Valérie… excuse-moi, les soupçons… On s'en défend. On se répète que rien ne prouve, mais rien n'y fait… Comment veux-tu qu'il en soit autrement ?

Elle était au bord des larmes. Des deux mains, elle triturait nerveusement une serviette restée là après le petit déjeuner pris avec la tante, la cousine, Clément, Sophie et leurs enfants. Les traits défaits, ravagés par la douleur du souvenir comme par celle de ne pas trouver le moyen d'éviter que chaque mot prononcé ajoute à la béance du gouffre dont elle redoutait qu'il se creuse entre son amie et elle, elle tremblait de tous ses membres. Valérie, en face d'elle, ne semblait que lentement saisir le sens de tout cela :

— Tu veux dire… Tu veux dire que mon père… la broche…

— Non, Valérie ! Je n'ai pas dit ça. Jamais, tu le sais bien, tu ne m'entendras affirmer ce que je ne sais pas. Mais les questions, Valérie. Cette broche ! Comment ? Comment expliquer qu'elle réapparaisse ainsi, à tant d'années d'écart, sur ton corsage ?…

Le regard de Valérie parut soudain se vider de toute expression. Ce fut une sorte d'incommensurable vacuité, comme si ce qu'elle commençait à peine à entrevoir lui était encore totalement inaccessible. Jusque-là, l'idée ne l'avait certainement pas effleurée qu'il puisse y avoir un rapport entre cette broche et la disparition des parents de Clara. Il fallut que tout cela se mette en place dans son esprit et que lui apparaisse la monstrueuse suspicion qui en découlait pour qu'elle se redresse vivement sur sa chaise.

— Clara ! Tu veux dire que mon père...

— Je ne veux rien dire, Valérie ! Entends-moi bien. Je voudrais comprendre. Dis-moi. Dis-moi comment cette broche t'est parvenue.

— C'est pourtant simple. Je l'ai trouvée.

— Trouvée ?! Comment cela ? Où as-tu pu la trouver ?

Enfin, Valérie comprenait. Et lui apparaissait toute l'importance des mots qu'elle allait prononcer. Elle se pencha légèrement en avant, repoussa sa tasse, puis fixa un regard grave sur ses mains croisées devant elle.

— A la mort de mon père, commença-t-elle, ma mère a vendu sa petite entreprise. Il y avait son bureau. Il a fallu le déménager. Crois-moi, ça n'a pas été une partie de plaisir. On y a passé des jours et des jours. Mon père n'était pas spécialement ordonné, et puis c'était l'empilement de la paperasse de plus de quarante ans. Au-dessus de son bureau, il y avait une sorte de petit grenier. Il y avait entassé ses archives année après année, sans beaucoup de logique, dans des boîtes, des cartons, quelquefois même des sacs en papier. C'est là que nous sommes tombées sur un gros carton rempli de vêtements, de quelques livres, de bibelots, de papiers. Il ne correspondait à rien de ce que nous nous attendions à trouver là.

Nous avons voulu le mettre de côté, parmi tout ce que nous projetions de rapporter à la maison pour prendre le temps d'en faire le tri. Mais il était gros et lourd. Nous nous y sommes mises à deux, ma mère d'un côté, moi de l'autre. Nous le transportions à grand-peine quand on a entendu quelque chose en tomber. Sur le coup, nous n'avons pas regardé. Nous avions autre chose à faire. Nous avons même un peu oublié. Ce n'est que longtemps après que, revenue dans le grenier, j'ai eu le regard attiré par cet objet qui scintillait légèrement dans un rai de lumière. Je l'ai ramassé. C'était la broche.

— Ce carton, tu l'as encore ?

— Je pense. Tu sais, nous avons empilé tout ça dans notre grenier, celui de la maison, en nous promettant d'y mettre rapidement un peu d'ordre. Et puis, bien sûr, c'est resté en l'état. Il doit encore y être.

— Et tu ne sais pas ce qu'il contient ?

— Evidemment non.

Clara parut se perdre quelques instants dans ses rêves.

— La maison avait été vidée de toutes nos affaires, reprit-elle enfin.

Elle parlait d'une voix nette, précise, semblant veiller à ne pas y laisser transparaître la moindre émotion.

— Quand je l'ai achetée à ton père, je l'ai fouillée de fond en comble, je n'ai rien trouvé, pas le plus petit indice qui aurait pu laisser penser que nous y avions séjourné...

Un long moment, elles restèrent silencieuses, face à face, les yeux dans les yeux, sans trop se voir, perdues qu'elles étaient dans leurs réflexions.

— Ma mère et moi, reprit enfin Valérie, nous avons soigneusement nettoyé la broche. Nous la trouvions si belle. Ma mère m'a dit de la garder. Elle se trouvait trop âgée pour porter un tel bijou. J'ai laissé passer quelques mois. Nous étions encore en deuil de mon père. Puis un jour la tentation a été la plus forte. J'ai estimé avoir assez attendu. Je l'ai agrafée sur mon corsage...

— A l'occasion d'une fête de l'école. Je m'en souviens fort bien.

A nouveau, elles se turent. Cette fois, c'était l'évidente nécessité de conclure qui les mettait dans l'embarras.

— Valérie, osa enfin demander Clara, as-tu une idée des raisons qui ont poussé ton père à vider cette maison de nos affaires ?

Valérie eut un léger haussement d'épaules.

— Je ne sais pas. La peur, peut-être, d'être mêlé à l'affaire de l'arrestation de tes parents. En ces temps-là, tu sais...

— Arrestation sur dénonciation, prononça Clara en détachant bien ses mots.

— Clara ! Qu'est-ce que tu vas penser...

— Rien. Je ne pense rien. Rien ne me permet de penser quoi que ce soit. Je n'ai que quelques faits dans le désordre. Je leur cherche une cohérence. Tu savais que mes parents devaient plusieurs mois de loyer à ton père ?

Valérie eut une petite exclamation presque amusée.

— Si nous le savions ! C'était devenu une idée fixe. Longtemps après la guerre, il en parlait encore. A la fin, il pestait surtout après cette arrestation qui, selon ce qu'il en pensait, lui avait fait perdre tout espoir de rentrer dans ses sous. L'époque était dure pour tout le monde, bien sûr, mais il était un peu radin, mon père. Il fallait le prendre comme il était...

— Je sais, dit Clara toujours sur le même ton froid et précis. Amélie m'en a parlé. Elle m'a dit à peu près la même chose que toi.

Il fallait en finir. Elles restaient toutes les deux sur la gêne de cette conversation dont rien ne ressortait de précis, rien qui permette d'exclure la moindre hypothèse.

— Clara, finit par dire Valérie, tu soupçonnes mon père d'être celui qui a dénoncé tes parents...

— Je ne soupçonne rien ni personne, martela Clara. Rien ne me le permet. Je te l'ai déjà dit. Il y a simplement des faits, des bribes de faits. Mais il y a surtout des doutes. Et tant qu'ils seront là, ce seront ceux-là que je retiendrai. Tu me laisseras voir ce qu'il y a dans cette caisse d'où la broche est tombée ?

— Encore faut-il que je remette la main dessus. Mais dès que je l'aurai retrouvée, je te le promets, je te le ferai savoir. On verra bien.

Clara n'en avait pas fini pour autant. Pour elle, l'essentiel restait à venir.

— Valérie, nous allons nous faire une promesse réciproque. J'y tiens tout particulièrement. En aucune façon, en aucun cas, quelle que soit l'issue de tout cela, il ne faut que Sophie et Clément y soient mêlés. Promets-le-moi comme je te le promets.

Valérie tendit la main au-dessus de la table et attrapa celle de Clara.

— Promis, dit-elle.

— C'est aussi bien comme ça. Après tout, tu vois, je suis contente que nous en ayons parlé. Je sais que tout cela peut te faire énormément de peine, mais nous avons levé beaucoup d'ambiguïtés. Les choses sont claires, maintenant. Rien ne s'oppose plus à ce que nous en reparlions encore si le besoin s'en fait sentir. Tu sais, durant toutes ces années, j'ai beaucoup souffert de ce non-dit entre nous.

— Je ne comprenais évidemment pas. Moi aussi, j'en ai souffert. Clara, quoi qu'il advienne de toute cette affaire, je serais heureuse que nous redevenions aussi liées que par le passé. Pour nous, bien sûr, mais surtout pour nos enfants.

En regardant s'éloigner la voiture de Valérie, depuis la grille où elle l'avait accompagnée, Clara se sentait à la fois soulagée et frustrée. La tante, au fond, lui avait rendu un grand service en faisant éclater au grand jour cette affaire qui la minait depuis tant d'années. Avec Valérie, elles avaient su en parler raisonnablement, sans s'emporter ni l'une ni l'autre, mais, hormis le non-dit dont il la rassurait d'être sortie, rien n'avait été élucidé pour autant. Elles étaient restées sur un ton de bon aloi, en personnes de bonne compagnie qui ne veulent surtout pas faire de vagues. Même pas quand Valérie, sans mesurer le cynisme de son propos, avait rapproché l'arrestation puis la disparition des parents de Clara des propos de son père, qui n'y voyait rien de plus grave que la perte de quelques mois de loyer. Elle préféra en sourire, prête à admirer le sang-froid avec lequel elle avait su ne pas relever.

Clara n'en restait pas moins face à cette obsédante question de savoir enfin à quoi et surtout à qui ses parents devaient d'avoir été déportés. Il n'y avait rien d'autre, pour elle, dans la récurrence de cette obsession, que le besoin de comprendre par quels mécanismes sournois l'humanité peut générer de telles monstruosités. Comment est-il possible que puissent cohabiter innocents, victimes et prédateurs sans que quoi que ce soit puisse prévenir et protéger les uns des capacités de nuisance des autres ?

Qui, d'ailleurs, étaient les prédateurs ? Par quels processus le devenaient-ils, eux qui, peut-être, le jour d'avant et dans un autre contexte, étaient d'excellents pères de famille ? Obsédée par son propre cas, elle s'obstinait à suivre à la trace les innombrables raisons que s'inventait l'humanité pour faire renaître les haines, les exclusions. Elle en pressentait les lentes résurgences et s'affolait de n'en être qu'une pauvre spectatrice impuissante à jeter le cri d'alarme que personne, au reste, n'aurait entendu.

Etait-ce vraiment protéger Clément, Sophie et leurs enfants que de veiller à les laisser dans l'ignorance d'un mal qu'eux aussi, un jour, pourraient subir ? Clara avait conscience qu'elle poussait le raisonnement vraiment très loin. Elle ne transgresserait évidemment pas sa promesse, mais elle n'en restait pas moins avec le sentiment amer d'une fatalité à laquelle il semblait ne servir à rien de vouloir échapper.

25

Pour solde de tout compte

C'était à prévoir. Il n'y avait rien, dans la caisse, qui puisse raconter à Clara ce qu'avaient été les derniers jours de ses parents dans la maison qui était maintenant la sienne. Rien que de pitoyables effets personnels jaunis par le temps, empoussiérés et fanés. Les pantalons de son père, les robes de sa mère, une trousse de toilette… Elle faillit craquer et fondre en sanglots quand ce qu'elle avait pris pour un chiffon se déplia dans ses mains et lui révéla la petite robe bleue à fleurs roses qu'elle avait tant aimée.

Valérie avait fait diligence. « J'ai tout retourné, mais je l'ai retrouvée ! » avait-elle triomphé en lui apportant le résultat de ses recherches trois jours à peine après leur conversation. Clara ne s'attendait pas à une telle célérité. Elle le dit sans détour à Valérie et l'en remercia chaleureusement. Elle n'obtint pour toute réponse qu'un « Fallait bien » un peu sec qui la surprit, ce qu'elle se garda bien de montrer.

Elles s'y étaient mises à deux pour transporter le volumineux paquet depuis le coffre de la voiture de Valérie jusque dans la salle de séjour de Clara, où elles l'avaient posé sur le tapis, entre la table et le canapé, comme s'il fallait cet environnement pour mieux étaler son pauvre contenu. Clara avait proposé un café. Valérie l'avait refusé. « Je viens d'en prendre un. Ça ferait beaucoup. » Mais elle s'était éternisée, tournant en rond, pérorant un peu à tort et à travers. Clara, déjà occupée par le contenu de la caisse, laissait dire, mais attendait tout de même l'essentiel. A l'évidence, Valérie avait quelque chose à dire. Il faudrait bien que ça vienne. Elle avait fini par s'immobiliser de l'autre côté de la table et s'y était appuyée des deux mains.

— Tu sais, commença-t-elle, j'ai réfléchi...

Ce que Clara remarqua surtout, c'était le ton de sa voix. Il avait quelque chose d'étouffé, de retenu, bien peu en rapport avec la spontanéité ordinaire de son amie.

— Et alors ?

Valérie, sans s'en rendre compte, trahissait sa gêne en dansant d'un pied sur l'autre. Clara fronça les sourcils. Elle n'aimait pas cette façon maladroite de tourner autour du pot.

— Eh bien voilà, finit par se lancer Valérie. Je me suis dit que, cette broche, au fond, ça peut aussi bien être tes parents qui l'auront donnée à mon père pour le dédommager des loyers qu'ils lui devaient. Tu ne penses pas ?

Tiens donc ! Et pourquoi, alors, son père l'aurait-il cachée ? Pourquoi pestait-il encore, longtemps après l'arrestation des parents de Clara, après ce que celle-ci lui avait fait perdre ? Valérie n'avait donc pas pensé à tout cela ? Clara, déçue, prit son temps pour se relever. Valérie n'avait pas bougé. Elles se trouvèrent face à face.

— Que veux-tu que je te dise ? prononça Clara de cette voix nette, presque coupante, qu'elle savait si bien prendre quand il le fallait. Nous n'en savons rien, ni l'une ni l'autre. Alors, à quoi bon émettre toutes ces hypothèses ?

Valérie parut ne pas apprécier.

— Tu en as de bonnes, toi. C'est la réputation de mon père qui est en cause.

Ce fut plus fort que Clara :

— Et c'est de la mort de mes parents qu'il est question.

Longtemps elle se reprocha cette repartie trop vive, trop spontanée, qui lui avait échappé. Et pourtant, que pouvait-elle en retrancher ? Il y eut un silence glacé.

— Tu as eu des nouvelles des enfants ?

Oui, bien sûr, il y avait à dire. On échangea quelques commentaires. On fit comme si de rien n'était. Puis on se quitta. Clara, en refermant sa porte, crut sentir plus de solitude encore peser sur ses épaules.

Elles n'en parlèrent plus, mais Clara comprit, au comportement de Valérie, que celle-ci s'était fait une certitude de l'hypothèse qu'elle avait émise. Cette broche, ce n'était que le dû de ses parents pour tous ces loyers qu'il n'avaient pas pu payer. Il n'y avait pas à y revenir. Pour elle, l'affaire était close.

Elle ne l'était évidemment pas pour Clara. Une fois de plus dans le non-dit, leurs rapports se distendirent encore un peu plus. Longtemps, sans que Valérie pût en connaître les raisons, Clara s'était contentée de se tenir à distance. Cette fois, l'une et l'autre étaient au courant, mais au silence que s'imposait Clara répondait sans nuance la conviction que s'était forgée Valérie. « Comment le lui reprocher ? plaidait Clara. C'est son père. Pas facile d'admettre qu'il ait pu, peut-être, commettre un tel acte… »

Mais il y avait les enfants. Devant eux, rien ne devait transparaître. On en avait convenu. On se l'était promis. Qu'adviendrait-il si Sophie apprenait ? La paix des enfants avant tout. Au prix de l'aveuglement, s'il le fallait. Alors, on ferait semblant, on ferait comme si rien, jamais, n'avait existé. Puisqu'il le fallait…

Clara n'eut pas la moindre hésitation. Elle joua le jeu. Simplement, à chaque fois qu'ils la quittaient, reprenant le chemin de Paris, elle se sentait un peu plus seule, un peu plus enfermée dans le rôle auquel elle était réduite. A chacun de leurs départs, elle en souffrait un peu plus.

Ce n'était rien d'autre, en somme, que ces belles raisons que la société se trouvait, depuis toujours, pour se donner bonne conscience à bon compte. C'était ce vieux sentiment de culpabilité qui retombait inexorablement sur les victimes, les vraies, qui n'avaient plus qu'à se taire.

Alors, le lendemain de chacun de ces départs, Clara sautait en voiture et filait rendre visite à Amélie. A plus de quatre-vingt-dix ans, la vieille dame, si elle ne se déplaçait plus qu'en chaise roulante, avait gardé toute sa tête. Elle était d'une lucidité qui étonnait souvent Clara.

Elle lui avait raconté l'histoire de la broche et ne lui avait rien caché de ce qui s'était passé, lors de la fête du pays, entre Valérie et la tante. Amélie avait écouté sans l'interrompre. Quand Clara en eut fini, elle avait tristement hoché la tête, était restée un long moment songeuse.

— Georges Brisset... avait-elle murmuré. Si on avait pensé... Mais, tu vois, à la réflexion, ça ne m'étonne qu'à moitié. Il n'était pas toujours bien clair, cet homme-là. Nous, nous n'avions jamais à faire à lui. On ne peut pas trop dire. Mais c'était aussi bien comme ça.

— Maman, je n'ai pas dit que c'était lui. Bien sûr, il y a beaucoup de choses... Mais rien ne le prouve. Je ne peux pas l'accuser.

— Qui d'autre ?

Elle avait eu un geste vif du menton.

— Et puis, tu te fais trop de bile avec tout ça. A quoi bon ? Qu'est-ce que ça changera ? Tu ne peux pas essayer d'oublier, de penser aux enfants, à l'avenir ?

— Non, tu vois, ce n'est pas possible. Et puis, là, ce n'est pas moi qui ai provoqué tout ça. C'est cette broche, et la tante, qui l'a tout de suite reconnue. Qu'est-ce que j'y peux ? Tu vois bien qu'il ne sert à rien d'oublier. Ça me suit, cette affaire-là. Je suis dedans, pour toujours.

— Ma pauvre fille.

Quand Clara lui eut rapporté la conversation qu'elle avait eue avec Valérie devant la caisse des effets retrouvée dans son grenier, Amélie s'était rebiffée.

— Elle ne manque pas de toupet ! Elle fait son affaire comme ça l'arrange, oui.

— Maman, rien ne dit qu'elle n'a pas raison. Après tout...

— Voilà que tu prends sa défense, maintenant ! C'est le bouquet ! C'est tout de même facile. Pourquoi il l'aurait cachée, cette broche, si tes parents la lui avaient donnée ? Et cette caisse ? Pourquoi l'avait-il dissimulée au fond de son grenier ?

On n'en sortirait pas. Valérie ferait tout pour préserver le souvenir de son père. Quoi de plus normal ? Et Clara resterait avec ses incertitudes et ses angoisses. Mieux valait tenter de se faire une raison et passer à autre chose. Pas bien difficile de trouver mille sujets de conversation avec Amélie. Elles papotèrent tout l'après-midi.

Clara rentra chez elle apaisée et détendue. La caisse était toujours au milieu de la salle de séjour. Debout contre la table, elle la contempla longuement en se demandant ce qu'elle allait en faire. L'idée de se séparer de tous ces pauvres restes fanés ne lui vint même pas à l'esprit. Elle alla dans ses placards, organisa, déplaça, rangea, jusqu'à ce qu'elle ait dégagé la place nécessaire. Puis, méticuleusement, en se fermant à toute émotion, elle déplia tous les vêtements empilés, les épousseta et les suspendit sur des cintres. Quand elle en eut fini, il ne restait, au fond de la caisse, que quelques bricoles, objets pratiques sans intérêt, trop frustes pour porter la marque d'un quelconque souvenir. Elle les ramassa et les enfouit au fond du placard, sous d'autres vieilleries.

« Quand les enfants videront la maison, après ma mort, ils jetteront tout ça. Quelle signification, pour eux ? »

Elle alla se débarrasser de la caisse dans la poubelle, en fut soulagée. Il ne lui déplaisait pas que ces quelques maigres souvenirs de ses parents aient pu trouver leur place dans sa maison. Aussi ténu et dérisoire qu'il puisse paraître, c'était une sorte de lien qu'elle rétablissait avec eux. Pour l'heure, il suffisait à son apaisement.

Ce soir-là, elle ne fut pas loin d'accéder à cet oubli que lui avait prêché Amélie. A quoi bon s'acharner ? Qu'obtiendrait-elle de plus à trop vouloir savoir ? L'opprobre jeté sur toute une famille ? Elle ne se le pardonnerait pas. Rien ne l'intéressait que la vérité, mais elle ne pouvait exister qu'au prix d'une condamnation dont Clara ne voulait pas.

Elle le savait très bien, quand bien même la preuve serait faite de cette dénonciation, le pays entier lui reprocherait d'avoir sali la mémoire d'un des siens. Plus encore peut-être, il lui serait à jamais tenu rigueur d'avoir été celle par qui aurait été révélée la duperie de cette espèce de consensus des yeux fermés, des regards détournés, un consensus sans lequel la belle façade de la bonne entente aurait depuis longtemps volé en éclats.

Ce n'était pas pour se protéger elle-même que Clara se laissait aller à des idées de renoncement. Ses rapports avec ses concitoyens lui importaient assez peu. Depuis le temps, elle s'était faite à sa situation « d'étrangère », « la Juive » de surcroît, qui avait beau avoir été l'institutrice du pays pendant plus de trente ans, qu'on saluait dans la rue, mais qui n'en resterait pas moins suffisamment « différente » jusqu'à la fin de ses jours pour qu'on veille à maintenir les distances.

Par honnêteté intellectuelle, elle ne parvenait pourtant pas à admettre que, par seul souci des réputations et de l'apparente tranquillité du village, puisse être ainsi occulté un acte qui avait coûté la vie à ses parents et fait d'elle une orpheline. La vérité ne s'acquiert pas seul contre tous. Ou alors, elle se retourne contre celui ou celle qui n'en veut pas démordre. Resurgit alors ce fil indestructible des exclusions, des rejets, des haines les plus recuites que les naïfs, à force de belles paroles, de « plus jamais ça », s'étaient imaginé détruire. Clara le savait, qu'il était toujours là, prêt à rejaillir, à vibrer à nouveau de tous les discours les plus enflammés, des poings tendus, des anathèmes lancés avec d'autant plus de force qu'est grande la peur de « l'autre ».

Non, elle n'accéderait pas au souhait d'Amélie, qui aurait voulu la voir oublier. Elle ne s'en sentait ni l'envie, ni la force. Mais elle se tairait. Elle resterait seule, confrontée jusqu'à la fin de ses jours au drame de ne pas savoir et, plus encore peut-être, à l'angoisse de ne pas comprendre les redoutables mécanismes de l'âme humaine qui font des uns des victimes et d'autres des prédateurs.

26

La première qui a parlé...

Amélie vécut comme un véritable prodige le passage d'un millénaire à un autre.

— L'an 2000 ! s'exclama-t-elle devant Clara amusée. Jamais, quand j'étais jeune, je n'aurais cru vivre assez longtemps pour connaître ça. Des temps nouveaux, ma fille ! Moi, bien sûr, je n'en attends rien. Mais vous... Vous allez vivre des temps nouveaux !

Il fallait traduire « des temps meilleurs », ce que Clara se gardait bien de contester. A quoi bon décevoir sa vieille mère ? Elle, elle n'y croyait guère. Bien au contraire, il lui semblait que l'humanité franchissait sans joie ce cap d'ailleurs totalement théorique. Pourquoi s'imaginer que, du jour au lendemain, tout allait changer, que la justice allait régner, que l'égalité serait enfin la règle, et la loi du plus fort abrogée sous le seul prétexte d'un deux millième anniversaire à la date très controversée et ne concernant qu'une petite minorité de l'humanité ?

Amélie n'en démordait pourtant pas. A près de quatre-vingt-quinze ans, elle avait atteint à une sorte de félicité paisible qui lui faisait porter sur le monde, ou du moins ce qui lui en apparaissait depuis sa maison de retraite, un regard plein d'indulgence et d'optimisme. Il lui arrivait encore de jeter un coup d'œil aux journaux que lui apportait Clara, mais sa principale source d'information était bien sûr la télévision, devant l'écran de laquelle elle passait le plus clair de ses journées. Là encore, Clara se gardait bien de commenter, mais elle pestait dans son for intérieur contre les effets de ce qu'elle estimait être un bourrage de crâne continu, édulcoré et insipide. Sa mère la désolait en lui donnant le parfait exemple de la façon dont se faisait une bonne partie de l'opinion publique.

En toute impartialité, elle aurait dû compenser ce jugement par le résultat obtenu par la même télévision chez son frère qui, dans son capharnaüm et sa crasse, à côté de chez elle, occupait lui aussi l'essentiel de son temps à gober tout ce que lui présentait le petit écran. A l'opposé d'Amélie, il y trouvait de plus en plus matière à nourrir ses ressentiments, ses colères et ses emportements contre une société selon lui bien trop permissive et tolérante, notamment, comme il fallait s'y attendre, à l'égard de tous les « fels », « métèques », « bougnoules » et autres « négros », bref, tous les étrangers auxquels il lui prenait fantaisie de s'attaquer. Clara ne put jamais établir clairement si ce n'était que l'expression de son discours ordinaire, celui qu'en son absence il devait se rabâcher indéfiniment, ou s'il s'agissait d'un choix délibéré de la provoquer, voire de lui faire mal. Elle laissait dire, s'exprimant le moins possible, mais sortait inévitablement de chez lui avec la nausée.

Clara y avait droit chaque soir, lorsque, par principe, elle se faisait un devoir d'aller s'assurer que tout allait bien. Ce n'était pas acquis d'avance. Simon survivait d'une pension famélique et peut-être de quelques aides dont Clara ne sut jamais grand-chose. Elle n'eut pourtant jamais à subvenir matériellement à ses besoins, mais si elle n'avait pas pris un soin même minimal de ses affaires quotidiennes, probablement aurait-il sombré une fois pour toutes dans le dénuement le plus complet. Il se laissait faire, sachant très bien en profiter.

Certains soirs, pourtant, elle renonçait à aller jusque chez lui. Elle ne sut jamais avec précision qui étaient ces gens qui venaient visiter son frère. Après tout, cela le sortait de sa solitude et, à ce titre, elle était contente pour lui. Tout en se gardant bien de chercher à savoir, elle avait tout de même remarqué, sur les lunettes arrière des voitures stationnées devant chez elle, des autocollants dont le sens ne faisait pas question. « La France, tu l'aimes ou tu la quittes », proclamait un des plus courus. Que cela s'affiche devant chez Amélie et Gaston autant que devant chez elle lui faisait de la peine, mais elle se gardait de le montrer.

Ces soirs-là, jusque tard dans la nuit, la maison de Simon restait illuminée. Ça chantait fort et devait boire plus fort encore. Mais que lui importait ? Le lendemain, Simon avait le regard un peu trouble et la voix traînante. Des monceaux de bouteilles vides s'entassaient sous l'évier débordant de verres sales. Clara n'y attachait pas trop d'importance. Elle rentrait chez elle avec le sentiment du devoir accompli et se gardait bien, lorsqu'elle allait visiter Amélie, de faire allusion à ces étranges bacchanales dont son ancienne maison était le théâtre.

La mère et le fils assistèrent au même moment et sans le savoir, l'une dans le cadre propret et dépouillé de sa maison de retraite, l'autre dans le désordre de sa bauge du Crot-du-Peu, au spectacle apocalyptique des avions se jetant, le 11 septembre 2001, sur les tours jumelles du Word Trade Center de New York. Clara apprit le drame de la bouche de sa mère, qu'elle alla visiter l'après-midi même. Amélie ne parvenait pas à y voir autre chose que la folie meurtrière et paranoïaque des auteurs de ce geste monstrueux. Clara, tout de suite, sans avoir encore beaucoup de précisions, cherchait à comprendre, à discerner les ramifications, à imaginer les conséquences.

Quand, ce soir-là, elle franchit la porte de Simon, elle trouva une véritable boule de colère démente qui, sans autre considération, clamait qu'il fallait tirer dans le tas ! Si seulement on les avait écoutés… Rien de bon… Rien d'autre à faire que de tous les descendre… Pas un étranger pour sauver l'autre… Valent même pas la corde pour les pendre…

Clara ne s'attarda pas. Chez elle, elle regarda tout de même le bulletin d'informations de vingt heures, puis éteignit la télévision. Pour ce jour-là, la coupe était pleine. Délibérément, elle se plongea dans une lecture ardue qui réclamait toute son attention. Elle ne voulait plus penser à tout cela parce qu'elle avait compris que venait d'être donné le sinistre *la* des années à venir. Il avait fallu bien peu de temps au second millénaire pour confirmer les bien tristes auspices sous lesquels elle l'avait vu naître.

C'était encore ce qu'elle avait à l'esprit, en même temps que les propos aveuglément va-t-en-guerre de Simon, quand l'Amérique de George W. Bush se rua sur l'Afghanistan comme un dogue, rendu furieux par un coup de pied au cul, se retourne sur le premier venu.

« Voilà, se dit-elle. A partir de maintenant, les haines se déchaînent. Elles n'ont plus à se dissimuler. Encore un peu, et ce sont elles qui vont diriger le monde... »

Il fallut moins de deux ans pour que, en mars 2003, l'entrée en guerre sous de faux prétextes des mêmes Américains contre l'Irak de Saddam Hussein confirme ses craintes.

Simon criait victoire. Il encensait les faucons du gouvernement Bush et répétait inlassablement que « si on l'avait écouté plus tôt »... Clara, elle, n'y prêtait qu'une attention distraite. Elle aurait bien voulu que son frère se taise. Il n'en eut pas l'idée.

Amélie, depuis l'automne 2002, déclinait doucement. Malgré le froid, le verglas et la neige, Clara faisait tous les jours le voyage de la maison de retraite. Mais ni elle, ni les soins dévoués des infirmières ne purent éviter qu'Amélie sombre progressivement dans une sorte de semi-inconscience. Elle n'en sortait que pour adresser des sourires attendrissants de douceur à sa fille, qu'elle ne s'étonnait pas de trouver à son chevet à longueur de journée ou presque.

Elle s'éteignit une nuit, dans les derniers jours de mars. Clara, ce matin-là, arriva trop tard. Prostrée, en larmes, elle resta longtemps immobile près du corps sans vie de sa mère, terrassée par l'impression d'un immense trou noir s'ouvrant devant elle et dans lequel elle n'avait plus, comme perspective, que de cheminer indéfiniment, sans même le réconfort d'un regard affectueux capable, parfois, de la détourner de ses angoisses.

Restaient heureusement Clément, Sophie et leurs enfants. Prévenu, Clément fit tout de suite savoir que Sophie et lui descendraient dès le lendemain. Clara les savait très occupés. Elle fut sensible à l'effort qu'ils firent l'un et l'autre pour se libérer. Ainsi entourée de toute sa famille, elle put traverser la pénible épreuve des obsèques sans trop réfléchir.

Amélie avait de longue date exprimé le vœu d'une cérémonie à l'église. Curieux souhait pour quelqu'un dont les convictions religieuses n'existaient plus depuis longtemps, mais elle était restée fidèle, envers et contre tout, à des pratiques plus qu'à des croyances. Pour brève et dénuée d'apparat qu'elle fût, la messe par laquelle il fallut bien en passer prit, pour Clara, la forme d'un moment d'émotion inattendu.

Totalement étrangère au cérémonial, elle se laissa conduire par son entourage, mais ne se départit pas, de tout le temps qu'ils passèrent à l'église, d'un sentiment de proximité très fort avec Amélie, dont le cercueil reposait à deux pas d'elle. Elle eut la conviction d'un dernier échange avec sa mère, d'une sorte de puissante union. Par-delà tout ce qui pouvait les entourer, du décorum, des paroles que prononçait le prêtre et qu'elle n'entendait d'ailleurs pas, il suffisait qu'elles soient là, l'une et l'autre, si proches et en même temps tellement éloignées, pour que coulent en elle la force de caractère et la bienveillance de celle qui n'était pas sa mère biologique, mais qui l'avait si bien élevée et qu'elle avait tant aimée.

Un bref instant, en levant les yeux sur les modestes vitraux du chœur, Clara crut sentir s'élever en elle l'émoi d'élan mystique qui l'avait saisie, à bien des années de là, au chevet de la cathédrale embrasé par quelques jeux de rayons du soleil couchant. Mais la présence d'Amélie à ses côtés fut la plus forte. Mentalement, elle se tourna totalement vers sa mère et reçut, comme un prodigieux cadeau, la conviction que, quoi qu'il arrive, la vie qu'elles s'étaient faite ensemble valait la peine d'être continuée.

Au cimetière, il fallut encore subir le défilé des amis et connaissances, distribuer des poignées de main sans beaucoup de sens. Entre Simon et Clément, Clara s'y astreignit sans trop réaliser ce qu'elle faisait. Elle était encore dans l'irréalité de ce qu'elle venait de vivre et il fallut qu'on se penche sur elle et qu'on l'embrasse pour qu'elle s'aperçoive que c'était Valérie qui l'étreignait. Leurs regards se croisèrent. Il y avait de la gêne dans celui de Valérie. Clara en fut peinée. Mais déjà son amie – à moins que ce ne fût que la belle-mère de son fils – s'éloignait, cédant la place aux inconnus, aux peu connus, aux parents d'élèves et aux anciens élèves qui cherchaient à attirer le regard de Clara pour qu'il ne soit pas dit qu'ils s'étaient donné la peine de se manifester pour rien.

Le soir même, Clément, Sophie et les enfants avaient repris le chemin de Paris. Clara resta seule. Simon était rentré chez lui. Elle n'eut pas le courage d'aller le voir. A quoi bon ? Lui aussi était seul, enfermé dans ses fantasmes d'ordre brutal et d'intolérance. Chacun chez soi. Clara savait déjà que ce serait de plus en plus leur réalité. Indissociables et pourtant irréconciliables. Le lien que constituait Amélie s'en était allé. Plus rien ne les unissait, mais, en même temps, ils étaient condamnés à une proximité qui les rendait inséparables. L'eau et le feu. Elle, méticuleuse, presque maniaque à force de soins pour sa maison et son jardin, curieuse et inquiète du monde entier, dont elle analysait sans cesse les nouvelles au travers de ses lectures ; lui, abandonné à ses renoncements, à son désordre, à sa crasse, et mû par sa seule rancœur à l'égard d'une société dont il se sentait vaguement un rebut.

Dans les jours qui suivirent, elle adressa une carte à Valérie pour la remercier du geste qu'elle avait eu lors de l'enterrement. Elle n'eut pas de réponse et en fut malheureuse. Ce fut alors qu'elle prit conscience du délai de plus en plus long séparant les venues de Clément et de sa famille. Elle aussi, depuis quelque temps, usait moins de l'abonnement que lui payait son fils pour qu'elle puisse monter à Paris. Elle avait quelques excuses. Amélie l'avait tant occupée durant toute cette période. Mais elle dut tout de même se rendre à l'évidence. L'époque n'était déjà plus où on comptait sur elle, à Paris, pour garder les enfants pendant que leurs parents étaient pris par leurs mille activités.

En grandissant, Paul et Suzon avaient certainement moins besoin des soins de leur grand-mère. Ils commençaient à être capables de se débrouiller seuls pendant que leurs parents étaient retenus par leurs occupations professionnelles ou mondaines. Mais Clara, avec cette sensibilité propre aux parents, comprit vite qu'il n'y avait pas que cela. Une gêne s'était instaurée entre ses enfants et elle. Elle n'eut pas besoin d'en chercher loin la cause. Ni Clément ni Sophie ne pouvaient comprendre les raisons pour lesquelles Valérie et Clara s'évitaient. Et qu'en avait dit Valérie à sa fille ? Clara, tout à coup, s'en alarma. Pourquoi, une fois de plus, était-ce elle qui devait se trouver écartée, peut-être même mise en accusation ?

Il lui fallut attendre plusieurs mois avant que Clément, Sophie et leurs enfants fassent une apparition. Elle redoutait cette venue autant qu'elle l'espérait. Elle n'était pas du genre à laisser s'éterniser une telle cause de tension, mais se trouvait bien incapable de savoir comment aborder le sujet sans se heurter à l'interdit du secret qui opposait Valérie à Clara. Ce fut en fin de compte Clément qui eut le courage d'aborder la question sans détour. Il parvint adroitement à prendre sa mère à part et n'y alla pas par quatre chemins :

— Maman, il y a un problème. Tu sais, nous sommes très mal à l'aise, Sophie et moi. Il y a une brouille entre Valérie et toi. Nous n'en connaissons pas la raison et ça ne nous regarde pas. Ce sont vos affaires. Mais nous, nous avons beau faire, nous nous retrouvons entre le marteau et l'enclume. C'est très gênant.

Clara en eut le souffle coupé. Qu'avait-elle fait, qu'avait-elle dit qui pût mettre Valérie en cause ? Elle hésita un instant, prit une grande inspiration et se lança :

— Oui, Clément, tu as raison. Il y a un problème entre Valérie et moi. Mais tu me rendras cette justice que jamais je n'ai fait la moindre allusion qui puisse vous gêner à ce sujet. C'est entre Valérie et moi que ça se passe. Vous n'y êtes strictement pour rien et je tiens tout particulièrement à vous tenir à l'écart de cela. Tu m'excuseras, mais je ne peux ni ne veux te dire de quoi il s'agit. Ça ne ferait qu'empirer les choses. Je vous ai promis que je vous expliquerai tout le jour où ce sera possible. C'est encore loin d'être le cas, mais ma promesse tient toujours. Pour le reste, ce n'est pas parce que Valérie et moi nous voyons moins que ça doit vous gêner en quoi que ce soit. Quand vous venez, vous vous partagez entre elle et moi, ce qui est tout à fait normal. Je ne vous en ferai évidemment jamais grief et les choses peuvent très bien continuer comme avant.

Clément parut soulagé par le discours de sa mère,

mais en même temps elle vit poindre dans son regard une lueur de perplexité qui l'intrigua.

— Attends, maman. C'est vrai que tu n'as jamais eu un mot qui puisse être de nature à nous influencer, mais nous, nous nous retrouvons tout de même un peu coincés, dans cette affaire...

— Comment ça, « coincés » ?

En même temps que fusait son étonnement, elle comprit. Elle se redressa vivement. Son regard se fit sombre, avec cette lueur terrible que des générations d'écoliers, dont celle de Clément, avaient tant redouté de voir apparaître dans le regard de « la maîtresse ». Il s'affola :

— Maman, je ne voulais pas...

Elle l'interrompit sèchement :

— Je ne sais pas ce qui vous a été dit et je ne veux pas le savoir. Libre à toi, à vous, de vous contenter d'un seul son de cloche. Si ça vous suffit. Vous n'aurez pas le mien. Tu me connais, Clément. Tu sais que jamais tu ne m'entendras affirmer une chose dont je ne suis pas sûre. *A fortiori* quand il s'agit de faits d'une telle gravité. Quand on ne sait pas, on ne parle pas. Il me semble qu'il y a là largement de quoi vous éviter d'être « coincés », comme tu dis.

— Maman...

Clément était effondré. Sa mère se dressant contre lui ! Et Sophie, que les propos de Valérie pouvaient difficilement laisser indifférente. Car c'était cela, Clara en aurait juré. Valérie avait rompu sa promesse. Ce fut plus fort qu'elle ; elle voulut en avoir le cœur net :

— Valérie vous a parlé.

Ce n'était pas une question. Elle défiait son fils de lui dire la vérité. Il eut un mouvement d'humeur. Etait-ce à lui de se retrouver dans cette situation pour le moins inconfortable ?

— Tout dépend de ce que tu entends par là…

Clara évacua l'argutie d'un geste sec.

— Tu sais très bien de quoi je parle. De la broche, bien sûr.

— Oui ; elle nous a raconté. Je ne savais rien de tout ça.

On était si près du reproche. Clara ne put pas le tolérer.

— Parce que tu n'avais pas à le savoir. C'est pourtant simple. Je ne transmets pas des soupçons, des suppositions, moi. Surtout quand il s'agit de choses si graves. Nous nous étions promis, ta belle-mère et moi, de ne pas vous en parler tant que nous n'étions sûres de rien. Elle a préféré passer outre. C'est son choix. Je le regrette.

— Mais enfin, maman, je ne vois pas ce qu'il y a de dramatique là-dedans !… Le grand-père de Sophie a accepté de tes parents biologiques qu'ils lui règlent une dette par le moyen de cette broche… Compte tenu de la situation à l'époque, quoi de plus simple ? Pourquoi en faire une telle histoire ?

Eh bé tiens ! Si facile. « C'est le premier qui dit qui y est », comme le serinent les enfants dans les cours d'école. Valérie, méprisant la parole qu'elles s'étaient donnée, avait parlé. Son récit prenait force de certitude. Et Clara savait bien qu'elle n'y pourrait plus rien changer. Ce que Clément prenait pour de la colère, dans son regard, était surtout le voile de dureté qu'elle tirait pudiquement sur l'expression d'une insondable détresse et d'une infinie douleur. Même son fils… Elle ne lui demanderait évidemment pas de choisir entre son épouse et elle. Il allait s'éloigner. C'était inévitable.

C'était une fois de plus, pour Clara, le spectre de la solitude qui se dressait devant elle. Pourquoi, depuis le temps, n'en avait-elle jamais pris l'habitude ?

TROISIÈME PARTIE

27

Une amitié

J'ai laissé Clara prendre son temps. Cela ne s'est évidemment pas fait en une seule fois. Allez donc savoir pourquoi l'envie l'a prise de faire de moi son confident ? Il paraît que j'ai une tête qui inspire confiance ! J'ai senti dès le début que, pour elle, il y avait là une nécessité. Au fil de mes visites, de plus en plus fréquentes, de plus en plus régulières, de la pelote de ses souvenirs elle a peu à peu déroulé le fil complet de son existence.

Seule, loin de tout, dans sa cambrouse, elle avait besoin de parler, cette femme-là. Il ne fallait pas être sorcier pour comprendre cela. Alors, je l'ai écoutée. Intriguée par ce que je lui en racontais, Véronique est venue plus souvent avec moi. Comme il fallait s'y attendre, elles ont sympathisé, Victor, qui commençait à trotter, ayant d'ailleurs grandement contribué à la chose.

Et puis, après quelques mois d'une raisonnable hésitation, nous nous sommes décidés. Non seulement nous lui avons acheté la maison de son frère, mais nous avons commencé à mettre en œuvre un vaste programme au terme duquel nous devions nous installer pour de bon et à longueur de temps au Crot-du-Peu. Longue transition essentiellement constituée de fins de semaines laborieuses et pour la plupart exténuantes, durant lesquelles, de nos propres mains moyennement expérimentées, nous devions entreprendre et mener à bien d'improbables chantiers de nettoyage – ce fut les pires, il en reste encore ! –, de démolition puis de reconstruction, de coulage de dalles de béton, de plâtrage, de peinture, de pose de différents revêtements de sol, de plomberie...

Les habitudes se sont vite prises. Nous faisions étape le vendredi soir chez mes beaux-parents, puis nous débarquions dans la matinée du samedi au Crot-du-Peu, où Clara nous attendait. Durant toute cette longue période de travaux, elle fut notre soutien aussi bien moral que physique. Quand elle voyait que quelque chose n'allait pas, que nous avions du mal à nous en sortir à nous deux, elle n'hésitait pas à venir mettre la main à la pâte. Mais surtout, tous les samedis soir et quoi que nous en disions, nous passions la soirée chez elle. Pour être tout à fait honnêtes, les scrupules que nous émettions, nos craintes de finir par déranger étaient largement compensés par l'intérêt que nous trouvions à ces longues heures passées en sa compagnie.

Comment en sommes-nous venus, elle comme nous, à une telle intimité qu'elle s'est livrée totalement et ne nous a rien caché de ce qui, à ce moment-là encore, jetait une ombre désolante entre son fils et elle ? Je crois que, sans le savoir ni par conséquent l'avoir voulu, nous sommes simplement arrivés au bon moment. Clara n'en pouvait plus de sa solitude morale. Elle avait besoin de parler. Sans fausse modestie, je crois que nous avons été tout simplement un bon auditoire. L'amitié qui s'est scellée à ce moment-là entre elle et nous a été et est toujours quelque chose de rare, d'infiniment précieux. Je pense qu'elle l'a aidée à surmonter une phase de son existence particulièrement douloureuse, en même temps qu'elle était pour nous le plus beau cadeau d'installation que nous ayons pu espérer.

Les années que venait de traverser Clara quand nous sommes apparus dans sa vie n'étaient certainement pas les plus heureuses qu'elle ait vécues. Depuis la disparition d'Amélie et ce qu'elle ressentait comme une véritable trahison de la part de Valérie, elle s'était peu à peu enfermée dans la logique propre à son raisonnement. Par qui ses parents avaient-ils été dénoncés ? Bien qu'elle s'en défendît, la question l'avait toujours obsédée. Elle ne discutait même plus le fait qu'il ait pu y avoir, ou pas, dénonciation.

Peu à peu elle s'était isolée, en même temps qu'elle l'avait été par le comportement de la société. Elle s'était enfermée dans la conviction qu'elle était seule face au désintérêt de tous. Qui se souciait de ce qu'il était advenu de ses vrais parents ? A moins qu'il ne se fût bel et bien agi de connivence. Se taire plutôt qu'admettre les torts d'un membre de la communauté. Plus sûrement encore, personne ne se sentait concerné. Qui les connaissait, ces gens-là ? Alors…

Clara aurait pu tempêter, exiger une enquête... Qu'aurait-elle obtenu de plus que l'hostilité de gens peu désireux qu'une « étrangère » vienne mettre le nez dans leurs affaires ?

La soudaine réapparition de la broche sur le chemisier de Valérie n'avait eu de sens que pour elle-même. Mais elle n'avait fait qu'aggraver ses soupçons sans lui apporter la moindre certitude. Le silence qu'elle s'était alors imposé, par honnêteté intellectuelle, avait, en quelque sorte, achevé de la couper de tous quand Valérie, oubliant sa promesse de ne rien dire de toute cette histoire, avait affirmé comme certaines ce qui n'était que pures suppositions. Certes Clément aurait pu mettre en doute, suggérer que le débat soit rouvert, que soient confrontées les thèses. Encore aurait-il fallu pour cela que Clara consente à se défendre. Pour elle, ce n'était pas de cette façon que se présentait le problème, mais, surtout, à aucun prix elle n'aurait accepté que, de son fait, ce déballage aboutisse à abîmer sans la moindre preuve l'image que Sophie gardait de son grand-père.

Tout, en somme, s'était allié pour que Clara s'enferme dans cette solitude qui était aussi bien dans sa nature que la conséquence de ce qu'elle avait subi durant son existence. Même cette maison du Crot-du-Peu, loin de tout, et le difficile voisinage avec son frère avaient contribué à accentuer son isolement. Elle ne s'y était pas abandonnée pour autant et l'avait aménagé à sa façon. Outre le temps qu'elle consacrait à son jardin et à son intérieur, elle s'adonnait à d'abondantes lectures, toutes orientées par son souci de mieux appréhender le monde et de tenter de comprendre vers quoi il évoluait. Elle en était venue à se considérer comme une sorte d'observatrice esseulée, effarée des drames qui, selon elle, entraînaient inévitablement sa propre existence comme celle de ses enfants et le reste de l'humanité vers la catastrophe finale.

Clément et Sophie venaient encore assez régulièrement. Moins souvent qu'avant, à ce qu'elle disait, mais encore assez pour que nous ayons eu le plaisir, Véronique et moi, de sympathiser avec eux, malgré notre différence d'âge. Clément allait vers la cinquantaine alors que j'atteignais à peine la trentaine. Mais nous étions, les uns et les autres, en pleine activité, chargés de famille. Cela nous donnait de la société au sein de laquelle nous œuvrions une vision nécessairement plus dynamique et positive que celle qu'en avait Clara.

Au début, ces deux médecins débordant d'activité ont tout naturellement regardé notre entreprise d'un œil quelque peu circonspect. Qu'est-ce que c'était encore que ces citadins qui prétendaient pouvoir transporter leurs activités professionnelles au fin fond de la campagne la plus reculée ? Il leur fallut un certain temps, beaucoup d'explications de notre part et d'exemples donnés d'innombrables cas similaires, pour qu'ils finissent par admettre qu'Internet et, plus globalement, les nouvelles technologies ouvraient à des métiers de création comme les nôtres de nouvelles perspectives totalement libérées des anciennes contraintes urbaines. Dès lors, notre expérience les passionna. Ni leur métier, ni leur âge ne leur permettaient de se sentir concernés à titre personnel, mais ils y virent pour notre société une extraordinaire opportunité d'évolution, à laquelle il leur plut de se trouver ainsi indirectement mêlés.

Peut-être avons-nous modestement contribué à leur rendre le chemin de la maison de Clara plus attrayant. Si tel fut le cas, elle dut en prendre la mesure et cela ne fut peut-être pas totalement étranger à l'attachement qu'elle nous manifesta. Elle n'en renonça pas pour autant à son auscultation inquiète des affaires du monde et m'entraîna souvent dans de longues conversations au cours desquelles je dois reconnaître que j'étais loin d'être indifférent aux arguments qu'elle développait.

De son fauteuil, dans le salon douillet de sa petite maison si loin de tout qu'on aurait pu la croire ignorée de la terre entière, elle s'était fait un véritable observatoire. Même si je ne partageais pas toujours ses plus grandes alarmes, j'étais subjugué par la façon qu'elle avait de décortiquer les choses, de les analyser et d'en tirer des déductions toutes simples mais pas moins pertinentes pour autant.

Je ne pouvais pas nier l'évidence du chômage, mais ma jeunesse me poussait à n'y voir qu'une pénurie passagère. Elle me traitait de naïf et me brossait le tableau à ses yeux apocalyptique de ce qui se passerait quand les travailleurs en seraient réduits à se battre pour tenter d'accéder à un marché de l'emploi de plus en plus cachectique.

« Bien sûr, s'emportait-elle, ce seront les "différents", les "pas d'ici", les "pas comme nous" qui en seront les premières victimes ! D'ailleurs, je me demande pourquoi je parle au futur. C'est déjà comme ça, et tu le sais fort bien ! »

Ses plus grandes colères, qui n'étaient d'ailleurs qu'une façon de dissimuler ses angoisses, allaient aux conflits qui déchiraient le monde. Elle n'avait que l'embarras du choix pour s'enflammer à la défense de tel ou tel peuple à ses yeux injustement persécuté. Le confit israélo-palestinien était à la fois, pour elle, à l'origine de toutes les souffrances du Moyen-Orient et une cause inépuisable d'indignation.

« Oui, je sais, je suis juive, à ce qu'on dit. Et pourtant, je prends la défense des Palestiniens. Pour certains, à m'exprimer ainsi, je suis antisémite ! Un comble ! Ça prouve bien qu'on marche sur la tête... »

Elle s'arrêtait, se perdait quelques instants dans ses pensées sans craindre que le convaincu que j'étais vienne à l'interrompre. Puis elle enfourchait un autre de ses chevaux de bataille :

« Et puis, cette manie qu'on a de vouloir régler les problèmes des autres en leur imposant la démocratie ! On sait bien que ça ne marche pas comme ça. Tu as vu le résultat que ça a donné en Irak ou en Afghanistan ? Combien de temps il nous a fallu, à nous, pour nous y mettre, à la démocratie ? Plus d'un siècle. Et encore... Là, on voudrait qu'ils y passent du jour au lendemain ? C'est absurde. »

Elle s'enthousiasmait, m'abreuvait de discours passionnés dont je devais bien reconnaître qu'ils étaient pleins de bon sens. Mais son obsession la faisait tout ramener à ces « différences » dont elle voyait le pouvoir croître indéfiniment, et à leur corollaire, les « exclusions » de toutes sortes. Elle en connaissait le prix amer, et redoutait qu'elles resurgissent sous toutes les formes exécrables qu'on leur connaît aujourd'hui.

Pour elle, depuis le drame des tours jumelles du Word Trade Center de New York, le 11 septembre 2001, et les guerres d'Afghanistan et d'Irak qui s'en étaient suivies, le monde occidental était tombé dans un piège monstrueux qui était en train de se refermer sur lui et dont il ne pourrait plus se sortir. Curieusement, des notions telles que la mondialisation la passionnaient sans qu'elle parvienne à en avoir une vision bien claire. Elle citait en riant une expression attribuée à Pascal Lamy, alors président de l'Organisation mondiale du commerce, qui avait résumé ce qu'on appelle la globalisation des échanges « aux porte-conteneurs et à Internet ». Deux notions qui n'avaient évidemment que peu de sens pour une vieille dame n'ayant jamais vu la mer, ne sachant donc pas ce qu'était un conteneur et pour qui Internet recelait bien plus de mystères que de réalités tangibles. Elle n'en avait pas moins compris que les bonnes vieilles frontières ne représentaient plus grand-chose face au développement exponentiel des possibilités d'échanges, qu'il s'agisse de marchandises, de données ou de savoirs. Et elle trouvait cela plutôt bien.

« On s'est tellement battu sous prétexte de ces

maudites frontières, remarquait-elle. Peut-être que ce n'est pas une mauvaise chose si elles perdent un peu de leur sens… »

Quand elle avait compris qu'Internet pouvait lui permettre de communiquer avec ses enfants et ses petits-enfants bien plus simplement que par le courrier, elle s'était mis en tête de s'équiper d'un ordinateur. Je l'avais conseillée autant que possible. Elle s'en était remise à moi lorsqu'il s'était agi d'en réaliser l'achat, mais elle avait tenu à m'accompagner.

Encore avait-il fallu qu'elle apprenne à s'en servir. Ce qui est évident, en la matière, pour les jeunes générations ne l'est guère pour les personnes d'un certain âge. Les débuts furent laborieux, mais, dès qu'elle eut acquis la pratique presque courante des courriels et qu'elle en eut apprécié la commodité, surtout pour échanger avec ses petits-enfants, la tentation lui vint d'aller voir ce qui se passait sur « la toile ». Elle n'en fut que moyennement satisfaite, sauf pour les sites d'information, dont elle découvrit avec passion qu'ils décuplaient ses capacités à se tenir au courant des affaires du monde.

Ce fut par un courriel, alors qu'elle tâtonnait encore dans l'utilisation de son bel ordinateur tout neuf, qu'elle apprit la mort de sa tante. Stéphanie, elle, semblait maîtriser l'informatique à la perfection.

Clara fit le voyage de Paris pour assister à l'enterrement. Elle passa deux jours chez ses enfants, puis s'en revint vite vers son Morvan dont elle désirait de moins en moins s'éloigner. La correspondance avec Stéphanie ne s'en poursuivit pas moins, d'abord teintée des propos graves du deuil, puis de plus en plus affranchie de ces formes, des contraintes qu'on s'imposait au temps où le courrier était une chose assez rare pour qu'on ne s'y abandonne pas à trop de familiarités. Les rapports des deux cousines en furent totalement changés. Au fond, la Parisienne, celle par qui Clara, du temps de sa jeunesse, avait retrouvé la sœur de sa mère, était toujours restée dans l'ombre de celle-ci. La forte personnalité de la tante avait toujours constitué une sorte de barrage entre Clara et sa cousine. Une fois seule et nantie de ce magnifique outil de communication qu'était son ordinateur, cette dernière s'était littéralement libérée et c'était avec beaucoup de plaisir que Clara avait pris l'habitude de correspondre avec elle plusieurs fois par semaine.

Entre ses petits-enfants, son fils, sa belle-fille, Stéphanie et les abonnements qu'elle avait souscrits à plusieurs sites d'information, Clara fut vite à l'image de ces gens qui ne peuvent plus vivre sans s'assurer toutes les cinq minutes qu'ils n'ont pas reçu un ou plusieurs courriels. Et quand elle découvrit que je recevais les miens sur mon téléphone portable, elle n'eut de cesse de se rendre à son tour dépendante d'un de ces petits appareils. Il fallut bien que je lui apprenne à s'en servir.

Il avait suffi que notre installation auprès d'elle coïncide avec l'intrusion dans sa vie d'outils de communication dont elle n'avait pas même l'idée jusque-là pour que Clara, malgré son âge, laisse à nouveau s'exprimer la prodigieuse curiosité qui l'animait, des choses et des évènements de la terre entière. Après le minutieux récit qu'elle nous avait fait de son existence, nous assistions avec ravissement à cette véritable mutation. Elle ne cédait pourtant rien de ses points de vue plutôt inquiets, sinon pessimistes, sur l'évolution des rapports entre les hommes, mais elle les argumentait de plus en plus avec la distance raisonnable de l'observatrice dissociant résolument sa propre situation de celles qu'elle décrivait.

Elle ne voulait évidemment pas en convenir, mais la mort de son frère, peu de temps avant que nous nous intéressions à sa maison, avait été pour elle un véritable soulagement. Simon, dans les dernières années de sa vie, était devenu de plus en plus exigeant à son égard en même temps qu'il développait des opinions d'un extrémisme tel que Clara avait de plus en plus de mal à les supporter.

Sans qu'elle en eût pris conscience, Simon était peu à peu devenu le véritable blocage qui enfermait la vie de Clara dans le constat sans issue de sa « différence » aussi bien avec ce frère d'adoption, qui au fond n'avait jamais accepté qu'elle puisse être sa sœur, qu'avec le reste du monde qui, depuis toujours, avait ignoré le drame de sa vie. Tout cela existait. Elle n'en retranchait rien. C'était son fond à l'aune duquel elle établissait souvent ses raisonnements, mais il avait suffi de notre jeunesse, de notre activité quelque peu débordante et des moyens qu'elle s'était trouvés de contourner son isolement pour qu'elle redécouvre le bonheur de contempler le monde et d'échanger.

28

L'idée qu'on se fait de Dieu

Nous finissions de nous installer. Nous étions maintenant moins occupés de nettoyage, de maçonnerie ou de plomberie que d'organiser notre activité professionnelle délocalisée. A peine si nous commencions à prendre conscience que ce changement d'existence induisait une dimension plus personnelle à laquelle, jusque-là, nous n'avions même pas pensé. Peut-être d'ailleurs serait-il plus juste de dire que nous l'avions délibérément occultée. Pense-t-on, quand on se lance dans une telle aventure, à la place qu'il va falloir se trouver dans le contexte de la société villageoise dans laquelle on déboule sans crier gare ?

Il avait suffi que nous n'ayons plus l'esprit totalement occupé des innombrables préoccupations matérielles des premiers temps pour que nos regards viennent à s'en détourner à chaque fois que possible. Nous commencions à nous poser la question des rapports que nous allions établir avec notre voisinage. Nous nous trouvions au fond bien empruntés à l'idée d'aller au-devant de ces gens que nous sentions encore plus curieux de nous que nous ne l'étions d'eux.

L'indifférence de la foule, en ville, est un paravent facile derrière lequel abriter certaines craintes d'être jugé. Rien de tel à la campagne, où la règle est que tout le monde connaît tout le monde. Pas question d'y échapper. Ceux qui arrivent n'ont pas d'autre choix que d'en passer par cette première étape d'une curiosité d'autant plus embarrassante que, dans la plupart des cas, ils ne l'avaient pas prévue. Rien de plus intimidant. Rien qui soit plus sûrement susceptible de déstabiliser les caractères les plus affirmés.

Il a bien fallu que nous en passions par là. Nous avons eu droit, comme les autres, à ces moments de gêne profonde où on se sent mis à nu par ces curiosités décomplexées face auxquelles nous réagissions d'autant plus mal que nous nous persuadions qu'elles étaient motivées par nous ne savions quels préjugés défavorables.

Encore avons-nous eu la chance de voisiner avec Clara. Elle n'était pas du genre à s'embarrasser de ce genre de contraintes et nous avions déjà, lorsque nous sommes venus nous installer, une telle habitude de dialoguer qu'elle fut comme un écran qui nous préserva du face-à-face trop brutal avec les villageois.

Ce fut d'ailleurs une découverte à double sens. Si Clara nous initia, en quelque sorte, à cette vie particulière des campagnes, nous fûmes pour elle une formidable échappatoire à sa solitude. Elle en jubilait ! Elle avait enfin trouvé quelqu'un à qui parler. Depuis le temps qu'elle ressassait ses idées, qu'elle bâtissait ses raisonnements au fil de ses lectures et de sa contemplation du monde. Elle avait vite pris la mesure de mes capacités à l'écouter. Je suis en général bon public, mais j'étais d'autant plus intéressé par ses longs discours qu'ils avaient quelque chose de totalement inattendu, au fond de cette campagne totalement perdue, atteinte au plus profond d'elle-même par la léthargie de la désertification.

Un soir où, une fois de plus, nous épiloguions à n'en plus finir sur ses thèmes favoris de toutes les différences et exclusions auxquelles il fallait bien faire face, elle me sidéra en me révélant ce qui, au fond, était à la base de toute sa réflexion :

— Tu sais, me dit-elle, toutes ces choses-là, toutes ces croyances – parce que ce n'est rien d'autre –, si tu y réfléchis un peu, tu t'aperçois qu'elles n'ont pas de véritable existence. Juive, étranger... Quelle importance ? Ce n'est jamais que l'idée qu'on s'en fait qui compte. Pour mon frère, l'exécration de l'étranger était le pivot, le véritable fondement de sa pensée. D'autres n'y attacheront aucune importance. Tu vois, c'est bien dans la tête des gens que ça existe, pas ailleurs. Etre juive, être étranger, finalement ça n'a aucun sens. Ce n'est pas en niant mes origines que j'effacerai la bêtise des gens. C'est en leur montrant combien leurs comportements sont insensés...

Elle parut hésiter quelques instants. Je compris qu'elle avait autre chose à dire. Je me gardai bien de l'interrompre.

— Et Dieu, là-dedans ! s'exclama-t-elle tout à coup. Tu y crois, toi, à Dieu ? Non, bien sûr que tu n'y crois pas. Je le sais : tu me l'as déjà dit. Mais si tu y réfléchis, c'est à quoi que tu ne crois pas ?

A l'existence physique de Dieu, pardi. Mais l'idée de Dieu… L'idée que chacun de nous se fait de ce qui le dépasse et qu'il appelle Dieu. Tu ne crois pas en Dieu, mais tu as tes petites convictions à toi, pour te rassurer. D'où venons-nous ? Que faisons-nous là ? Et surtout, la grande, l'immense interrogation : et après ? Après la mort ?… Je ne te le demande pas, parce que ça ne regarde que toi, mais je te connais assez bien pour savoir que tu as ton idée là-dessus, et même une idée bien précise. Je me trompe ?

Elle se contenta, pour toute réponse, de mon sourire entendu.

— Ah, si tous étaient comme toi ! Le problème c'est qu'on s'est bien gardé de le leur dire, aux gens, qu'ils avaient en eux tout le nécessaire pour se bâtir leur propre idée de Dieu…

En venant nous installer au Crot-du-Peu, nous avions cédé, Véronique et moi, à la tentation de l'espace, de la nature. Nous trouvions en prime une improbable pensée nourrie de temps, de rythme et d'isolement, à l'exact opposé de l'urgence et de la superficialité dans laquelle nous vivions jusque-là. Ce n'était évidemment pas pour les nourritures de l'esprit que nous avions choisi de venir nous planter là. La question ne s'était d'ailleurs pas vraiment posée. Nous avions conscience que ce serait là un manque qu'il faudrait bien pallier un jour ou l'autre. Nous avions tant d'autres choses à voir ou à faire en priorité que nous en avions relégué la suggestion à des temps plus lointains.

A elle seule, Clara ne résolvait évidemment pas le problème, mais elle faisait en sorte que nous nous le posions de façon tout à fait différente. Pas question, avec elle, de mettre entre parenthèses nos moments consacrés à la culture. Elle nous y replongea tout de suite avec même une acuité et une profondeur auxquelles nous n'étions pas habitués. Pour nous, jusque-là, lire, sortir, au cinéma ou au théâtre, visiter des expositions, était un volet bien identifié de notre existence, presque une obligation à laquelle, il est vrai, nous sacrifions plutôt avec plaisir. Au Crot-du-Peu, si les occasions de sorties culturelles se firent plutôt rares, nous apprîmes vite, grâce à Clara, ce qu'une simple lecture peut avoir d'enrichissant pourvu qu'elle soit accompagnée de la réflexion nécessaire. Pour avoir toujours ainsi vécu, elle savait la valeur du dialogue.

Clara souffrait depuis des années de ne plus avoir l'occasion de confronter ses idées aux points de vue des autres. C'était là certainement ce qui la désolait le plus depuis qu'elle ne voyait plus Valérie, et elle gardait la nostalgie des interminables conversations qu'elle avait avec Amélie. La brave femme avait évidemment une vision assez limitée de ce que pouvait être la culture. Un solide bon sens, tempéré d'une grande sensibilité, lui en tenait lieu et faisait d'elle, pour Clara, une interlocutrice d'une rare pertinence.

A notre arrivée, nous étions des enfants du « tout tout de suite » imposé par la surenchère des moyens de communication de notre époque. Clara n'eut pas besoin que nous lui en fassions la démonstration pour comprendre. Elle sut pourtant nous faire entrer, sans même que nous nous en apercevions, dans son jeu du temps que l'on prend pour raisonner et échanger. « Ça vous apprend à réfléchir à mains nues ! » nous sortit-elle un soir, avec ce sens de l'ellipse qu'elle savait si bien manier. Elle avait même réussi, ce jour-là, autour de je ne sais plus quel sujet dont nous avions débattu durant des heures, à prendre en défaut notre réflexe d'aller tout de suite chercher sur Internet la réponse toute faite au moindre questionnement.

Ainsi fit-elle peu à peu naître en moi l'idée que ce que nous vivions, ce chemin à rebours depuis la ville vers la campagne que nous avions suivi, recelait probablement bien d'autres motivations que celle, simpliste, d'un retour à la nature. Nous avons commencé à regarder un peu plus loin, plus au large des vallons et des collines qui nous faisaient certes un environnement superbe, mais ne satisfaisaient pas pour autant toutes nos attentes.

Nous n'étions évidemment pas seuls dans tout cet espace. Il y avait les gens du pays, entité pour nous vaguement redoutable, pétrie, à ce que nous pensions, de préjugés et d'a priori, que nous aurions bien aimé approcher, mais sans trop savoir par quel bout la prendre. Et puis il y avait tous ceux qui, comme nous, étaient venus s'installer là parce que le coin leur avait plu, qu'il répondait plus ou moins à leurs impératifs budgétaires comme professionnels et qu'il avait, de façon plus générale, l'incomparable avantage de ne pas être la ville. Tout cela constituait un ensemble assez hétéroclite dans lequel il m'apparut vite que, si les premiers étaient de moins en moins nombreux, les seconds, curieusement, étaient bien moins l'exception qu'on n'aurait pu l'imaginer. Or, s'il y avait une constante dans tout cela, c'était bien l'indifférence dans laquelle nous vivions à l'égard de notre voisinage.

Clara ne fut pas autrement surprise par ma remarque.

— Ça t'étonne ? me répliqua-t-elle. C'est notre époque. On n'a jamais été si nombreux. On vit à côté les uns des autres et personne ne se connaît.

Elle n'en restait pas moins songeuse. Elle vint se pencher sur les quelques chiffres que j'avais jetés sur une feuille de papier, les suivit du doigt, puis s'éloigna.

— Tout de même, dit-elle. Je n'aurais jamais pensé qu'il y en ait autant dans la même situation que vous. C'est nouveau, ça. Ça me rappelle les années 1970. C'est qu'on en a vu débarquer, des jeunes qui en avaient ras le bol de la ville. Ils s'imaginaient qu'ils s'en sortiraient ici, à la campagne, juste avec un bout de jardin. Ça n'a pas duré bien longtemps. La plupart n'ont même pas tenu tout un hiver. Crois-moi que, de ceux-là, les gens du pays ne gardent pas un trop bon souvenir…

» La différence, c'est que ceux dont tu me parles là, ceux qui s'installent maintenant, comme vous, ils arrivent avec leur métier. Ils n'attendent rien du pays. Ils sont bien assez grands pour se débrouiller seuls. Ça, c'est autre chose. Et c'est bien.

J'en étais convaincu, mais je n'en restais pas moins sur mon étonnement devant le constat de cette société disparate dont les membres s'ignoraient totalement.

— Pas surprenant, reprit-elle. D'abord, c'est tout de même nouveau, ce phénomène-là, mais aussi, je te l'ai dit, on est dans un monde où c'est chacun pour soi. Et puis, il faut reconnaître, c'est tellement différent, tout ça, de ce qu'on a connu jusque-là. Avant, la campagne, c'était la communauté villageoise bien refermée sur elle-même et méfiante jusqu'à l'hostilité à l'égard des étrangers. Tu as vu ce qu'il en reste, de la communauté villageoise ? Et même, il faut bien l'admettre, ce ne sont plus les mêmes. Le temps des vieux paysans jamais sortis de chez eux, c'est fini, ça. Ceux qui restent, ceux du pays, je veux dire, ils sont sortis, eux ; ils sont allés à l'école à la ville ; pour beaucoup, ils y travaillent, à la ville. Ce n'est plus la même chose. Alors, avec ces nouveaux arrivants comme vous, il faut que le tissu social se reconstitue. Il faudrait apprendre à se connaître et à vivre ensemble. Le problème, c'est que ça, vivre ensemble, on ne sait plus faire.

Il fallait bien qu'elle finisse sa tirade par une allusion bien sentie à son peu de foi en l'humanité. A force, c'était passé dans sa nature, mais je commençais à la connaître suffisamment pour ne pas trop m'y arrêter. Je retenais plus son étonnement, sa curiosité pour cette nouvelle réalité dont bien peu de monde, jusque-là, dans le pays, avait pris la mesure.

Curieusement, j'eus l'impression que notre face-à-face changeait de sens. A ses longs monologues, que j'écoutais avec tant de plaisir, succédait tout à coup une sorte de remise à niveau. Enfin, j'apportais quelque chose. A son analyse souvent si fine et originale répondait tout à coup cette nouvelle dimension que je lui révélais. Au bout de la chaîne des oppressions, des déclins, des deuils et des renoncements dont elle avait été, sa vie durant, à la fois témoin et actrice bien involontaire, s'allumait tout à coup la lumière, encore bien faible, bien pâlotte, de quelque chose qui pouvait ressembler à l'espoir d'un renouveau. Elle avait beau mettre en doute nos capacités à renouer le lien social, il n'en était pas moins évident que, déjà, elle se passionnait.

Elle me donnait le change en s'activant au rangement de quelques livres qui auraient bien pu attendre. Ce n'étaient là que des gestes tout justes bons à dissimuler son trouble. Comme il fallait s'y attendre, elle reposa brutalement les deux bouquins qu'elle venait de prendre sur un guéridon, et me fit face. Elle avait dans les yeux la lueur espiègle des grands jours.

— Tu sais ce qu'ils faisaient, les vieux, jadis, pour bien vivre ensemble ? me demanda-t-elle avec de la gourmandise dans la voix.

Je n'en avais évidemment pas la moindre idée. Cela dut se lire dans mon regard, mais elle n'attendait pas de réponse.

— La fête ! triompha-t-elle. Ils faisaient la fête. Et ça, tu peux me croire, ils savaient faire. Toutes sortes de fêtes, depuis les veillées, qui en étaient une forme, jusqu'aux noubas monstres auxquelles tout le village participait. Et c'était que ça durait ! Des jours et des jours. La semaine entière, s'il le fallait. Pour vivre à la campagne, du boulot, c'est indispensable, c'est vrai. Mais ce n'est pas tout. Il n'y a pas que le boulot dans la vie. La fête ! Voilà ce qu'il faut que vous réinventiez. La fête, pour apprendre à vous connaître et à vivre ensemble.

Elle reprit ses bouquins, mais n'alla pas plus au bout de son geste.

— Dans la fête, dit-elle en tournant vers moi un sourire épanoui, tout le monde est égal. Il n'y a ni différences, ni étrangers.

29

La fête !

Nous la fîmes, la fête ! Il nous suffit de lancer une invitation à une simple veillée. C'était en novembre. Il faisait gris, il faisait froid, il faisait triste. Le spectre de la solitude planait sur toutes les maisons telles que la nôtre, où d'ex-citadins commençaient à s'avouer en manque de convivialité. Ce « calme » au nom duquel nous avions fait le choix de venir nous planter au fond du Morvan menaçait bel et bien de nous faire perdre la tête ! Nous n'en étions pas encore au point de nous l'avouer, mais, chacun chez soi, ou bien nous nous abrutissions de travail, ou bien nous tournions en rond.

J'avais rapporté à Véronique la conversation que j'avais eue avec Clara. Bien qu'elle ne fût pas la plus isolée d'entre nous et qu'elle sût profiter autant qu'il le fallait de la présence de ses parents à quelques kilomètres de chez nous, l'idée l'enthousiasma. Elle trouva même le prétexte.

— Maintenant que nous sommes à peu près installés, il serait temps de pendre la crémaillère ! décida-t-elle.

Il s'agirait d'une simple veillée à laquelle viendrait qui le voudrait, à la seule condition qu'il ou elle se présente avec en main de quoi boire ou manger.

Ce fut aussi l'occasion pour moi d'obtenir de Clara qu'on solutionne enfin cette affaire toujours pendante de l'étoile de David taguée sur sa grille. Je lui avais déjà proposé à plusieurs reprises d'en refaire la peinture. A ma plus grande surprise, elle avait refusé tout net. J'avais insisté. Elle avait pris argument de tout ce que j'avais à faire dans notre maison pour ne pas aller, par-dessus le marché, m'encombrer de ce qui n'allait pas chez elle.

« Ne t'inquiète donc pas, m'avait-elle dit. La peinture, ça ne me fait pas plus peur que le reste. Si je veux m'en débarrasser, de ce gribouillis-là, j'aurais tôt fait de m'y mettre ! »

La vérité était qu'elle n'avait aucune envie de le faire disparaître. Quand nous fûmes installés et que les travaux se firent un peu moins pressants, je la relançai :

— J'ai le temps, maintenant. Je vais vous effacer ça. C'est d'un laid…

Elle n'en démordit pas :

— Laisse-le donc où il est, ce vilain barbouillage. C'est vrai que ce n'est pas bien beau, mais tu crois que ça me gêne ?

Je dus insister longtemps pour qu'elle finisse par me donner les raisons de son obstination à garder cette souillure sur sa grille.

— Marche, je sais bien qui a fait le coup. Ceux-là, ils ont cru m'insulter en peignant cette étoile juive sur ma grille. Si je l'efface, quelque part, je leur donne raison, je reconnais que je veux me cacher de mes origines. Tant qu'elle reste, ils en sont pour leurs frais. De la laisser où elle est, c'est ma façon à moi de les narguer.

J'en fus sidéré. J'insistai, maladroitement :

— Mais enfin, Clara, ça n'a pas de sens. Vous n'êtes pas juive...

La réponse fut cinglante :

— Si, je suis juive. Non pas de religion ; encore moins de conviction, ou par je ne sais quelle catégorisation ethnique qui d'ailleurs n'existe pas. Mais je le suis parce que la société a décidé que je l'étais. Et donc, je l'assume.

Il y avait du défi dans son regard et dans sa voix. Elle ne me laissa pas le temps de reprendre mes esprits :

— Je suis juive, reprit-elle, de même que toi, ici, tu es un étranger. Quoi que tu fasses, tu le resteras jusqu'à la fin de tes jours. Le mieux que tu aies à faire, c'est de faire comme moi. C'est le meilleur moyen de désarmer ceux qui voudraient y voir je ne sais quelle discrimination. Que veux-tu qu'ils fassent contre toi dès lors que tu t'en revendiques ?

Une fois de plus, elle avait raison. Que pouvais-je ajouter ? Nous n'en parlâmes plus. Jusqu'à ce que s'annonce cette pendaison de crémaillère pour laquelle je tenais, bien entendu, à ce que rien ne détonne autour de notre maison. Cette fois, il faudrait bien que disparaisse ce tag immonde.

— Désolé, lui dis-je. Nous allons recevoir du

monde. On ne peut pas rester avec cette tache sur votre grille. Il faut effacer ça...

— Non ! répliqua-t-elle sèchement. C'est vous qui recevez. Ce n'est pas moi.

— Et qu'est-ce qu'on répondra aux gens qui vont nous demander ce que c'est que cette horreur ? On leur dira d'aller vous poser la question ?

— Je ne leur ouvrirai pas.

— Vous n'aurez pas à leur ouvrir puisque vous serez chez nous, avec nous !

Elle leva les bras au ciel, juste un peu trop, peut-être, pour que je la prenne totalement au sérieux.

— Tu n'y penses pas ! Une vieille chouette comme moi au milieu de tous ces jeunes venus de la ville...

— Justement. Vous rétablirez l'équilibre !

Mon impertinence l'amusa beaucoup. Je n'insistai pas, sachant qu'elle finirait par céder à nos instances. J'en profitai tout de même pour revenir à ces maudites bavures qui défiguraient sa grille et tenter de lui faire admettre l'idée qui m'était venue :

— Bon, d'accord, votre étoile, vous y tenez. Je veux bien. Mais on ne va pas laisser ce truc ni fait ni à faire, ce gribouillage immonde. Moi, ce que je vous propose, c'est de vous fabriquer une belle étoile de David en fer forgé. Vous savez que j'aime ça et que je ne me débrouille pas trop mal. Après tout, ce n'est pas bien compliqué. Ce ne sont jamais que deux triangles équilatéraux, l'un la tête en haut, l'autre en bas ! Et on la met pour de bon sur votre grille. Ça aura tout de même une autre allure.

Sidérée, elle me considéra un long moment en silence.

— Tu ferais ça, toi ? dit-elle enfin.

— Bien sûr que je le ferais. Pourquoi pas ?

— Bon, eh bien alors, banco. On marche comme ça. Ne t'inquiète pas pour la peinture de la grille. Je m'en charge. Seulement, avant de m'y mettre, avant d'effacer l'étoile taguée, je veux voir celle que tu vas me faire. Et pas un truc tout petit, tout riquiqui ! Même taille, mêmes proportions. D'accord ?

Elle tendait la main grande ouverte vers moi, façon marchand de bestiaux. Il fallut que nous topions. « Cochon qui s'en dédit ! » Je fabriquai l'étoile, vins la lui présenter et obtins son accord. Restait à ce que la grille soit repeinte. Je dus insister. Elle finit par s'y résoudre. Le vieux symbole judaïque grossièrement tagué et dont la peinture commençait à passer disparut sous le beau vernis bleu-noir qu'elle appliqua avec beaucoup de soin. Je n'eus plus qu'à installer mon œuvre en fer forgé à sa place et à convoquer Clara pour que nous puissions tous les deux, côte à côte, depuis le milieu de la route, juger de son effet.

— C'est tout de même plus propre, non ? insistai-je.

Elle en convint, mais alla tout de même s'assurer que ma croix était bien fixée et qu'elle ne risquait pas de disparaître.

Octobre s'était achevé dans un délire de couleurs plus somptueuses les unes que les autres. Jusque-là, l'automne avait été sec et clément. Nous avions longuement profité de ces luminosités d'arrière-saison d'une étonnante transparence, un peu pâles, comme éthérées, comme si, le feu de l'été s'en étant allé, restait l'attente un peu inquiète, languissante, des tourmentes qui n'allaient pas manquer de survenir. Nous avions vu les ors, les bruns, les jaunes les plus vifs et les rouges les plus éclatants partir à l'assaut des futaies, des bancs de fougères qui les longeaient et des haies marquetant les prés. Quelques troupeaux de jeunes bêtes s'obstinaient. On voyait leurs groupes mouvants, dans la fraîcheur des nuits, continuer d'aller et venir au flanc des collines.

N'eût été le vague souci de l'ennui que n'allaient pas manquer d'apporter les soirées creuses d'hiver, nous aurions tous béni notre choix campagnard. Nous avions tout pour être heureux, mais, comme toujours, nous parvenions fort bien à parasiter ce qui aurait dû être une vraie félicité par des inquiétudes latentes et nos insatisfactions d'enfants gâtés.

Le hasard voulut que nous lançâmes notre invitation le jour même où s'acheva brutalement cette si longue rémission que nous avait offerte l'automne. Nous avons découvert ce matin-là, en nous levant, un ciel bas et gris que tourmentait un vilain vent du nord. La pluie survint dans la matinée. Elle ne devait pas cesser de plusieurs jours. En quelques heures, c'en fut fini de l'époustouflant concert de couleurs qui, la veille, habillait encore les forêts. La lumière elle-même était grise et nous avions déjà perdu le goût de toutes ces caresses qui venaient de s'éteindre.

Rien que pour se détourner quelques heures de toute cette tristesse, on s'empressa de répondre à notre invitation. Ce fut une soirée mémorable, totalement brouillonne, un peu folle. Chacun avait amené bien plus qu'il ne fallait. On croula sous les quiches, les salades composées, les fromages les plus variés, les tartes et les gâteaux. On eut à boire bien au-delà du raisonnable, malgré l'évidente bonne volonté de tous pour assécher tout ce qui pouvait l'être.

Même en ratissant large jusque dans les communes voisines, nous n'avions trouvé que huit ou dix couples, guère plus, de « transplantés », comme nous, à inviter. Selon le principe « les amis de mes amis sont mes amis », l'affluence fut pourtant bien plus considérable qu'escomptée ! Nous n'aurions jamais pu imaginer que notre maison, à peine restaurée, pouvait recevoir tant de monde à la fois, résonner de tant de rires, bourdonner de tant de conversations qu'entretenaient sans complexe des gens qui n'avaient, jusque-là, pas échangé deux mots et qui se donnaient des claques dans le dos comme s'ils s'étaient toujours connus.

Clara, bien sûr, ne s'était pas montrée.

— Laisse-moi faire, me dit Véronique.

Il ne fallut guère plus de dix minutes pour que j'aie le plaisir de les voir réapparaître ensemble. Nous fîmes le nécessaire pour que quelques-uns de nos convives se tournent vers elle et engagent la discussion. Ils ne le regrettèrent pas ! Malgré ses premières protestations, Clara fut tout de suite à l'aise et sut parfaitement se mettre à la hauteur de tous ces jeunes citadins un peu imbus de la nouveauté de leur démarche et facilement méprisants pour les

« autochtones ». Je ne pus évidemment pas suivre toutes les conversations qu'elle eut ce soir-là. Il me sembla bien pourtant la voir tenir résolument la dragée haute à quelques fortes têtes qu'elle dut savoir moucher comme il le fallait.

Car, dès le lendemain, j'eus droit à sa critique.

— Très bien, me dit-elle. Au moins, maintenant, vous avez tous quelque chose en commun. Je ne vous donne pas longtemps avant qu'on vous retourne l'invitation. De chez les uns ça passera chez les autres, et ainsi de suite. Tu vois, quand je te le disais qu'il n'y a que la fête pour réunir les gens…

Elle se tut. Son regard se fit presque sévère.

— Sauf que… reprit-elle sur le ton dont elle devait user du temps qu'elle était institutrice pour réprimander un élève. Sauf que, moi mise à part, il n'y avait personne du pays chez toi hier soir. Bon, c'est la première fois, je veux bien. Mais si vous ne changez pas ça, tu peux me croire, ça va vite tourner à l'opposition. Tes copains contre les gens du coin. Tu vois ce que ça peut donner ? Vous avez intérêt à y veiller. Tu veux que je te dise ? Vous ne commencerez à avoir réussi votre coup que le jour où vous serez invités, comme tu l'as fait hier soir, par quelqu'un d'ici. Tant que vous n'aurez pas ça, vous ne ferez jamais que monter une communauté contre l'autre. Et là, je ne donne pas cher de votre séjour ici.

Une fois de plus, elle avait évidemment raison. J'étais fasciné par les capacités qu'avait cette vieille femme, après tout ce qu'elle avait vécu, à s'adapter, à analyser et à comprendre ce qui n'était déjà plus son univers et à retrouver une joie de vivre presque juvénile. Après le long récit qu'elle m'avait fait de son existence, c'était une formidable leçon d'optimisme qu'elle venait de me donner. Aurions-nous eu, sans elle, cette idée lumineuse de « la fête » comme moyen de créer entre nous le lien social dont nous manquions tant ? Et maintenant, cet avertissement. Fallait-il qu'elle y croie ! Fallait-il que soit grande sa volonté de ne pas laisser ses déceptions et ses épreuves passées, aussi grandes et douloureuses qu'elles aient été, éteindre en elle sa conviction qu'elles ne résumaient pas le monde !

Sans surprise, l'habitude de ces veillées se prit d'autant plus vite que nous n'avions rien, les uns et les autres, pour nous en distraire. Certes, dans notre désert culturel et social, elles avaient quelque chose d'un pis-aller. Mais elles n'en jouaient pas moins à la perfection leur rôle. Nous apprenions à nous connaître, à vivre ensemble. Ce qui n'excluait évidemment pas que des petits clans de sympathies croisées se soient vite constitués. Nous étions une véritable petite société en devenir dans laquelle réapparaissaient et s'enchevêtraient toutes les raisons de s'aimer ou de ne pas s'aimer, les attirances et les défiances. Ne pas s'y attendre aurait été de la plus grande naïveté.

A trop rester entre nous, nous courions évidemment le risque de nous diviser. C'était une raison de plus pour veiller à nous ouvrir aux gens du pays. Au-delà du souci évoqué par Clara de ne pas nous couper d'eux, nous en escomptions des bouffées d'air frais, des courants d'air qui bousculeraient l'ordre déjà trop établi de nos rapports.

Ce ne fut pourtant pas chose aisée. Il fallut beaucoup de temps, de patience et de diplomatie pour que deux ou trois jeunes osent dépasser les réticences et cèdent à la tentation de prendre leur part de l'ambiance de nos rencontres. Il faut dire que nous n'avions pas lésiné, les uns et les autres, sur les superlatifs pour leur en raconter les meilleurs moments. Ce n'était là d'ailleurs qu'une victoire sans beaucoup de mérite, tant ceux-là étaient déjà liés d'amitié avec certains d'entre nous. Relations de voisinage, ils avaient eu d'autant moins de mal à établir le contact avec les nouveaux venus que nous étions qu'eux-mêmes, bien qu'originaires du pays et y revenant très régulièrement, travaillaient en ville et n'avaient pas, à l'égard des « étrangers », les préventions de leurs parents.

De là à ce que s'établisse une véritable mixité dans nos soirées et surtout à ce que la pareille nous soit rendue dans une maison locale, il fallut une nouvelle et longue attente. Lorsque survint enfin cette première invitation à franchir une porte autochtone, nous nous gardâmes bien d'en faire un évènement. Ce ne fut qu'une de nos veillées comme les autres, comme si la chose allait de soi.

Nous eûmes simplement le plaisir de voir Clara y participer. Il lui arrivait parfois d'accepter de nous suivre. Mais on sentait bien qu'elle veillait à ce que cela ne devienne pas une habitude. Elle y prenait un réel plaisir et ne s'en cachait pas. A apparaître ainsi de temps à autre parmi nous, elle nous confirmait son intérêt, mais, toujours soucieuse de son rôle, elle n'aurait pas voulu qu'à trop s'afficher on puisse en venir à lui reprocher d'avoir choisi son camp. « Ce n'est pas comme ça qu'il faut voir les choses, m'avait-elle dit. Il ne faut surtout pas que ce soit un parti contre l'autre. Il faut que des liens se tissent des uns aux autres. Et ce n'est pas en s'opposant qu'on y arrivera. »

A notre grande surprise, elle se fit pourtant beaucoup plus assidue dès lors que commença à s'établir une certaine perméabilité entre les « nouveaux arrivants » que nous étions et les gens du pays. Surtout, elle ne manqua pas une soirée se déroulant chez l'un ou l'autre de ces derniers. Il me fallut longtemps pour comprendre. A plusieurs reprises, je tentai de la faire parler. A chaque fois, elle eut le même sourire narquois, un peu gêné, et elle éluda. Ce fut la présence de Clément et de Sophie à l'une de ces soirées qui me mit sur la voie. D'être entourée de son fils et de sa belle-fille rendait Clara rayonnante. Nous le lui fîmes remarquer. Elle éclata de rire.

— Bien sûr ! s'exclama-t-elle. Comment ne pas être heureuse quand on voit le plaisir que vous avez tous à vous retrouver ! C'est tout de même mieux que des gens qui ne pensent qu'à se chamailler...

Sophie était à côté d'elle. Clara eut un geste spontané qu'elle aurait peut-être retenu sans l'ambiance un peu euphorique dans laquelle nous baignions. Elle lui prit vivement le bras.

— Ta mère ! dit-elle. Elle serait si bien parmi nous. Elle y a sa place. Tu devrais lui dire de venir.

C'était donc ça. Veillée après veillée, Clara espérait voir apparaître Valérie. Elle s'était convaincue que ce qui les avait éloignées l'une de l'autre depuis si longtemps n'aurait plus cours dès lors qu'elles se retrouveraient dans ce groupe tout à fait informel qui n'avait pas d'autre raison d'être que de faire vivre un moment de convivialité à ceux qui s'y joignaient.

J'en fus effrayé. Clara idéalisait trop ce que nous faisions. Là où il n'y avait qu'un plaisir tout simple à nous retrouver à bonne distance de nos soucis quotidiens, elle imaginait déjà une sorte de formidable antidote aux insupportables tensions qui parcouraient et déchiraient à longueur de temps la vieille société villageoise décadente. Elle en avait subi les traumatismes tout au long de sa vie. On pouvait comprendre, mais de là à imaginer nos simples rencontres entre copains accouchant d'un monde idéal, il y avait une marge. Je ne comprenais pas bien comment cette femme qui, en tant d'occasions, avait su faire preuve d'une lucidité hors du commun semblait à ce point prête à tomber dans l'illusion d'une si grande facilité.

— Tu ne te rends pas compte, me répliqua-t-elle quand je lui en fis la remarque. Depuis plus d'un siècle, ces sociétés de village ont vu leurs règles perdre peu à peu tout leur sens. Elles sont passées par toutes les désillusions et toutes les humiliations. Ce que vous représentez, c'est la toute première petite embellie qu'elles rencontrent depuis tout ce temps. Je ne m'illusionne absolument pas. Vous n'êtes ni meilleurs, ni pires que les autres. Mais il se trouve que vous êtes dans l'air du temps. Alors, je pousse à la roue, modestement, dans la mesure de mes tout petits moyens. Parce que si je ne le faisais pas, j'aurais l'impression de me trahir moi-même.

— Et vous croyez que de vous retrouver avec Valérie dans l'une ou l'autre de nos veillées vous permettrait de vous réconcilier ?

Elle eut l'air complètement éberluée.

— Est-ce que j'ai dit ça ?! Est-ce que tu m'as entendue avancer une chose pareille ? Bien sûr, ce serait bien si nous pouvions nous retrouver comme avant. Mais ce n'est pas en mon pouvoir, pas plus que dans le vôtre. Tout ce qui compte, c'est ce qui se passe dans les têtes. Et si Valérie reste dans son coin, jamais elle ne changera, jamais elle n'évoluera. C'est tout. Ne me fais donc pas dire ce que je ne pense pas.

Je me le tins pour dit. Ni elle ni moi ne pouvions alors savoir la résonance qu'allaient prendre ces paroles quelques jours plus tard.

30

Le poids des silences

Le contraste entre notre paisible microcosme villageois et l'état du monde, à l'observation attentive duquel elle continuait de se consacrer, perturbait de plus en plus Clara.

— Nous vivons hors du temps, répétait-elle. Bien sûr, on ne va pas renoncer à notre petit confort sous prétexte qu'on se bat aux quatre coins du monde, mais combien de temps cela va-t-il encore durer ? Mes pauvres enfants, le monde que nous allons vous laisser…

C'était là son obsession. Il n'était pas un conflit dans le monde, qu'il soit d'ordre politique, économique ou social, dont elle ne décortiquait pas les tenants et les aboutissants, à la recherche inquiète de tout ce qu'ils pouvaient receler de réellement ou de potentiellement dangereux pour la dignité des hommes. Que des pays qu'on avait pris l'habitude de dire « émergents » sortent peu à peu de l'extrême pauvreté et parviennent même, pour certains, à entrer en concurrence avec nous ne lui semblait que justice. « Après tout, disait-elle, nous nous sommes assez enrichis sur le dos du monde. Qu'il y ait un certain rééquilibrage n'est que justice. Sauf que... »

Il y avait toujours un ou plusieurs « sauf que » ! Pour elle, il était évident que ce prétendu rééquilibrage des économies développées et émergentes n'était en fait qu'un alignement par le bas des rémunérations et surtout des acquis sociaux. C'était, selon elle, un excellent moyen trouvé pour arriver à leurs fins par ceux qui rêvaient de remettre en cause toutes les victoires et les avantages acquis de haute lutte, à coups de grèves, d'occupations d'usines et de barricades, par la classe ouvrière.

Pour étayer ses thèses et faire taire plus sûrement d'éventuels contradicteurs, qu'elle n'avait d'ailleurs pas puisqu'elle ne les exposait guère qu'à Véronique et moi, elle collectionnait soigneusement les citations. Tout y passait. Des philosophes du siècle des Lumières aux pires remueurs d'idées de notre époque, elle notait soigneusement, de son écriture appliquée d'ancienne institutrice, tout ce qu'elle relevait dans ses lectures et qui de près ou de loin, à charge ou à décharge, venait à l'appui de son propos.

A force, certaines étaient devenues de véritables antiennes qui revenaient sans cesse dans son discours. Pour preuve de la volonté délibérée des « possédants », selon sa propre expression, d'en revenir d'une organisation sociale estimée bien trop favorable aux ouvriers, elle brandissait régulièrement un exemplaire de la revue *Challenges*. Horrifiée, elle y avait relevé les propos d'un dirigeant du patronat français qui, en 2007, exprimait son grand espoir de voir le pouvoir nouvellement élu détruire « méthodiquement » le système social français, « complètement dépassé, inefficace, daté, pur produit du Conseil national de la Résistance ».

S'il y avait une chose à laquelle il ne fallait pas toucher devant Clara, c'était les accords du Conseil national de la Résistance qui en 1944, encore dans la clandestinité, avaient jeté les bases sur lesquelles devait se reconstruire la démocratie française. Le vote des femmes, l'indépendance de la presse, la sécurité sociale pour tous, notre système de retraite étaient nés de là. Pour Clara, c'était de l'intouchable, la base, la pierre angulaire sur laquelle notre société s'était reconstruite, à la sortie de la guerre, à une époque où on avait sincèrement cru à jamais enterrées les vieilles divisions, les antiques rancunes, les exclusions de toutes sortes.

— Tu vois ! clama-t-elle une fois de plus ce soir-là. Quand je te le disais ! Aurait-on jamais osé publier des choses pareilles au temps où on était bien content d'avoir eu des gens assez courageux pour prendre de telles décisions ? Et pourquoi en revient-on ? Par pur chantage des possédants. Ou bien les travailleurs s'alignent sur les plus pauvres, ou bien, tout simplement, ils n'auront plus de travail. Les plus riches veulent l'être plus encore, en reprenant aux travailleurs la part qui leur revient.

» Tu penses, ils l'ont belle ! Le travail, celui qu'ils ont créé, il a foutu le camp en Chine, en Inde ou au Bangladesh, où l'on paie les gens avec des queues de cerises. Les chômeurs de plus en plus nombreux ?

Bien sûr que ça les arrange. Du chantage ! Il n'y a pas d'autre mot. "Ou bien vous en revenez de vos avantages sociaux, ou bien vous restez sans boulot"... Et le pire, c'est que les chômeurs, au lieu de s'entendre, ils se chamaillent entre eux. C'est à qui exclura l'autre le plus sûrement : "T'es pas comme moi, t'es différent, tu n'as pas à avoir les mêmes avantages que moi !" Pourquoi tu crois qu'elles refont surface, les vieilles querelles, les vieilles exclusions, les "moi, j'y ai droit, toi, t'es pas d'ici, tu n'y as pas droit" ?

» Mais si ce n'était que ça... Un boulevard ! Ce genre de choses, ça ouvre un vrai boulevard à tous ceux qui n'ont rien changé à leurs vieilles convictions racistes, xénophobes, qui se cachaient plus ou moins, qui agissaient dans l'ombre jusque-là, comme ils ont toujours agi, bien à l'abri de l'aveuglement général, des bonnes consciences qui répétaient sans réfléchir "la France n'est pas raciste". Tu penses. Bien sûr que la France n'est pas raciste. Le racisme, ce n'est pas plus français que n'importe quoi. C'est dans l'homme, le racisme ; tous les hommes. C'est dans notre mauvaise conscience. Simplement, il y en a quelques-uns qui l'assument. Pas beaucoup. Une petite minorité. Et puis il y a des évènements, des conjonctures qui font qu'on les fait taire ou bien qu'on les écoute. Après la guerre, on les a fait taire. "Plus jamais ça !" C'est aux accords du Conseil national de la Résistance qu'on le doit. C'était le temps de la grande unité, de l'égalité entre tous. Heureusement qu'on y a cru. Mais ça a tenu le temps que peuvent tenir les belles résolutions. Chasse le naturel, il revient au galop.

Elle s'arrêta net, me considéra gravement, puis éclata de rire.

— Bon, je le vois bien que je te barbe, une fois de plus, avec mes grands raisonnements.

Je fis le geste de m'en défendre.

— Mais si, mais si. Je le vois bien, insista-t-elle. Bref, tout ça pour dire qu'une fois de plus on a détourné le débat. On a désigné des boucs émissaires. Plus de boulot ? Surtout pas la faute aux patrons qui vont le faire faire ailleurs, sous prétexte de mondialisation, par ces pauvres gens qu'on paie avec un lance-pierres. La faute à « l'autre », le différent, l'Arabe, le Noir, le Juif... Ils ont bon dos. Tu parles d'un terreau tout cuit pour le racisme, le vrai, le dur, cette fois, qui peut d'autant plus s'en donner à cœur joie qu'au fond il sert toujours les intérêts des puissants. Un vrai rideau de fumée sur lequel on se focalise en oubliant totalement tous ceux que ça arrange, qui seront toujours plus riches pendant que ceux qui n'ont rien perdent leur temps à se chamailler entre eux...

Elle avait soixante-dix-sept ans. Après nous avoir donné l'idée de ces rencontres, elle y avait maintenant toute sa place. Elle y avait trouvé le moyen de se sortir du long tunnel d'isolement où ce qu'elle nommait ses « différences » l'avait tenue enfermée durant des années. Ses capacités d'observation et d'analyses n'avaient jamais été aussi aiguisées, mais je sentais bien que la plaie de son enfance était toujours là, à vif comme jamais.

Curieuse dualité entre l'amour qu'elle portait au souvenir de Gaston, et surtout d'Amélie, et l'attachement viscéral à ses vraies origines, celles de ses parents biologiques. Elle n'en gardait quasiment aucun souvenir, mais le drame de leur disparition et les terribles soupçons qui l'environnaient n'étaient pas simplement présents dans sa mémoire. Avec le temps, ils étaient devenus le véritable pivot de son existence. Toute sa réflexion s'organisait autour de cette espèce de trou noir d'où elle était issue. Il lui semblait être la véritable matrice de tout le mal dont l'humanité peut se rendre coupable.

Elle n'en parlait jamais. Il me fallut longtemps pour comprendre à quel point cette douleur presque originelle commandait à sa réflexion. Quand j'eus réalisé que l'espoir d'y retrouver Valérie était ce qui l'avait le plus sûrement attirée dans nos réunions devenues régulières, je crus d'abord pouvoir mettre cette curieuse attente sur le compte de la seule amitié. Il me fallut encore beaucoup d'écoute et d'interrogations sur le sens de ses longs monologues, sur la façon dont elle les bâtissait, pour que m'apparaisse enfin cet étonnant fil conducteur. Ce fut peut-être de n'avoir pris conscience de ce qui était arrivé à ses parents, et par conséquent à elle-même, qu'en grandissant, à un âge où se forgent les capacités de réflexion, qui avait gravé tout cela dans son esprit avec une telle force.

L'épisode de la broche aurait pu n'être qu'anecdotique. Après sa soudaine réapparition, la polémique qui s'en était suivie, qui l'avait tant fait souffrir et qui l'avait éloignée de Valérie, aurait pu ne pas même exister. Tout n'avait tenu qu'à la façon dont Clara avait peu à peu extrait son histoire, alors qu'elle n'était qu'une gamine, de la gangue de silence dans laquelle tout le monde, y compris Amélie et Gaston, aurait préféré la voir à jamais ensevelie.

Le silence ! Cette loi implacable à laquelle il fallait se soumettre, sous peine d'exclusion, au prétexte de préserver l'ordre et le calme de la communauté. Tout était là. Depuis, Clara, en somme, ne faisait que pourchasser ces silences. Toute sa réflexion s'articulait autour de ces non-dits, de leurs véritables significations, des profits qu'en tiraient certains, des espaces qu'ils offraient à d'autres pour pousser et faire fructifier des idées qui lui faisaient peur.

Le jour où Sophie lui apprit que sa mère était malade, la réaction de Clara fut étonnante. Cela faisait maintenant plusieurs années que Valérie et elle ne s'étaient plus vues. Je savais que pour Clara, c'était là une déchirure particulièrement douloureuse. Comme pour le reste, elle n'en laissait évidemment rien paraître. D'apprendre que son ancienne amie était atteinte d'un cancer dont l'issue était encore totalement hypothétique la fit se raidir. D'un jour à l'autre, désolés, nous retrouvâmes la Clara des mauvais jours. C'était comme si n'avait pas existé l'espace de détente, de bonne humeur et de convivialité que lui offraient ses rapports avec notre groupe de joyeux drilles. C'était comme une rechute, une plongée à nouveau dans le confinement, l'étroitesse de ses rares et tristes échanges avec les gens du pays.

Nous avons tout fait, Véronique et moi, pour la sortir de là. En vain. Dès le lendemain du jour où Sophie avait cru bien faire en la tenant au courant des graves problèmes de santé que rencontrait sa mère, Clara avait longuement écrit à Valérie. Pire que le silence, qui aurait pu être mis sur le compte de la maladie, elle n'avait reçu pour toute réponse qu'un mot bref, froid et distant, dans lequel Valérie allait même jusqu'à regretter ce qu'elle appelait l'indiscrétion de sa fille.

Clara en fut ulcérée. Rien n'avait donc changé. A quoi avait-il servi que nous tentions tous ensemble de renouer les liens des gens du pays entre eux si les anciennes préventions restaient là, intactes, à peine dissimulées et toujours prêtes à refaire surface ? Ce fut l'essentiel de ce qu'elle retint. Toute sa vie, elle s'était dressée contre cette manie paysanne de ressasser, jusqu'à la totale perte de sens, les mêmes chamailleries, les mêmes raisons éculées d'écarter tout ce qui aurait pu faire qu'on s'entende, pour privilégier les défiances et les vieilles rancunes.

Elle avait tendu la main. Elle avait été pour le moins ignorée alors qu'elle aurait tant voulu apporter à son amie, qui en avait le plus grand besoin, un peu de ce sourire que nos rencontres lui avaient rendu. Pour le coup, elle l'éteignit et nos efforts pour le lui rendre se révélèrent inutiles.

Il n'était pourtant pas dans sa nature de se résigner

et encore moins de se soumettre au silence que semblait vouloir lui imposer Valérie. Sans relâche, elle alla aux nouvelles. Ce fut Sophie qui lui en fournit. Soumise aux traitements par chimiothérapie dont on use maintenant couramment, Valérie n'était plus que l'ombre d'elle-même. Elle avait évidemment perdu ses cheveux et, selon sa fille, avait terriblement vieilli. Mais elle tenait le coup. Les choses semblaient même évoluer dans le bon sens et l'on pouvait au minimum espérer une longue rémission.

En pleine santé et semblant insensible aux effets de l'âge, Clara n'en était que plus malheureuse de ne pouvoir apporter à son ancienne amie un peu de sa forme. Valérie était là, pratiquement à portée de main. Il lui aurait été si facile de sauter en voiture et de filer jusque chez elle. Mais non. Aussi absurde que cela pouvait paraître, il fallait qu'elle en passe par des communications téléphoniques avec sa belle-fille, souvent débordée de travail, pour glaner quelques nouvelles.

Elle aurait pu renoncer ou, à tout le moins, espacer ses appels. Après tout, ce n'était pas elle qu'on pouvait taxer d'indifférence. C'était Valérie elle-même qui avait marqué ses distances. Il en aurait fallu davantage pour que Clara ne laisse pas simplement s'exprimer sa nature. Sophie le comprit bien qui, elle, sut toujours répondre aux inquiétudes de sa belle-mère. Il n'en restait pas moins que, par un biais pour le moins inattendu, les tensions les plus ressassées, les rancœurs, les raisons plus ou moins périmées de se crêper le chignon se dressaient à nouveau sur leur chemin et l'encombraient de toutes leurs scories de mésentente.

Ce fut dans ces jours de gravité, sinon de morosité, revenue que je pris conscience de la chance que nous avions eue. L'étonnante vieille dame, dont j'avais si longtemps redouté d'aller tirer la chaîne de la sonnette, nous avait appris le pays. C'était à elle que revenait le mérite de l'initiative qui avait fait un embryon de communauté des individualités que nous étions. Et c'était elle encore qui, maintenant que resurgissait le poids ineffaçable du passé, restait digne et silencieuse, fidèle aux amitiés même trahies.

Sans ostentation, elle nous avait montré le chemin à suivre pour nous extraire de nos solitudes et réapprendre à vivre ensemble. Nous n'avions plus qu'à le suivre pendant qu'elle-même devenait doucement une vieille femme et que les rôles s'inversaient. C'était à nous, désormais, de veiller sur elle et de faire en sorte que ses vieux jours ne se résument pas à une triste rumination des drames passés.

31

La maison de la broche

L'état de Valérie s'est stabilisé. Apparemment pris à temps et bien soigné, son cancer a fini par régresser. Au prix d'une grande vigilance et de soins réguliers, elle retrouva l'espoir d'une vieillesse paisible. Tenue au courant de l'évolution de la maladie par Sophie, Clara en fut réellement soulagée. Elle aurait certainement retrouvé toute sa bonne humeur si n'avait pas subsisté l'ombre de la rebuffade que lui avait infligée Valérie en refusant de saisir la main qu'elle lui tendait.

Clara n'en parla jamais, mais je compris, à quelques allusions qui lui échappèrent, qu'elle ne s'était pas arrêtée à ce premier échec. Elle avait tenté à plusieurs reprises de reprendre contact avec son amie, mais celle-ci avait systématiquement découragé ses avances. Elle aurait pu se résigner et tourner la page. Elle ne s'y résolut pas. Elle avait conscience de ne rien avoir à se reprocher à l'égard de Valérie. Bien au contraire, c'était elle qui avait eu à souffrir de l'affaire qui les séparait. Ce silence de son amie et la constance qu'elle mettait à la repousser ne faisaient qu'ajouter à sa peine.

Au reste, elle ne se faisait plus d'illusions. Personne ne saurait jamais ce qui s'était passé, pendant la guerre, pour que ses parents soient ainsi arrêtés et déportés. C'était si loin, tout cela, maintenant. Même si Clara ne pouvait se faire à l'idée qu'une vraisemblable dénonciation resterait impunie, elle était assez lucide pour admettre qu'après tant de temps passé mieux aurait valu ne plus en parler.

S'il n'y avait pas eu cette broche ! Tout était là. C'était Valérie elle-même qui, sans le savoir, avait relancé le débat en l'arborant en toute ingénuité sur ses corsages. Elle encore qui, en bafouant la promesse qu'elles s'étaient faite et en mettant en avant l'hypothèse qui l'arrangeait, avait fait en sorte qu'une simple supposition, celle qui lui convenait, s'impose comme la seule vérité possible. Et pour mieux s'assurer qu'on n'y reviendrait pas, en repoussant Clara elle faisait planer sur elle le soupçon de quelque responsabilité inavouée.

Pour Clara, c'était une douleur de plus, qui ne faisait que s'ajouter à toutes celles que lui laissait ce lointain passé. Une douleur d'autant plus vive qu'elle lui imposait le mauvais rôle. Il lui arrivait pourtant de parvenir à en sourire. Elle n'avait donc rien compris au génie qu'ont les hommes de s'inventer des raisons de s'entre-déchirer et de les entretenir, de génération en génération, en leur inventant d'invraisemblables complications, des rebondissements spectaculaires et plus retors les uns que les autres.

Elle s'était fait prendre à ce redoutable petit jeu vieux comme le monde et en aurait payé les conséquences sans sourciller si, en transgressant sa promesse, Valérie n'avait pas pris Clément et Sophie en otages. Sans le savoir, ils devenaient les cautions de sa seule version des faits. Ils ne comprenaient évidemment pas les raisons pour lesquelles Clara semblait continuer à émettre des réserves sur ce que Valérie leur avait présenté comme un fait avéré. Et Clara, une fois de plus, se retrouvait enfermée dans son silence, avec la peine supplémentaire des reproches à peine voilés que lui adressait Clément.

La maladie de Valérie eut au moins l'avantage de les faire venir plus souvent. Ils partageaient leur temps entre les deux maisons et plus jamais il n'y eut d'allusion à cette histoire. Clément était assez pondéré et maître de lui-même pour pouvoir dépasser ce genre de choses. Il savait à quel point Véronique et moi étions proches de sa mère et il se doutait probablement que nous étions au courant des raisons de sa brouille avec Valérie. Il ne m'en parla pourtant jamais, sauf à l'occasion d'une allusion qui me laissa pantois. Pourquoi nous trouvions-nous tous les deux côte à côte, au bord de la route, à admirer ce que Clara avait fait de sa maison ? Je n'en ai pas le souvenir et cela importe peu.

— La maison de la broche... dit-il d'une voix sourde comme s'il se parlait à lui-même. Ma pauvre mère. Cette histoire lui aura pourri la vie.

Etait-ce une perche tendue ? Attendait-il de moi que je profite de l'occasion, que je lui en dise plus ? J'ai hésité. J'aurais pu répondre. J'ai pensé à Clara. Encore aujourd'hui je crois qu'elle n'aurait pas aimé. Si elle m'a tant parlé, c'était parce qu'elle avait une confiance absolue en moi. J'ai été son confident. J'ai craint de la trahir en prononçant des mots qu'elle-même s'était interdits. Clément s'est tourné vers moi. J'ai lu de l'interrogation dans son regard. Qu'aurais-je fait s'il m'avait ouvertement posé la question que je redoutais ? Il ne l'a pas fait. J'ai pensé que c'était mieux ainsi. Je n'ai pas eu à regretter mon choix.

Que nous ayons été chez Clara ce soir-là n'eut rien d'un hasard. En fait, nos deux maisons n'en faisaient plus qu'une. Cela faisait belle lurette que Victor, notre fils, avait résolu le problème. Il n'avait certainement pas plus de trois ans quand, tenant à affirmer une indépendance toute neuve, il avait pris l'initiative, vite devenue habitude, de se rendre seul chez Clara. Sans le moindre scrupule, il s'en était fait une troisième grand-mère. Elle en avait été ravie et ne fit évidemment rien qui pût détromper le gamin. Ce n'était jamais qu'un lien de plus entre nous. Il fut décisif pour que nos rapports deviennent quasiment familiaux.

Quand Clément et Sophie s'annonçaient, Clara nous prévenait et nous allions passer un moment en leur compagnie. Ce soir-là, elle avait absolument tenu à ce que nous dînions avec eux. Sophie avait insisté avec un petit sourire entendu qui m'avait intrigué. Nous avions bien entendu accepté. Comme de coutume, la soirée fut agréable. Les nouvelles de Valérie étaient bonnes. Clément avait eu quelques soucis dans son travail à quelque temps de là, mais il les estimait dépassés et n'en était que plus détendu.

Sophie était plus enjouée que jamais, au point que cela attira mon attention.

Y avait-il une grande nouvelle à venir ? Paul et Suzon, leurs deux enfants, étaient mariés maintenant depuis un certain temps et aucun héritier ne s'annonçait, ni d'un côté, ni de l'autre. Je savais que cela chagrinait leurs parents et plus encore Clara, qui se serait bien vue arrière-grand-mère. Je finis par me persuader que là était la raison du sourire épanoui de Sophie, et j'en étais à me demander de quelle manière elle allait concrétiser la nouvelle quand je la vis disparaître vers leur chambre pendant que Clara préparait le café. Clément, interrogé du regard, fit celui qui ne savait pas. Elle réapparut presque aussitôt, les mains serrées devant elle sur un objet que je ne vis pas, au moment même où Clara sortait de la cuisine avec sa cafetière.

Sophie, visiblement impatiente, attendit que sa belle-mère ait fini d'emplir les tasses. Alors, elle sortit ses poings refermés de sous la table où elle les tenait cachés, les tendit vers Clara puis les ouvrit, telles deux délicates coquilles au creux desquelles reposait la broche.

— Pour vous, dit-elle simplement.

Je vis Clara blêmir. Elle tomba sur sa chaise plus qu'autre chose. Les poings serrés, le regard perdu, elle semblait ne pas parvenir à concevoir que la broche de sa mère puisse bien se trouver là, devant elle, au creux des paumes de sa belle-fille.

— C'est… quoi ? bafouilla-t-elle. Qu'est-ce que tu me dis là ?

Ce n'était pas les mains de Sophie que voyait Clara. C'était celles de sa mère lui tendant la broche, à tant d'années de là, dans un même geste, dans cette même maison, avant qu'elle s'endorme.

— Pour vous ! répéta Sophie sur le ton le plus enjoué qu'elle put trouver en tendant les mains plus loin encore vers Clara.

Puis elle se reprit. Peut-être avait-elle pris conscience du désarroi de sa belle-mère.

— C'est simple, dit-elle. Maman m'a donné la broche. Je ne voulais pas, mais elle a insisté. Ce qui vient de lui arriver, avec son cancer, ça laisse des traces. Même si ça va mieux maintenant, elle a pensé à sa mort, à ce qui se passerait après. Normal, non ? Et pour elle, la broche, il n'était pas concevable que ce ne soit pas elle qui me la remette. J'avoue avoir beaucoup hésité. Puis j'ai compris que de ne pas accepter aurait été lui faire beaucoup de peine. Je l'ai donc prise. Je peux vous dire, ça n'a pas été un geste facile. Parce que je sais tout ce qu'elle représente, cette broche, pour votre famille, mais surtout à l'égard de votre maman et de vous-même. En la recevant, je savais bien que j'acceptais d'assumer une lourde continuité. Et c'est en pensant à cela, la nuit suivante, alors que je n'arrivais pas à trouver le sommeil, que j'ai pensé à vous, qui ne l'avez jamais portée. J'ai trouvé qu'il y avait là une trop grande injustice. Alors, voilà ce que j'ai décidé. Je ne reviens évidemment pas sur le geste de ma mère qui me l'a donnée pour que, plus tard, je la transmette à Suzon. Mais j'aimerais tellement qu'avant cela ce soit vous qui la portiez.

A ce moment précis, je crus Clara prête à accepter, émue aux larmes par le beau geste de Sophie. Celle-ci, pourtant, par honnêteté sûrement, commit l'erreur de vouloir que tout soit dit.

— Vous savez, reprit-elle, maman m'a tout raconté. Elle nous en avait déjà parlé. Je connaissais les grandes lignes de l'histoire. Mais, là, elle m'a tout expliqué. J'ai compris qu'il ne s'agissait pas d'un simple objet, aussi beau soit-il. En l'acceptant comme il l'a fait en règlement des loyers de vos parents quand ils étaient si démunis, pendant la guerre, mon grand-père ne pouvait évidemment pas savoir. Il ne pouvait surtout pas se douter qu'en épousant Clément j'allais la faire revenir dans votre famille.

Je fus le seul, je crois, à sentir, plus que je ne la vis, la formidable crispation de Clara. Je vis l'effort énorme qu'elle fit sur elle-même pour n'en rien laisser paraître. Je devinais la raison qu'elle se prêchait pour ne pas laisser éclater sa frustration. Sophie n'y était évidemment pour rien. Clara dut prendre conscience à temps du drame qu'elle risquait de provoquer, celui-là même qu'à aucun prix elle ne voulait voir rejaillir sur son fils et sa belle-fille. Il fallut surtout qu'elle admît que c'en était fini. La vérité n'éclaterait jamais. Seule subsisterait la version des faits complaisamment exposée par Valérie.

L'instant parut se prolonger à l'infini. Devant la coquille des mains jointes de Sophie sur lesquelles reposait la broche, Clara, figée, avait fermé les yeux. Je souffrais pour elle. J'imaginais le terrible débat qui devait l'agiter. Sans la quitter des yeux, nous respections son silence. Véronique me serrait nerveusement le bras. Enfin, Clara parut revenir à la vie. Elle ouvrit lentement les yeux, les abaissa sur les mains toujours tendues de Sophie. Elle parut esquisser un geste vers la broche, mais se reprit.

— Non, dit-elle. Ça n'a pas de sens. A mon âge ! Elle est pour toi, Sophie, cette broche. Pour toi et, plus tard, pour Suzon, ma petite-fille. C'est aussi bien comme ça.

Sophie devait s'attendre à cette résistance. Elle était bien décidée à ne pas céder :

— Bien sûr qu'elle me reviendra, et plus tard à Suzon. Mais d'abord, elle doit passer par vous. Sans cela, il y aurait une trop grande injustice.

Je voyais ses bras pris d'un léger tremblement. C'était à qui céderait la première.

— Allons, maman, souffla Clément, accepte. Ce serait si bien. Sophie a raison. Elle doit passer par toi, cette broche.

Clara a toujours eu tendance à prendre les propos de son fils pour paroles d'évangile. Elle considéra longuement Clément en silence, puis parut enfin se décider. Lentement, délicatement, elle prit la broche que lui offrait toujours Sophie. Elle l'approcha de ses yeux et se perdit dans sa contemplation.

— Je ne sais pas, dit-elle enfin. Laissez-moi le temps d'y réfléchir.

Les cafés n'étaient plus bien chauds. Nous les bûmes tout de même, en tâchant sans beaucoup de succès de parler d'autre chose.

32

Les raisons de Clara

Clara nous appela le lendemain en fin de matinée pour nous inviter à venir prendre le café avec eux. A n'en pas douter, nous allions avoir droit à l'argument précis et détaillé justifiant la décision qu'elle avait prise. Quand nous arrivâmes, la table du déjeuner était déjà débarrassée, les tasses étaient sorties et une bonne odeur de café planait dans la pièce. La broche, bien en évidence, trônait sur le guéridon. Clara, aussi détendue et enjouée que possible, allait et venait de la cuisine au salon. Victor, qui nous avait précédés, était déjà en possession d'un gâteau dans lequel il mordait à pleines dents.

Nous nous installâmes en échangeant les platitudes d'usage en pareilles circonstances, mais nous n'avions de regards que pour la broche et ne pensions qu'à ce qu'allait nous en dire Clara. Toujours débordante d'activité, elle se faisait attendre. Nous lui avions évidemment laissé son fauteuil habituel. Il fallut encore qu'elle ait servi le café à tout le monde pour qu'elle daignât enfin s'y laisser tomber.

— Ouf ! dit-elle. Ça fait du bien de s'asseoir.

Sans un mot, avec un ensemble touchant, nous avions tous levé nos tasses et nous nous brûlions la lippe à toutes petites gorgées prudentes. Elle eut le geste d'en faire autant, dut estimer qu'il serait trop long d'attendre que nos cafés aient suffisamment refroidi.

— Voilà, attaqua-t-elle sans détour. J'ai pris une décision.

Nous ne faisions plus semblant de boire. Nous avions reposé nos tasses. Nos regards convergeant sur elle, nous attendions. Elle fit durer le plaisir juste ce qu'il fallait pour que le silence devienne intenable. Elle avait pris la broche sur le guéridon. La tenant à deux mains, elle la contemplait. Puis elle leva les yeux et nous adressa le plus beau sourire qu'elle sut trouver. Elle était lumineuse. Elle n'avait rien perdu de son apparente bonne humeur, mais elle avait ajouté dans son regard cette espèce de lueur déterminée que nous connaissions bien, les uns et les autres, et dont nous savions ce qu'elle signifiait. Inutile de discuter, elle ne reviendrait pas du parti qu'elle avait arrêté.

— Sophie, dit-elle, tu ne sauras jamais à quel point tu m'as fait plaisir, hier soir. Ton idée était tellement généreuse. Elle partait d'un si beau sentiment. Crois-moi, tu m'as profondément touchée. Mais il y a une dimension que tu ne pouvais pas connaître. Vous non plus, d'ailleurs, vous ne pouviez pas comprendre, à l'exception peut-être d'Antoine, avec qui j'ai tant parlé de tout cela.

Honnêtement, je ne voyais pas où elle voulait en

venir. Je m'appliquai à ne rien laisser paraître de ce que je pensais. Personne ne se soucia de me le demander. Nous avions d'autres préoccupations.

— Cette broche, continua-t-elle en la tendant légèrement vers nous, durant des générations, elle a été chargée d'un lourd symbolisme. Des mères aux filles, c'était leur appartenance à la communauté juive qu'elle affirmait. Ces petites étoiles de David entrelacées, elles proclamaient l'identité spécifique de ma famille. Eh oui ! C'était en un temps où il était normal, de bon ton, d'afficher ses différences, de les revendiquer. On sait ce que ça a donné...

» Et puis, cette broche, elle a échappé à cette fatalité. Les conditions dans lesquelles cela s'est produit importent peu. Je ne veux pas dire qu'elles n'ont pas d'importance. Si, bien entendu, mais elles sont d'une autre époque, déjà enfouies dans un passé sur lequel il ne sert à rien de vouloir revenir. Tout ce qui reste, ce qui compte, c'est que cette broche, en passant de Valérie à Sophie puis, plus tard, de Sophie à Suzon, elle a perdu tout son symbolisme religieux. Elle s'est débarrassée de toutes les croyances, les règles, les tabous qui brouillaient sa seule réalité. Et cette réalité, c'est qu'elle est belle ; simplement belle. C'est un bel objet, qui n'a plus d'autre signification que cette grande qualité esthétique. Tu comprends ?

Elle s'adressait à Sophie, mais nous étions tous suspendus à ses lèvres. Où voulait-elle en venir ? Son sourire, sans rien perdre de son éclat, s'était apaisé. On la sentait habitée par le sens des mots qu'elle prononçait, dont l'idée ne lui venait même pas qu'ils puissent ne pas nous convaincre. Elle reposa la broche sur le guéridon et la tourna vers nous. C'est alors que nous remarquâmes qu'elle scintillait d'un éclat que nous ne lui avions jamais vu. Clara avait dû passer des heures à la nettoyer et à l'astiquer. Elle était plus belle que jamais.

— C'est pour cela, reprit Clara, qu'il n'est pas question qu'elle repasse par moi. Ce n'est que symbolique, bien sûr, je le sais bien, mais il y en a eu, des drames, au nom de symboles pas plus épais que celui-là. Je ne veux pas que cela se reproduise. Si je porte cette broche, même en attendant de te la remettre, elle reprend son sens quasi liturgique. Ce sera la broche de « la Juive ». Parce qu'il ne faut pas l'oublier, ça, que je suis encore et pour toujours « la Juive ». Moi, je l'ai subi, je l'ai enduré toute ma vie, mais je suis toujours là, au milieu de vous. Combien, pour moins que cela, à commencer par mes parents, n'ont pas eu ce bonheur ? Alors je veux qu'on en sorte, une bonne fois, et qu'on ne puisse plus trouver prétexte à de telles bêtises pour dresser les gens les uns contre les autres. Ne t'y trompe pas, Sophie : si je décline ta gentille offre, ce n'est absolument pas par crainte. C'est l'inverse. C'est par ma volonté délibérée de vous écarter de tout ce que nous avons subi par le passé. Rien d'autre ne doit subsister que la qualité esthétique de cette broche. Sur tes corsages ou sur ceux de Suzon, plus tard, elle sera superbe. Sur les caracos de vieille pie de « la Juive », de quoi ça aurait l'air ?

Nous étions tous sidérés. Aucun de nous, évidemment, n'avait envisagé la question sous cet angle. Il n'y avait que Clara pour pouvoir y penser. Je vis à l'air sombre et aux lèvres pincées de Clément qu'il s'exaspérait un peu de ce qu'il avait facilement tendance à appeler les obsessions de sa mère.

— Maman, qu'est-ce que tu vas encore chercher ? grogna-t-il. Tu ne crois pas que c'est de la vieille histoire, tout ça, que c'est un peu du rabâché ? Accepte donc cette broche, puisque Sophie te la propose, et on n'en parle plus. Tu ne penses pas que ce serait aussi bien ?

De nul autre Clara n'aurait toléré de tels propos. Elle se garda pourtant de rabrouer son fils. Elle se contenta de pincer les lèvres et de rallumer au fond de son regard cette flamme un peu dure que nous connaissions bien et qui ne présageait rien de bon.

— Clément, quand comprendras-tu que tu es juif ? lui lança-t-elle.

Il leva les bras au ciel.

— Et alors ? Je le sais. Tu me l'as assez répété. Ça se transmet par les femmes, à ce qu'il paraît. Tu es ma mère, donc je suis juif. Bon ! Ça change quoi ? Tu ne crois pas qu'il est temps de passer à autre chose ?

Il venait bien imprudemment de lui donner le prétexte qu'elle attendait.

— Et qu'est-ce que je demande, si ce n'est qu'on passe à autre chose ? Mais qu'on le fasse complètement ou pas du tout. Or, pour l'heure, c'est tout l'inverse qui se passe. On y revient. Et on y revient chaque jour un peu plus, de façon toujours plus dure, toujours plus sectaire. Partout dans le monde se réveillent des luttes de chiffonniers qui prennent des proportions démesurées sous prétexte d'ostracismes, de xénophobies, de préjugés raciaux, d'intégrismes religieux. Vous ne le voyez donc pas ? Partout, c'est la même histoire : le refus de la différence. "Tu n'es pas comme moi. Tu n'as pas la même couleur de peau ; tu n'as pas la même religion. Alors je te chasse, je prends ta place parce que, moi, je prétends être celui à qui je ne sais quel dieu a révélé LA vérité."

» Et puis, pourquoi aller chercher si loin ? Même chez nous. Vous le savez bien, enfin, que chez nous aussi, c'est comme ça. Et de plus en plus. On pousse des cris d'orfraie, on se scandalise. Mais ça change quoi ? Les actes antisémites les plus odieux deviennent monnaie courante, se banalisent. Ces épouvantables massacres perpétrés par des fanatiques, des pauvres types endoctrinés par quelques illuminés qui confondent la foi et la haine. Et les élections ! Vous les avez vues, les élections, toutes les élections, dans toute l'Europe, depuis quelques années ? "Poussée de l'extrême droite", qu'ils disent. Comme si c'était normal, comme si ça allait de soi. Mais enfin, c'est effarant. Il y a quoi ?, vingt, trente ans, c'était la seule présence de l'extrême droite qui aurait fait hurler. Maintenant, on trouve ça normal. Mais où va-t-on ? Ou alors, il fallait les accepter dès le départ. Pourquoi ces gens-là peuvent-ils tenir le haut du pavé aujourd'hui alors qu'on disait "plus jamais ça" hier ? Tu te rends compte d'une hypocrisie ? Tiens ! Regarde. J'ai lu ça ces jours-ci.

Elle avait une petite table, au coin de son fauteuil,

que recouvraient toujours, dans un sympathique désordre, toutes les revues, tous les journaux, tous les livres à la lecture attentive desquels elle consacrait ses soirées. Elle y fouilla ardemment quelques instants, puis se redressa, brandissant triomphalement une revue encore ouverte à la page d'un article qui l'avait fait bondir.

— Lis ! s'exclama-t-elle en la tendant à Clément. Lis ce que j'ai surligné...

Elle ne lui laissa pas le temps de le faire. De mémoire, elle récita :

— « A nos yeux, l'égalité est une violence faite à la liberté. Elle n'est que la revendication des vaincus, si elle n'est la revanche des faibles. » Tu te rends compte ? Mais en quels temps sommes-nous pour que puissent être écrites et diffusées de telles insanités ? Et regarde... Regarde la signature. Si encore ce n'était qu'un de ces petits illuminés qui braillent d'autant plus fort qu'ils ne sont pas écoutés. Non. C'est un célèbre avocat suisse, qui fut bâtonnier de l'ordre des avocats de Genève, qui écrit ça, rien de moins !

Dans un silence consterné, elle reprit la revue des mains de Clément et la reposa sur la pile qui encombrait sa petite table. Je la sentais hors d'elle, se contraignant à un formidable effort pour reprendre son calme. Même Victor, pourtant très occupé à fourrager dans le coffre à jouets qu'elle lui avait réservé et copieusement rempli, avait interrompu le joyeux tintamarre qu'il entretenait dans notre dos. Toujours agenouillé au milieu de ses jeux, il s'était tourné vers elle et la considérait d'un air grave. Elle le vit, lui adressa un large sourire.

— Allons, ne t'inquiète pas, lui dit-elle. Continue de jouer. Tu as bien le temps de te préoccuper de tout ça.

Pour bref qu'il ait été, l'intermède lui avait permis de retrouver un semblant de sérénité. Nous restions tous silencieux, ébranlés par ce que nous venions d'entendre et dans l'attente de ce qui ne manquerait pas de suivre. Elle eut un drôle de regard circulaire sur nous, un peu comme si elle voulait tout à la fois nous prendre à témoin de ses emportements et s'en faire pardonner.

— Est-ce que vous comprenez, maintenant, reprit-elle enfin, pourquoi je suis si pointilleuse sur tout ce qui concerne ces étiquettes qu'on nous flanque bien malgré nous ? Bien sûr, Clément, que tu n'es pas juif. Pas plus que je ne l'ai jamais été, tu le sais bien. C'est la société qui nous catalogue, comme ça, sans nous demander notre avis. Et tu es bien placé pour savoir à quel point j'en ai souffert, d'être « la Juive ». Toi aussi, à l'école, souviens-toi, ça t'a mené la vie dure. C'était pourtant en des temps où cela, à ce qu'on disait, ne comptait plus.

« Alors qu'est-ce qu'il en sera demain ? Parce qu'il ne faut pas rêver. Ils sont là, les racismes, tous les racismes. Ils reviennent au galop, et l'antisémitisme en tout premier lieu. Pourquoi voulez-vous que ça change ? Ça a toujours été comme ça. Quand on voit avec quelle facilité on est en train de retomber dans la vieille ornière des exclusions, on sait bien que, chez nous, celle qui se réveillera le plus facilement et avec le plus de force, ce sera la haine du Juif, bien sûr. C'est d'ailleurs déjà en bonne voie.

Notre silence me sidérait. De tout le temps de son long discours, aucun de nous n'avait bronché. Même Clément, pourtant si prompt d'habitude à formuler ses points de vue, n'avait pas bougé. Bien calé au fond de sa chaise, les jambes étendues devant lui, bras croisés, il se chatouillait la lèvre d'un geste instinctif sans quitter sa mère des yeux. Peut-être la conscience vint-elle aussi à Clara de l'incongruité de ce silence que nous respections. Le lui opposions-nous, ou était-il la simple expression de notre attention ? Elle dut se poser la question, ne s'y arrêta pas. Il fallait simplement en finir. Elle n'était pas du genre à regretter ses paroles.

— Mes pauvres enfants ! s'exclama-t-elle. Je vous assomme avec mes discours à n'en plus finir. Mais si, mais si, je le vois bien. C'était pour que tu comprennes bien, Sophie, pourquoi il est tellement préférable que la broche te revienne sans passer par moi. Je te le répète, telle qu'elle est là, venant de ta mère, elle trouve toute sa valeur dans sa seule beauté, dans son esthétique, dans la qualité du travail de l'artisan qui l'a faite. Venant de moi, elle ne perdra évidemment rien de tout cela, mais ce sera... comment dirais-je ?, comme voilé... c'est ça, voilé par le sens liturgique de toutes ces petites étoiles. Ce serait d'autant plus dommage que je n'y ai jamais accordé le moindre crédit. Porte-la. Assume-la. A toi, on ne cherchera pas noise pour si peu.

En parlant, elle avait pris la broche sur le guéridon. Elle la tenait délicatement d'une main et la caressait de l'autre.

— Tiens. Prends, dit-elle en la tendant à sa belle-fille. C'est le plus grand plaisir que tu puisses me faire.

Sophie hésitait encore. Elle eut un regard de biche aux abois vers son mari. Je ne le vis pas, mais je pense que Clément, d'un simple battement de cils, lui confirma que c'était là le mieux qu'elle pût faire. Elle tendit lentement la main. Clara y déposa la broche.

— Voilà, conclut-elle. C'est tellement mieux comme ça.

Nous nous ébrouâmes. Sophie vint embrasser sa belle-mère. Elles s'étreignirent longuement. Véronique alla aider Victor, peu empressé, à ranger ses jouets. Nous allions rentrer chez nous. Seul Clément n'avait pas bougé. Il considérait gravement sa mère, encore visiblement remué par les propos qu'elle venait de tenir. Quand Sophie se redressa, elle le vit. Ils échangèrent un long regard. Je me trouvais à côté d'eux. Je fus frappé par l'espèce de profond dialogue silencieux qu'ils semblaient échanger. Ce fut Clara qui baissa les yeux la première. Elle avait l'air tout à coup très lasse, abattue.

— Peut-être... articula-t-elle doucement. Peut-être ai-je tort. Peut-être la vieille pie que je suis voit-elle les choses trop en noir. Je le voudrais. Mais il faut comprendre. Aujourd'hui, je sais que j'irai dans ma tombe sans savoir pourquoi ni comment j'ai perdu mes parents alors que je n'avais que cinq ans. Tout ce que je sais, c'est que rien de tout cela ne se serait produit si le racisme le plus abject, l'antisémitisme le plus détestable n'avaient pas alors triomphé. Toute ma vie, cette idée-là m'a poursuivie. Et maintenant que ma vie se termine, maintenant que j'aimerais entre tout vous laisser un monde heureux et apaisé, je vois les mêmes menaces resurgir. Peut-être que je me trompe. Peut-être que je dramatise. Si vous saviez ce que j'aimerais me tromper ! Je cherche des raisons de le croire, mais je n'en trouve pas. Prenez garde. Soyez prudents.

Elle se leva vivement et se détourna. Pas assez vite pour que je ne puisse voir deux grosses larmes sinuer le long des rides de son visage.

Anost, le 3 mars 2015

DU MÊME AUTEUR *(suite)*

ALBIN MICHEL

Les Voisins de l'horizon, 2001
Histoires racontées de Bourgogne et du Morvan, récit, 2001
Je reviendrai vers vous, 2002, Pocket 2004
La Muse dans le grenier, 2003, Souny poche 2010
Le Périple du chien, 2004
Les Gens du pays, 2005, prix Henri-Perruchot 2006, Prix Marcel E.-Grancher 2007, Poche De Borée 2009
Le Forgeron d'Eden, 2009, Poche De Borée 2011
Le Pays d'où je viens, 2011, Poche De Borée 2013

ANNE CARRIÈRE

Inuksuk, 2006
Le vent des libertés soulevait la terre, 2008, prix du Roman populaire 2008, Poche De Borée 2010

DE BORÉE

La Photo de classe, 2010
Les Indignés de Montservier, 2013
Les Compères, 2014

OUEST-FRANCE

Le Haras de Pompadour, toute une histoire, document, 2007

EDITIONS SOLAR, collection « Randonneur »

Les Vosges, Le Pays niçois et le Mercantour, 1991
La Haute-Provence, Les Cévennes, Les Volcans d'Auvergne, La Margeride et l'Aubrac, 1992
Le Limousin, Le Périgord noir, Le Quercy, Le Rouergue, 1993
Le Jura, Le Vercors, Les Monts du Lyonnais et du Beaujolais, Les Ardennes, 1994
La Bourgogne, L'Alsace, Le Livradois et le Forez, La Haute-Ardèche, 1995
Le Cotentin, La Bretagne – pays de Brocéliande, Le Morvan, 1996
Le Pays d'Auge, Les Plateaux de Bourgogne, Franche-Comté – vallées de la Loue et du Lison, 1997
Bourgogne – la Puisaye, 1998

EDITIONS DU CHÊNE

Les Outils de la randonnée, 1995

Vous souhaitez en savoir plus sur les livres et les auteurs
de la collection Terres de France ?

Retrouvez toutes les informations sur le site
www.collection-terresdefrance.fr
et abonnez-vous à notre lettre d'information.

Suivez-nous également sur notre page Facebook
et sur notre fil Twitter.

Club des Amis de Terres de France
12, avenue d'Italie
75627 Paris cedex 13

FSC
www.fsc.org
MIXTE
Papier issu de sources responsables
FSC™ C003309

Composition et mise en pages
Nord Compo à Villeneuve-d'Ascq

Imprimé en Espagne par Cayfosa
Dépôt légal : mars 2016